Lima Barreto em 1917.

Recordações do Escrivão
Isaías Caminha

Clássicos Ateliê

Coordenação
José de Paula Ramos Jr.

Conselho Editorial
Aurora Fornoni Bernardini – Beatriz Muyagar Kühl – Gustavo Piqueira
João Angelo Oliva Neto – José de Paula Ramos Jr. – Leopoldo Bernucci
Lincoln Secco – Luís Bueno – Luiz Tatit – Marcelino Freire
Marco Lucchesi – Marcus Vinicius Mazzari – Marisa Midori Deaecto
Paulo Franchetti – Solange Fiúza – Vagner Camilo
Walnice Nogueira Galvão – Wander Melo Miranda

Lima Barreto

Recordações do Escrivão Isaías Caminha

Apresentação, Estabelecimento de Texto e Notas
José de Paula Ramos Jr.

Ilustrações
Zepa Ferrer

Ateliê Editorial

Direitos reservados e protegidos pela Lei 9.610 de 19.02.1998.
É proibida a reprodução total ou parcial sem autorização,
por escrito, da editora.

Dados Internacionais de Catalogação na Publicação (CIP)
(Câmara Brasileira do Livro, SP, Brasil)

Barreto, Lima, 1881-1922
 Recordações do Escrivão Isaías Caminha / Lima Barreto; apresentação, estabelecimento de texto e notas José de Paula Ramos Jr.; ilustração Zepa Ferrer. – Cotia, SP: Ateliê Editorial, 2023. – (Clássicos Ateliê)

 ISBN: 978-65-5580-082-1

 1. Romance brasileiro I. Ramos Júnior, José de Paula. II. Ferrer, Zepa. III. Título. IV. Série.

08-08134 CDD-869.93

Índices para catálogo sistemático:
1. Romances: Literatura brasileira B869.3

Eliete Marques da Silva – Bibliotecária – CRB-8/9380

Direitos reservados à

ATELIÊ EDITORIAL
Estrada da Aldeia de Carapicuíba, 897
06709-300 – Granja Viana – Cotia – SP
Tel.: (11) 4702-5915
www.atelie.com.br | contato@atelie.com.br
facebook.com/atelieeditorial | blog.atelie.com.br
instagram.com/atelie_editorial

Printed in Brazil 2023
Foi feito o depósito legal

Sumário

Recordações Revisitadas – *José de Paula Ramos Jr.* 9

RECORDAÇÕES DO ESCRIVÃO
ISAÍAS CAMINHA

Breve Notícia. 49
I. 55
II. 71
III. 81
IV. 103
V . 125
VI. 141
VII . 155
VIII . 175
IX. 203
X . 231
XI. 255
XII . 273
XIII . 291
XIV . 313

Recordações Revisitadas

JOSÉ DE PAULA RAMOS JR.[1]

LIMA BARRETO, NO ANO DE 1907, publicou na revista *Floreal*, dirigida por ele, os dois primeiros capítulos e parte do terceiro de seu romance *Recordações do Escrivão Isaías Caminha*. A revista deixou de circular em dezembro daquele ano. Desde então, até o fim do ano seguinte, o jovem escritor buscou em vão quem lhe editasse a obra em livro.

Encontrando fechadas as portas no Brasil, decidiu oferecer seus originais ao editor português A. M. Teixeira, por recomendação do amigo João Pereira Barreto. Antônio Noronha Santos, outro amigo dedicado de Lima Barreto, em viagem para a França, de passagem por Lisboa, foi portador do manuscrito.

O editor aceitou publicá-lo, desde que o autor abrisse mão de seus direitos. Lima não teve dúvida, o que lhe interessava era lançar o seu primeiro livro, que chegou pronto ao Brasil no final de 1909.

O texto dessa edição, porém, foi preparado pelo escritor português Albino Forjaz de Sampaio, que interferiu nos originais, como atesta o autor no agradecimento contido na "Breve Notícia" que serve de abertura ao romance, quando de sua segunda edição. Nela, Lima Barreto reconhece que as *Recordações* "muito devem em correção" ao intelectual lusitano.

[1]. Doutor em Literatura Brasileira pela FFLCH-USP; professor do curso de Editoração da Escola de Comunicações e Artes da USP; autor de *Leituras de Macunaíma: Primeira Onda (1928-1936)* (São Paulo, Edusp/Fapesp, 2012).

A despeito disso, Lima discordou de várias intervenções e as eliminou, restituindo a lição original na segunda edição, publicada em 1917 pela Tipografia da Revista dos Tribunais, com nova tiragem, no mesmo ano, por A. de Azevedo & Costa Editores. Como informa o frontispício do livro, essa edição fora "revista e aumentada". Tal testemunho, último em vida do autor, contém, portanto, o texto do romance que serve, ou devia servir, de base para todas as edições subsequentes, que se multiplicaram após a primeira edição póstuma, da Editora Mérito, provavelmente de 1949, e, principalmente, após a edição como primeiro volume das *Obras de Lima Barreto* (dezessete volumes), dirigidas por Francisco de Assis Barbosa, com a colaboração de Antônio Houaiss e Manuel Cavalcanti Proença (Editora Brasiliense, 1956).

Gênero

Recordações do Escrivão Isaías Caminha, o título já indica de modo inequívoco que se trata de um romance memorialista. Não se trata, porém, de um exemplo "puro" desse gênero, pois se tem qualidades para ser admitido como romance, a obra fica indecisa entre esse gênero mais exigente e o menos exigente dos gêneros em prosa – a crônica. Misto de romance e crônica, a narrativa é construída por meio da memória do narrador, Isaías Caminha, que se propõe a contar a história de sua vida – "nascimento, infância, puerícia e mocidade". Nessa medida, do ponto de vista do gênero, as *Recordações* podem ser também entendidas como um romance de formação. O processo de transformação interior do protagonista é acompanhado pelo leitor graças à narrativa confessional – acompanhamos as metamorfoses da vida psíquica de Isaías, o seu mundo interior, porque ele mesmo é o narrador que,

mais maduro, relata os acontecimentos vivenciados na juventude. Assim, seus pensamentos e sentimentos são comunicados pelo método de autoanálise, que vai construindo um perfil moral denso e contraditório, uma personalidade de rica psicologia, cuja mutabilidade determina sua condição de personagem esférica.

Envolvido pelos sentimentos do passado, que se projetam no presente – "recordar é viver", como diz a marcha carnavalesca de Aldacir Marins e Macedo –, o narrador dá à narrativa um tom emocional, que pode ser particularmente constatado em suas intervenções mais ou menos frequentes na história, quer para comentá-la, quer para explicá-la, quer para explicar-se.

Sentindo na própria pele a discriminação racial e social, o mulato Lima Barreto confere ao relato um tom de revolta e ressentimento e uma perspectiva de denúncia e crítica crescentes, que por vezes se sobrepõem à intenção de narrar. O autor projeta-se no narrador-protagonista, o mulato Isaías, para expressar sua revolta contra o meio hostil.

Numa carta dirigida a Lima Barreto quando da primeira edição, o crítico José Veríssimo encorajava o autor estreante com palavras amáveis:

> Sincera e cordialmente o felicito pelo seu livro. Há nele o elemento principal para o fazer superior, talento. Tem muitas imperfeições de composição, de linguagem, de estilo, e outras que o senhor mesmo, estou certo, será o primeiro a reconhecer-lhe, mas com todos os seus senões é um livro distinto, revelador, sem engano possível, de talento real[2].

2. Carta de José Veríssimo, datada 5 de março de 1910, em Francisco de Assis Barbosa, *A Vida de Lima Barreto*, 7ª ed., Belo Horizonte/São Paulo, Itatiaia/Edusp, 1988, p. 151.

Lima Barreto por Hugo Pires (A Cigarra, 1919).

Embora ressaltasse o talento artístico do autor, Veríssimo aponta que a obra apresentava um certo desequilíbrio, sendo o seu maior defeito o excesso de personalismo.

Nessa perspectiva pode-se entender que Lima Barreto se identifica com o narrador-personagem e dá vazão a seu ressentimento contra a sociedade por meio de Isaías, que pode ser visto como o seu *alter ego*.

Duas críticas que noticiaram o lançamento da obra reconheciam também os méritos literários do autor, mas condenavam o romance. A primeira, de Medeiros e Albuquerque, saída na edição de 15.12.1909 do jornal *A Notícia*, lamentava o caráter panfletário do livro e o fato de ele pertencer ao gênero inferior dos *romans à clef*; a segunda, de Alcides Maia, publicada em 16.12.1909 no *Diário de Notícias*, era mais benevolente, mas ecoava a opinião de José Veríssimo ao indicar como defeito do livro o seu caráter excessivamente pessoal, dizendo: "O volume, vez por outra, dá a penosa impressão de um desabafo, mais próprio das seções livres que do prelo literário".

Recordações do Escrivão Isaías Caminha, certamente, não é obra autobiográfica, mas o autor emprestou à personagem de ficção muito de suas experiências reais, mas não só isso. Muitas personagens transfiguram por meio da caricatura personalidades reais do jornalismo e das letras da *Belle Époque*, o que dá razão a Medeiros e Albuquerque quando classificou a obra como um *roman à clef*.

Lima Barreto ficou desgostoso ao verem em sua obra apenas a caricatura ferina dos medalhões do jornalismo e das letras. Para ele, a maior preocupação seria a de demonstrar que o insucesso de Isaías não decorria de fatores intrínsecos à personagem, mas de fatores sociais. De fato, a primeira parte do livro pinta um quadro expressivo das adversidades de Isaías, num mundo degradado pelo egoísmo, ambição e preconceito.

Os primeiros sete capítulos, dos quatorze que compõem a obra, aproximam-se do modelo de romance realista do século XIX. No prefácio atribuído ao suposto autor do livro, lê-se a intenção de se escrever obra de tese, literatura militante, como os romances naturalistas de Émile Zola. Isaías Caminha sente-se indignado com um artigo de revista onde se liam

> observações desfavoráveis à natureza da inteligência das pessoas do meu nascimento [negros ou mulatos], notando a sua brilhante pujança nas primeiras idades, desmentida mais tarde, na madureza, com a fraqueza dos produtos, quando os havia, ou, em regra geral, pela ausência deles. (p. 45).

Como se pode notar, a citação contém um preconceito etnocêntrico branco, europeu, de fundo determinista, muito difundido pelo cientificismo da época, segundo o qual as pessoas de raça negra ou mestiça são inferiores por condição biológica. Caminha decide escrever a história de sua vida na esperança de demonstrar, por intermédio dela, o equívoco da opinião disseminada e uma outra forma de encarar a questão.

Personagens

Como personagem, Isaías é um rapaz que sonhava sair da vida obscura de província, ir para a capital, formar-se doutor e conquistar geral reconhecimento de sua superioridade moral e intelectual, de acordo com a imagem que fazia de si mesmo. Rapaz pobre, mulato, culto, bom e talentoso, que tenta ascender na sociedade, Isaías é barrado pelo preconceito. Tinha tudo para realizar seu sonho, cultura, inteligência e determinação, mas saindo de casa e chegando à cidade grande, o ingênuo jovem sofre com a indiferença e a má vontade das pessoas,

Rua do Ouvidor (Marc Ferrez).

experimenta a dor da humilhação, da miséria e da fome, até conformar-se com a posição humilde que assume na sociedade, a despeito de seus méritos. A determinação, aos poucos, se extingue, perante as decepções amargas; a inteligência se embota perante a mediocridade e estupidez do meio em que cir-

cula; a cultura parece inútil, pois o dinheiro e os preconceitos são os valores que imperam na sociedade. Isaías não consegue transpor os obstáculos, que acabam por levá-lo ao fracasso.

Na primeira parte da obra, como bem assinalou Alfredo Bosi, ao lembrar uma formulação de George Lukács, "a narração levaria ao coração da personagem os múltiplos episódios compostos à sua volta e que passariam a ser inerentes ao seu destino", enquanto na segunda parte "a descrição, ao contrário, conteria sempre uma dose de exterioridade, valeria por seus efeitos miméticos ou decorativos, mas não se fundiria organicamente com os pensamentos e atos"[3] do protagonista.

Como bem assinalou Francisco de Assis Barbosa,

o livro como que se transforma, do meio para o fim, num verdadeiro panfleto contra a imprensa da época, em contraste, até certo ponto chocante, com o desenvolvimento harmonioso dos primeiros capítulos[4].

Na segunda parte, que vai do oitavo capítulo ao último, dá-se uma mudança de registro. A personagem principal deixa de ser Isaías e passa a ser a imprensa; a narrativa de situações humanas vivenciadas no íntimo cede espaço à descrição de situações exteriores justapostas, estilhaçando a narrativa unificada em Isaías e provocando a dispersão em episódios fortuitos, que envolvem as diversas personagens da redação do jornal O Globo. Perdida a unidade orgânica da narrativa, esta se fragmenta, aproximando-se da forma mais superficial da crônica.

Apesar da ruptura do modo romanesco, que provoca o desequilíbrio apontado por José Veríssimo, o registro da crônica favorece a notável pintura da cidade do Rio de Ja-

3. Alfredo Bosi, *Literatura e Resistência*, Companhia das Letras, 2002.
4. Francisco de Assis Barbosa, *op. cit.*, p. 143.

neiro, no tempo da grande reforma urbanística promovida pelo prefeito Pereira Passos, com o intuito de dar um aspecto cosmopolita à então capital da República. Ruas elegantes, largos, praças, bairros, prédios, o cais, o subúrbio, a ilha do Governador, ambientes exteriores e interiores são desenhados como por sinédoques, em que detalhes expressivos sugerem uma impressão de todo, como a pequena enumeração de objetos e instalações do quarto de pensão em Rio Comprido, habitado por Caminha, sugere o ambiente do antigo palacete transformado em promíscuo cortiço.

O movimento de bondes, carruagens, multidões, personagens típicas como jornalistas, políticos, policiais, militares, comerciantes, trabalhadores, lavadeiras, prostitutas de luxo ou decadentes, moradores de um cortiço suburbano animam as locações, sugerindo o dinamismo da vida, como pode ser observado no excerto que se transcreve como exemplo:

> De há muito que a rua parecia retomar a sua vida normal. Durante todo o dia os passeios se fizeram como nos dias comuns; repentinamente, porém, uns grupos que paravam no canto do Largo de São Francisco, vaiaram a polícia. O esquadrão, com o alferes na frente, partiu como uma flecha e foi descendo a Rua do Ouvidor, distribuindo cutiladas para todos os lados. O pequeno vendedor de jornais não teve tempo de fugir e foi derrubado pelos primeiros cavalos e envolvido nas patas dos seguintes, que o atiraram de um lado para o outro como se fosse um bocado de lama.
>
> Quando suspenderam a carga, alguns populares trouxeram-no morto para o escritório do jornal. O cadáver estava num estado ignóbil: tinha quase todos os ossos partidos, o crânio esmagado e o ventre roto[5].

5. Cf. nessa edição, p. 289.

Personagens que compõem a redação do jornal *O Globo* recebem tratamento mais detalhado, mas caricato, o que muito incomodou aqueles que se sentiram retratados. Como vimos, isso foi motivo para que o romance recebesse críticas negativas dos seus contemporâneos. No entanto, passado mais de um século das duas edições publicadas em vida do autor, são esquecidas as relações que as caricaturas mantêm com os referentes e adquirem uma função meramente crítico-humorística, com seus aspectos de deformação grotesca:

Lembrei-me no dia seguinte dessa frase que o Raul Gusmão, um jovem jornalista, da amizade do Laje da Silva, pronunciou solenemente devagar no botequim do teatro, enquanto nos servíamos de bebidas. Disse-a com a sua voz fanhosa, sem acento de sexo e emitida com grande esforço doloroso. Falar era para a sua natureza obra difícil. Toda a sua pessoa se movia, se esforçava extraordinariamente; todos os seus músculos entravam em ação; toda a energia da sua vida se aplicava em articular os sons e sempre, quando falava, era como se falasse pela primeira vez, como indivíduo e como espécie. Essa sua voz de parto difícil, esse espumar de sons ou gritos de um antropoide que há pouco tivesse adquirido a palavra articulada, deu-me não sei que mal-estar, que não mais falei até à sua despedida. Tive medo de que me fosse preciso empregar o mesmo esforço, que a minha palavra custasse também aquela grande dor já olvidada e vencida pela nossa espécie; e fiquei a ouvi-lo respeitosamente, tanto mais que nos tratou, a mim e ao padeiro, com tal desdém, com tal superioridade que fiquei entibiado, esmagado, diante do retrato que dele fiz intimamente, de um grande literato, universal e aclamado, espécie de Balzac ou Dickens, apesar dos seus guinchos de pitecantropo. Falava e não nos olhava quase; errava os olhos – os olhos pequeninos dentro de umas órbitas quase circu-

lares a lembrar vagamente uma raça qualquer de suíno – errava os olhos, dizia, pelo pátio do teatro, e quando nos fixava trazia uma expressão de escárnio que ele mantinha num razoável dispêndio de energia muscular[6].

Docas da Alfândega (RJ). Foto de Marc Ferrez.

[...] de perto, ali a dois passos de mim, o seu olhar fixo, atrás de fortes lentes, a testa baixa e fugidia, quase me fizeram duvidar que fosse aquele o Veiga Filho, o grande romancista de luxuoso vocabulário, o fecundo *conteur*, o enfático escritor a quem eu me tinha habituado a admirar desde os catorze anos... Era aquele o homem extraordinário que a gente tinha que ler com um dicionário na mão? Era aquela a forte cerebração literária que escrevia dois e

6. Cf. nessa edição, pp. 81-82.

três volumes por ano e cuja glória repousava sobre uma biblioteca inteira? Fiquei pasmado. Com aquele frontal estreito, com aquele olhar de desvairado, com aquela fisionomia fechada, balda de simpatia, apareceu-me sem mobilidade, sem ductibilidade, rígido, sinistro e limitado. Acresce que o branco da sua tez soava falso, e do seu espírito julguei logo, vendo o esforço que punha a escova na testa para ganhar diariamente terreno ao cabelo![7]

De fato, qual a importância, atualmente, de saber que a personagem Raul Gusmão corresponde, na vida real, ao escritor João do Rio, e Veiga Filho representa o então afamado polígrafo Coelho Neto? A celebridade e o prestígio desfrutado por eles entre seus contemporâneos não impediram que a memória de João do Rio e de Coelho Neto ficasse mais e mais obscurecida com o passar do tempo. Aliás, a figuração satírica dos redatores e repórteres do jornal cumpre perfeitamente a função de representar personagens de ficção, como transparece na leitura atual das caricaturas e das ações dos caricaturados, de tal modo que é desnecessária a alusão a personalidades da vida real para a satisfatória compreensão da narrativa. Tais personagens são concebidas como típicas do campo jornalístico, de tal modo que, no conjunto, constituem uma espécie de personagem coletiva: a imprensa. A esse universo são dirigidas as palavras mais duras:

Nada há tão parecido como o pirata antigo e o jornalista moderno: a mesma fraqueza de meios, servida por uma coragem de salteador; conhecimentos elementares do instrumento de que lançam mão e um olhar seguro, uma adivinhação, um faro para achar a presa e uma insensibilidade, uma ausência de senso moral a toda

7. Cf. nessa edição, p. 196.

a prova... E assim dominam tudo, aterram, fazem que todas as manifestações de nossa vida coletiva dependam do assentimento e da sua aprovação... Todos nós temos que nos submeter a eles, adulá-los, chamá-los gênios, embora intimamente os sintamos ignorantes, parvos, imorais e bestas...[8]

*

[A imprensa] é a mais tirânica manifestação do capitalismo e a mais terrível também... É um poder vago, sutil, impessoal, que só poucas inteligências podem colher-lhe a força e a essencial ausência da mais elementar moralidade, dos mais rudimentares sentimentos de justiça e honestidade! São grandes empresas, propriedade de venturosos donos destinadas a lhes dar o domínio sobre as massas, em cuja linguagem falam, e a cuja inferioridade mental vão ao encontro, conduzindo os governos, os caracteres para os seus desejos inferiores, para os seus atrozes lucros burgueses...[9]

A imprensa, enfim, torna-se a personagem central da segunda parte do romance, como já foi assinalado. Assim, o protagonista Isaías Caminha que ocupa o centro dos acontecimentos do primeiro ao sétimo capítulo, como que se converte em testemunha, deslocado para a periferia dos episódios narrados cujo centro passam a ser, na segunda parte, os casos e acasos vivenciados pelo coletivo do jornal *O Globo*. O narrador os observa a distância e ele não repercute de modo sensível na interioridade de Isaías Caminha. A narrativa, como também já foi assinalado, deixa de ter a forma romanesca, com os episódios encadeados, e se aproxima do tom da crônica, em que os episódios são justapostos e pouco dizem respeito às metamorfoses que se verificam na esfera moral de Isaías.

8. Cf. nessa edição, p. 170.
9. Cf. nessa edição pp. 170-171.

Atribulações de Isaías

O mundo interior do protagonista Isaías é exposto pelo narrador Isaías. Assim, observa-se que o mulato Isaías Caminha, desde a infância, identifica-se com a figura do pai, branco e culto, enquanto se sente tão diferente da mãe, negra e sem formação escolar, que chega a se envergonhar dela.

Na primeira juventude, quando sai da roça e viaja para o Rio de Janeiro, sente-se ferido pelo comportamento de um balconista que o desdenhara "em tom desabrido", quando pedira o troco que demorava a ser entregue, enquanto atendia com respeito e "prazenteiramente" um rapaz loiro que fizera o mesmo pedido. Caminha não entende a razão da desigualdade, tenta decifrá-la examinando a sua aparência, mas sua ingenuidade o impede de atinar com o motivo da diferença de tratamento.

Já no Rio de Janeiro é intimado para depor na polícia, em razão de um roubo no hotel em que se hospedava. Na delegacia, ouve um escrivão referir-se a ele como o "mulatinho". Tal palavra tinha uma conotação fortemente injuriosa, ainda em vigor atualmente, e o magoa como se tivesse levado uma bofetada. Esse episódio e muitos outros de natureza semelhante terminam por operar uma mudança no caráter de Isaías:

– E o caso do Jenikalé? Já apareceu o tal "mulatinho"?
Não tenho pejo em confessar hoje que quando me ouvi tratado assim, as lágrimas me vieram aos olhos. Eu saíra do colégio, vivera sempre num ambiente artificial de consideração, de respeito, de atenções comigo; a minha sensibilidade, portanto, estava cultivada e tinha uma delicadeza extrema que se juntava ao meu orgulho de inteligente e estudioso, para me dar não sei que exaltada representação de mim mesmo, espécie de homem diferente do que era na realidade, ente superior

e digno a quem um epíteto daqueles feria como uma bofetada. Hoje, agora, depois não sei de quantos pontapés destes e outros mais brutais, sou outro, insensível e cínico, mais forte talvez; aos meus olhos, porém, muito diminuído de mim próprio, do meu primitivo ideal, caído dos meus sonhos, sujo, imperfeito, deformado, mutilado e lodoso[10].

Interrogado asperamente pelo delegado, Isaías percebe a existência do preconceito geral que considerava inferior, *a priori*, pessoas negras ou mulatas.

Na viagem, vira-as [demonstrações de preconceito racial] manifestar-se; no Lage da Silva, na delegacia, na atitude do delegado, numa frase meio dita, num olhar, eu sentia que a gente que me cercava me tinha numa conta inferior. Como que sentia que estava proibido de viver e fosse qual fosse o fim da minha vida os esforços haviam de ser titânicos[11].

Após sofrer meses por falta de dinheiro e fome, Isaías consegue o emprego estável, mas humilde, de contínuo do jornal *O Globo*. Muda-se, então, para um cortiço no subúrbio carioca de Rio Comprido, onde observa "de que maneira forte a miséria prende solidamente os homens", embora a solidariedade se desfizesse imediatamente perante qualquer demonstração de hostilidade:

Num cômodo (em alguns) moravam às vezes famílias inteiras e eu tive ali ocasião de observar de que maneira forte a miséria prende solidamente os homens.

10. Cf. nessa edição, p. 130.
11. Cf. nessa edição p. 147.

De longe, parece que toda essa gente pobre, que vemos por aí, vive separada, afastada pelas nacionalidades ou pela cor; no palacete, todos se misturavam e se confundiam. Talvez não se amassem, mas viviam juntos, trocando presentes, protegendo-se, prestando-se mútuos serviços. Bastava, entretanto, que surgisse uma desinteligência para que os tratamentos desprezíveis estalassem de parte a parte[12].

Embora o tom geral do romance seja de revolta e denúncia, há espaço para notações líricas, como a descrição da chácara em que Isaías Caminha fora morar:

O jardim, de que ainda restavam alguns gramados amarelecidos, servia de coradouro. Da chácara toda, só ficaram as altas árvores, testemunhas da grandeza passada e que davam, sem fadiga nem simpatia, sombra às lavadeiras, cocheiros e criados, como antes o fizeram aos ricaços que ali tinham habitado. Guardavam o portão duas esguias palmeiras que marcavam o ritmo do canto de saudades que a velha casa suspirava; e era de ver, pelo estio, a resignação de uma velha e nodosa mangueira, furiosamente atacada pela variegada pequenada a disputar-lhe os grandes frutos, que alguns anos atrás bastavam de sobra para os antigos proprietários. [...]

Quando refletia assim, era tarde e, da janela do meu quarto, eu via bem a cortina de montanhas desde Santa Teresa ao Andaraí. O Sol descambara de todo e a garganta da Tijuca estava cheia de nuvens douradas. Um pedaço do céu era violeta, um outro azul e havia mesmo uma parte em que o matiz era puramente verde.

Olhei aquelas encostas cobertas de árvores, de florestas que quase desciam por elas abaixo até às ruas da cidade cortadas de bondes elétricos. Quantas formas já as cobriram; quantas formas já as não tinham pisado! Depois que a civilização viera, quantas vezes elas

12. Cf. nessa edição, p. 256.

não tinham sido despovoadas, e perdido o seu tapete de verdura?! E pelos séculos, apesar dos cataclismos, das evoluções geológicas, da ação do homem, nem uma só vez aquela terra deixara de fazer surgir plenamente, nas ramagens das árvores e nas plumagens do passaredo, a energia vital que estava nas suas entranhas![13]

Na condição de contínuo do jornal, Isaías Caminha ostenta o seu conformismo:

> Vivia, então, satisfeito, gozando a temperatura, com almoço e jantar, ignobilmente esquecido do que sonhara e desejara. Houve mesmo um dia em que quis avaliar ainda o que sabia. Tentei repetir a lista dos Césares, não sabia; quis resolver um problema de regra de três composta, não sabia; tentei escrever a fórmula da área da esfera, não sabia. E notei essa ruína dos meus primeiros estudos cheio de indiferença, sem desgosto, lembrando-me daquilo tudo como impressões de uma festa a que fora e a que não devia voltar mais. Nada me afastava da delícia de almoçar e jantar por sessenta mil-réis mensais[14].

Passado um ano, Caminha adaptara-se, chegando a ter orgulho de ser o que era. Não estudou mais. Envolvera-se completamente com a vida do jornal.

Admirava-se do poder da imprensa. Via o jornal influir decisivamente sobre a opinião pública e o governo, criar e destruir reputações políticas e literárias. Diariamente, passava pela redação um cortejo de gente ilustre, que ia bajular os jornalistas na esperança de merecer uma nota favorável.

Esse poder fazia com que todos no jornal se sentissem superiores, do operário ao proprietário. E um pouco da con-

13. Cf. nessa edição, p. 255 e pp. 257-258.
14. Cf. nessa edição, p. 285.

sideração dispensada aos repórteres, articulistas e diretores sobrava para ele, um simples contínuo, que era tratado com deferência especial na pensão em que vivia, onde era chamado "jornalista".

O Globo era um diário de oposição, dirigido pelo doutor Ricardo Loberant. O jornal, em pouco tempo de existência, conquistara uma posição de destaque entre os de maior tiragem, em virtude de sua linha editorial combativa. Os outros grandes órgãos de imprensa estavam comprometidos com o governo, enquanto *O Globo* assumia um tom acentuadamente crítico, denunciando escândalos públicos e privados, conquistando assim grande e rápida popularidade. O espírito de *O Globo* era transmitido pelo diretor, que exigia dos colaboradores a mesma acidez dos textos assinados por ele, textos em que desferia terríveis ataques aos "nossos problemáticos tiranos".

Mas a imagem assumida para efeito externo, para o público, contrastava com o que acontecia no cotidiano do jornal. No espaço acanhado da redação, articulistas e repórteres negavam na prática o desinteresse e independência que ostentavam em seus escritos. Todos bajulavam ostensivamente o doutor Loberant, tinham-lhe grande medo, aterrorizava-lhes a ideia de perder o emprego – o que era comum, pois o diretor agia em seu estabelecimento mais despoticamente que os "tiranos" criticados por ele. Isaías, testemunha do cotidiano da redação, foi compreendendo que a opinião do jornalista era, em primeiro lugar, a que interessava ao dono do jornal; em segundo lugar, vinha o seu próprio interesse pessoal.

O Globo chega ao apogeu por ocasião de uma revolta popular motivada por uma lei absurda, que o Parlamento esteve propenso a aprovar. Pretendia-se proibir o povo da capital da República de andar descalço nas ruas. *O Globo* encabeça uma campanha contra a lei, denunciando que se tratava de nego-

ciata para favorecer a indústria de calçados. A indignação popular vai sendo alimentada pelo jornal, até que explode com o boato de que o governo submeteria quem tivesse pés grandes a uma operação cirúrgica para diminuí-los. Durante alguns dias a cidade se transforma em praça de guerra. Bondes eram incendiados, a iluminação pública era destruída, bandos de populares enfrentavam batalhões policiais, havia troca de tiros e algumas vítimas inocentes tombaram mortas.

A vida de Isaías Caminha dá uma guinada em decorrência de uma tragédia acontecida na redação. Certa noite, o prestigiado Floc, responsável pela seção de artes e literatura, chega ao jornal por volta da meia-noite para escrever uma crônica sobre o espetáculo musical que acabara de assistir no teatro. A oficina dependia desse artigo para fechar a edição e pressionava o articulista. Floc não tinha facilidade para escrever, ato que lhe custava muito esforço e causava grande sofrimento, como Isaías já tivera oportunidade de observar. Nessa noite, estavam na redação apenas o jornalista de artes e o contínuo. Floc fica transtornado porque o artigo não saía. Pedira cachaça a Isaías e bebera muito para ver se sua imaginação se soltava, mas o álcool parecia produzir efeito contrário ao desejado. Quando o paginador das oficinas cobra o texto pela terceira vez, Floc se levanta de sua banca, entra numa sala contígua e dá cabo da vida com um tiro de revólver.

Ao estampido da arma, correm para o gabinete Isaías, o paginador e dois operários da oficina; Floc ainda respirava, mas era tarde. No momento em que falecia o infeliz, entra na redação o jornalista de plantão, Adelermo Caxias, que se ausentara para jantar. Vendo a cena, chama Caminha a um canto, dá-lhe um endereço e pede-lhe para ir lá chamar o doutor Ricardo Loberant, solicita-lhe também que mantivesse segredo do que visse e ouvisse naquele local. Era um prostíbulo de

luxo, a "casa da Rosalina", onde Caminha encontra o diretor proprietário de *O Globo*, acompanhado de seu redator-chefe, o corrupto Aires d'Ávila, numa orgia desbragada.

Desde que fora surpreendido em plena farra pelo contínuo, Ricardo Loberant, vexado, passa a tratá-lo, de início, timidamente, depois, com amizade crescente. Conhecendo a história de Isaías, o diretor admira-se que o humilde funcionário tivesse estudado e fosse mais bem preparado que a maioria de seus jornalistas. Em pouco tempo, Isaías é promovido, passando a trabalhar na expedição, com aumento no ordenado. Passadas duas semanas da promoção, doutor Ricardo resolve testar Caminha como repórter, encarregado da seção "Marinha e Alfândega".

A rápida ascensão de Isaías e as deferências que recebe do diretor provocam a inveja e hostilidade de quase todos no jornal contra ele. No quinto dia de trabalho como repórter, estava numa repartição pública copiando algumas notas para redigir sua seção, quando um outro repórter as arrebata de suas mãos. Caminha reclama com o diretor da repartição, que obriga aquele rival a restituir as anotações. Ao fazê-lo, porém, injuria Isaías, dizendo: "Tome, 'seu' moleque! Você saiu da cozinha do Loberant para fazer reportagem…" Caminha, para espanto dos presentes, contém-se, mas por dentro sente ímpetos assassinos. Termina de copiar, leva as notas ao jornal e sai para a rua. Mal encontra o tal que o ofendera, atira-se sobre ele, esmurrando-o até deitá-lo por terra. Enquanto prestava depoimento na delegacia, Isaías sente uma enorme satisfação interior.

De volta ao jornal, conta a briga a Loberant, que o convida a jantar. Desde então, todas as dificuldades desaparecem, todos enchem de consideração o "mulatinho" Isaías Caminha, que se torna íntimo de Ricardo Loberant.

Passeio Público (RJ).

Aos poucos, Isaías vai se soltando. Tímido e retraído de natural, começa a externar opiniões, dizer coisas, escrever artigos. Aprendendo os truques da profissão, logo se torna um rival aos olhos dos colegas. Passa a ter inimigos, sofrer intrigas.

Isaías foi humilde contínuo e, depois, jornalista, companheiro do poderoso doutor Ricardo Loberant, que o tratava com generosidade e afeto. Participa das pândegas, das noitadas de bebidas e mulheres, mas sempre sentindo-se um tanto deslocado.

[...] para toda a gente mais ou menos letrada do Brasil, os homens e as mulheres do meu nascimento são todos iguais, mais iguais ainda que os cães de suas chácaras. Os homens são uns malandros, planistas, parlapatões quando aprendem alguma coisa, fósforos dos politicões; as mulheres (a noção aí é mais simples) são naturalmente fêmeas.

A indolência mental leva-os a isso e assim também pensava o doutor Loberant. Não tive grande trabalho em o fazer modificar o juízo na parte que me tocava. Mas não me dei por satisfeito. Percebi que me viam como exceção; e, tendo sentido que a minha instrução era mais sólida e mais cuidada do que a da maioria deles, apesar de todos os seus diplomas e títulos, fiquei animado, como ainda estou, a contradizer tão malignas e infames opiniões, seja em que terreno for, com obras sentidas e pensadas, que imagino ter força para realizá-las, não pelo talento, que julgo não ser muito grande em mim, mas pela sinceridade da minha revolta que vem bem do amor e não do ódio, como podem supor[15].

Quando, ao fim de cinco anos de trabalho em *O Globo*, Isaías toma consciência da corrupção generalizada que os bastidores da imprensa escondiam, sente um grande nojo por tudo.

Sentindo necessidade de abandonar aquela vida falsa, decide pedir ao doutor Loberant sua nomeação para o lugar de escrivão da Coletoria Federal de Caxambi, no Estado de Espírito Santo, que estava vago. Loberant resiste, considerava absurdo o desejo do amigo abandonar o Rio, internar-se no mato, mas acaba cedendo ao pedido e consegue, do ministro responsável, a nomeação.

Em Caxambi, numa sala de espera, Isaías Caminha lê o artigo que lhe desperta a ira e o faz decidir-se a escrever suas

15. Cf. nessa edição, p. 316.

memórias, para denunciar e combater o preconceito contra negros e mestiços.

Com essa disposição, narra os terríveis obstáculos que o impediram de realizar o sonho de fazer-se doutor, com a pena do ressentimento e um travo de amargura, em virtude de seu fracasso, que ele atribui não à sua condição biológica, mas aos imperiosos preconceitos sociais e culturais. Tão arraigados e generalizados são tais preconceitos, que chegam a ocasionalmente contaminar o próprio narrador.

Estilo

As obras de Lima Barreto, quanto ao estilo de época, incluem-se no chamado pré-modernismo, que, na prosa, marca a transição entre as estéticas do realismo e do modernismo. *Recordações do Escrivão Isaías Caminha* se amolda bem nessa noção. No geral, traz as marcas características do Realismo, mas ensaia, principalmente no plano da linguagem, alguns procedimentos que os modernistas adotaram e desenvolveram.

Do realismo, Lima Barreto incorporou ao seu método criativo a observação direta da realidade social e psicológica, que é analisada segundo um espírito crítico acentuado e transfigurada por meio de detalhes reveladores. Lima Barreto herdou dessa estética o desejo de fazer da literatura uma forma de conhecimento do mundo e do homem.

Entre as várias correntes do realismo, a de presença notável na obra em questão é a do naturalismo, como se percebe nitidamente na frequência com que personagens são reduzidas à animalidade (zoomorfismo), na exploração de elementos grotescos e chocantes e, principalmente, no aproveitamento de ideias da corrente cientificista conhecida por determinismo, para explicar certos fenômenos. Segundo essa corrente, que

tem no crítico francês Hippolyte Taine o seu maior expoente, o homem é produto do meio, da raça e do momento, ou seja, ele é o que é por ser condicionado por fatores geográficos (meio), biológicos (raça) e histórico-culturais (momento).

Em *Recordações do Escrivão Isaías Caminha*, Lima Barreto não manifesta interesse pelo primeiro fator, mas valoriza o segundo e o terceiro. Tanto assim, que o ponto de partida do romance é a contestação da tese segundo a qual mestiços inteligentes na infância não confirmam essa virtude na idade adulta por serem biologicamente inferiores. Através de seu *alter ego* Isaías Caminha, Lima Barreto procura demonstrar que as injunções histórico-culturais é que determinam o fracasso desse tipo de pessoa. Seriam as condições sociais que explicariam o insucesso.

Tocado pessoalmente pelo preconceito, Lima Barreto fez de sua obra uma forma de literatura militante, de denúncia e combate. Essa disposição se materializa no uso sistemático da ironia, do humor e da sátira, que, não raro, desce à descompostura. O próprio autor reconheceu o aspecto "brutal" de sua linguagem, em passagens mais incisivas da obra, explicando-a pelo intuito que tinha de provocar escândalo.

Vários são os pontos que permitem aproximar o estilo da obra de procedimentos do modernismo, destacando-se, entre eles, o antiacademismo da linguagem. Lima Barreto tinha ojeriza à tendência beletrista que dominava a literatura de seu tempo, especialmente representada pelo prosador de maior sucesso na época: Coelho Neto. Repugnava-lhe o rebuscamento léxico e sintático, tão apreciado nesse autor e em seus seguidores, e que ele considerava mascaramento de uma literatura oca e sem vida autêntica. Aborrecia-lhe a tirania gramatical, entendida como um conjunto de regras fixas que impediam o movimento mais livre da expressão. Com-

Edição popular de Recordações do Escrivão Isaías Caminha, *1943.*

preendia a língua como um organismo vivo, que, como tal, não podia ser engessado, sob pena de se cair num artificialismo estéril. Para ele, a literatura devia tratar a língua como uma forma de comunicação sincera de ideias e sentimentos; não que achasse inútil a preocupação formal, mas esta não se deveria sobrepor ao conteúdo.

As seguintes passagens de *Recordações do Escrivão Isaías Caminha* ilustram a visão artística do autor, no contexto da literatura da época; são três excertos que apresentam elementos de crítica literária, metalinguagem e intertextualidade, que não deixam dúvidas sobre ela.

[...] Não sei como a conversa foi variar para a beleza. Ele riu-se do nosso critério habitual dela, da insignificância do critério dos nossos literatos. Gente, disse-me ele, que vive perturbada, desejosa de realizar ideais de povos mortos, ideais que já se esgotaram; prisioneira da arqueologia, e muito certa de que a verdade está aí, como se houvesse uma beleza absoluta, existindo fora de nós e independente de nós[16].

*

Penso – não sei por quê – que é este meu livro que me está fazendo mal... E quem sabe se excitar recordações de sofrimentos, avivar as imagens de que nasceram não é fazer com que, obscura e confusamente, me venham as sensações dolorosas já semimortas? Talvez mesmo seja angústia de escritor, porque vivo cheio de dúvidas, e hesito de dia para dia em continuar a escrevê-lo. Não é o seu valor literário que me preocupa; é a sua utilidade para o fim que almejo[17].

*

16. Cf. nessa edição, pp. 127-128.
17. Cf. nessa edição, p. 141.

[…] Lobo enlouquecera e estava recolhido ao hospício. A sua mania era não falar nem ouvir. Tapava os ouvidos e mantinha-se calado semanas inteiras, pedindo tudo por acenos. Ao médico que lhe perguntou por que assim procedia, explicou, a muito custo:

– Isto não é língua… Não a posso ouvir… Tudo errado… Que vai ser disto!

– E por que não fala?

– Os erros são tantos, e estão em tantas bocas, que temo que eles me tenham invadido e eu fale esse calão indecente…

E vivia calado pelos corredores, lendo a *Ensynança de Bem Cavalgar* de El-Rei Dom Duarte. Às vezes, entusiasmava e lia alto: "Ca som alguns boos cavalgadores dñas selas queo nom som doutras".

Um colega de manicômio, ao ouvir tão linda coisa, perguntou ao gramático:

– Que língua é esta?

Vendo de que maneira insólita era tratada tão interessante obra, Lobo atirou o livro ao chão e encheu de murros a cara do companheiro de infortúnio[18].

Orientando-se por essas considerações, Lima Barreto buscou conscientemente uma linguagem despojada, feita de frases curtas, sintaxe ágil e vocabulário, em geral, bastante simples. Valorizou a expressão prosaica e popular, tão cara aos modernistas de 22.

Notícia Biográfica de Lima Barreto

Afonso Henriques de Lima Barreto nasce no Rio de Janeiro, numa sexta-feira 13 do mês de maio, ano de 1881. Segun-

18. Cf. nessa edição, pp. 322-323.

Foto de Lima Barreto em 1919. Em 25 de dezembro deste mesmo ano ele é internado no hospício, ficando lá até 20 de fevereiro de 1920.

do a superstição, um dia nefasto que marcaria a triste sina da criança?

Seus pais, mulatos nascidos livres, receberam instrução rara para pessoas dessa origem naquele tempo. A mãe, Amália, manteve durante alguns anos uma modesta escola de primeiras letras, até que a família numerosa e a doença obrigaram-na a fechá-la. O pai, João Henriques, lia francês correntemente, quase chegara a frequentar a Faculdade de Medicina, mas tornara-se respeitado tipógrafo da Imprensa Nacional.

O primeiro parto de Amália foi traumático. A criança morreu com oito dias e a mãe perdeu a saúde para sempre. Apesar de seu estado, teve outros quatro filhos: Afonso Henriques, Angelina, Carlindo e Eliézer. Em dezembro de 1887, Amália morreu. Afonso Henriques tinha sete anos; seu irmão caçula, só um.

O viúvo desdobrou-se para cuidar da família. Além de seu emprego público, João Henriques trabalhava, à noite, no comando das oficinas do recém-fundado *Tribuna Liberal*, jornal de divulgação do partido de Afonso Celso, o visconde de Ouro Preto, padrinho de casamento do mestre tipógrafo e de batismo do segundo filho deste.

A Proclamação da República transtornou a vida dos Barretos. Perseguido como monarquista, o orgulhoso tipógrafo não espera que o demitam, toma a iniciativa, pede exoneração e é desligado do serviço público. Além disso, a censura republicana fecha a *Tribuna Liberal*, e João Henriques amarga o desemprego por um tempo.

Cesário Alvim, ministro do Interior da república nascente e antigo conhecido do mestre tipógrafo, socorre o velho confrade conseguindo-lhe a nomeação para escriturário das Colônias de Alienados da Ilha do Governador. A famí-

lia Barreto muda-se para a ilha, exceto Afonso e Evangelina, que permanecem no Rio, estudando.

Aprovado com distinção, Afonso é matriculado no Liceu Popular Niteroiense, uma das melhores escolas da época, onde completa o curso secundário, às expensas de seu padrinho. De 1891 a 1894, o menino vive no internato. Aos sábados vai para a espaçosa casa em que a família vivia, na Ilha do Governador, desde que João Henriques fora promovido a almoxarife das colônias de alienados. Lá, o menino retraído da escola encanta-se com a vida roceira e diverte-se caçando passarinhos com arapucas.

De 1893, guarda na memória cenas de violência e de injustiça, testemunhadas na ocasião da Revolta da Armada e do autoritarismo florianista. Mais tarde, essas experiências seriam ficcionalmente incorporadas na composição do romance *Triste Fim de Policarpo Quaresma*.

Em 1896, o jovem Afonso Henriques estuda no colégio Paula Freitas, também como interno. Feitos os exames preparatórios, ingressa na Escola Politécnica, matriculando-se no primeiro ano de engenharia civil, em março de 1897. Permanece cinco anos na faculdade, mas não conclui o curso. Julgava-se perseguido pelo professor de Cálculo, que nunca lhe dera aprovação na matéria.

Em 1901, Lima Barreto inicia sua colaboração ao jornal da Federação de Estudantes – *A Lanterna*. Nessa época, já era um "estudante crônico", colecionador de bombas. O curso de engenharia se arrastava penosamente, seus interesses intelectuais cada vez mais se concentravam no estudo de filosofia. Por outro lado, a sua origem humilde e mestiça causava-lhe constrangimento em meio aos rapazes da elite, que eram imensa maioria na Politécnica. Foi quando, em 1902, João Henriques enlouqueceu.

Nictroi, 28 de Março de 1893.

Meu pai

Escrevo hoje porque recebi sua carta. Tua carta pergunta "qual a indigestão que tive?" foi de fructa que comi. Estimo que venha muito sempre no de a 2, porque passei hontem um dia aborrecido, não tendo ninguem para brincar, infim para maior dos males choveu. Dê Vão estas figuras que o sr distribua assim: A Carlindo dê; a bandeira portugueza e argentina, a Eliezer dê; o carneiro e a bandeira da Colombia; e o resto para João.

Affonso Barreto.

Autógrafo de Lima Barreto, 1893.

Lima Barreto abandonou o curso superior, mudou a família para o subúrbio de Todos os Santos e ingressou na Secretaria da Guerra, como amanuense concursado.

Com poucos recursos havia que sustentar nove pessoas: o pai, três irmãos, Priciliana – companheira de João Henriques desde a morte de Amália – e seus três filhos, além do preto velho Manuel de Oliveira, agregado da família.

A vida de burocrata era tediosa. Sentia-se amesquinhado na repartição, havia nela o mesmo preconceito que tanto ferira seu orgulho na Politécnica. Viu gente sem merecimento subir na hierarquia, enquanto ele era preterido. Com o tempo, foi relaxando o zelo profissional, ao passo que intensificava a participação no jornalismo e se iniciava na vida boêmia, adquirindo o vício da bebida.

O álcool foi um trágico refúgio para aquela alma orgulhosa e sofrida, que se sabia superior, mas que era barrada pela sociedade preconceituosa. Na linha oposta da bebida, que o levava à morte, a literatura o empurrava para a vida.

Imbuído de certas ideias de Taine, Lima Barreto entendia que a literatura era uma forma de dizer o que os simples fatos não dizem. Entendia que a literatura tinha compromisso com a realidade, devendo esforçar-se para revelar seus bastidores. A literatura deveria também cumprir um papel moral, contribuindo para melhorar a humanidade. Por isso, Lima Barreto julgou necessário denunciar a hipocrisia, a intolerância, a ambição egoísta e a injustiça, que ele via na base da sociedade burguesa. Tinha da literatura uma visão militante e usou dela para expressar sua revolta, solidarizando-se com a gente humilde.

Do ponto de vista político, Lima Barreto esteve sempre ao lado de causas populares. Foi simpatizante do anarquismo e do socialismo, colaborando assiduamente em seus órgãos

de imprensa, com a mesma sinceridade que se revela em sua obra literária.

Em 1909, publicou seu primeiro livro, o romance *Recordações do Escrivão Isaías Caminha*, editado em Portugal por A. M. Teixeira. Nessa obra de caráter memorialista e confessional, muitas personagens secundárias são caricaturas de figuras ilustres no jornalismo, nas letras e na política da época. O retrato não agradou aos retratados, que boicotaram a publicação com o cordão de isolamento do silêncio. A intenção do autor era fazer escândalo e, com ele, afirmar-se como escritor. Premeditadamente, Lima Barreto escolheu como alvo de sua sátira o jornal *Correio da Manhã*, por ser o mais bem-sucedido naquele tempo e reunir grandes medalhões do jornalismo e das letras. O tiro saiu pela culatra. O nome de Lima Barreto foi proibido na redação do *Correio*.

Na mesma época em que publicou sua obra de estreia, Lima Barreto tinha pronto o romance *Vida e Morte de M. J. Gonzaga de Sá*, que só seria publicado em livro em 1919. Antes disso, o autor publicou os romances *Triste Fim de Policarpo Quaresma* (1915) e *Numa e a Ninfa* (1915). Com *Policarpo Quaresma*, o autor conheceu certa celebridade e conquistou muitos admiradores, entre eles, Monteiro Lobato. Mas a ligeira fama não foi suficiente para resgatá-lo do naufrágio de sua vida, que ia a pique com os cada vez mais prolongados pileques.

Faltava dias e semanas na repartição, tornara-se extremamente desleixado com sua pessoa, andava roto e sujo, chegava a exalar um odor desagradável. Nas crises de bebedeira, ficava horas parado na rua de maior movimento do Rio, afrontando com sua figura bizarra os elegantes que passavam; depois, andava quilômetros, por toda a cidade, parando nos botecos, bebendo cachaça até cair na sarjeta. Assim veio a sofrer seu primeiro delírio. A família decidiu interná-

-lo no Hospital Nacional de Alienados, onde ficou dois meses. Não adiantou o tratamento, em pouco tempo estava de novo enredado na bebida.

Sua atividade literária, porém, não se interrompia, bem como sua colaboração na imprensa, que até mesmo cresceu, com o escritor manifestando-se firmemente contra a Grande Guerra e a favor da Revolução Russa. No ano 1918, chega a lançar o *Manifesto Maximalista*, inspirado em supostas ideias leninistas, quando, na verdade, tratava-se de um manifesto de propostas ingênuas, que fariam rir a um bolchevique leitor de Marx.

De novembro de 1918 a janeiro de 1919, o escritor esteve internado no Hospital Central do Exército. Estava com a clavícula fraturada e padecia de muitos males decorrentes do "alcoolismo crônico", como dizia o laudo médico. Ao sair, aposentou-se, com vencimentos proporcionais aos catorze anos de serviço público.

Em 1919, foi lançada a segunda edição de *Vida e Morte de M. J. Gonzaga de Sá*, editada por Monteiro Lobato. Com ela, pela primeira vez, Lima Barreto era pago decentemente por seus direitos de autor. Também a crítica foi favorável.

Candidatou-se, então, a uma vaga na Academia Brasileira de Letras. Seria mais uma ironia do escritor boêmio, que ridicularizava o academicismo? Provavelmente, não de todo. Algo de provocação talvez houvesse na candidatura, como revela uma carta de Lima a Lobato, mas ele amava demais a literatura e, em muitas passagens de sua vida e obra, deixou claro que sonhava com a glória literária. Secretamente, ele devia aspirar, sim, pela cadeira de imortal, tanto que voltou a candidatar-se mais duas vezes, em vão.

No fim de 1919, novo acesso de loucura leva a mais uma internação no hospício. Sentiu-se tão humilhado que escre-

Recordações do Escrivão Isaías Caminha, *1917*.

veu em seu *Diário Íntimo*: "Estou seguro que não voltarei pela terceira vez; senão saio dele [hospício] para o São João Batista [cemitério], que é próximo".

Os últimos anos de Lima Barreto foram mais que melancólicos. Sua aparência grotesca de quase indigente afastava até os admiradores, como Monteiro Lobato, que, numa passagem pelo Rio, quis conhecer o "mestre" pessoalmente, mas foi encontrá-lo num estado de embriaguez e miséria humana tão deprimente que preferiu ir embora, sem se fazer apresentar.

Foi quando Ranulfo Prata, um jovem médico e escritor que vivia em Mirassol, cidade do interior de São Paulo, convidou Lima Barreto a visitá-lo por um tempo, com o intuito secreto de tentar sua recuperação. Lima aceitou a gentileza. De passagem em São Paulo, limpo e quase elegante, foi conhecer Monteiro Lobato em pessoa, com quem teve um encontro muito receptivo e cordial. Chegando a Mirassol, foi carinhosamente acolhido por seu anfitrião, que, de imediato, pôs em execução seu plano de tratamento. Ranulfo cortou-lhe a bebida, submeteu-o a regime alimentar severo, obrigando-o a dormir cedo e acordar cedo, tudo isso de modo tão delicado, com tanta amabilidade, que o paciente aceitou a terapêutica.

A vida regular já apresentava seus efeitos benéficos, quando amigos de Ranulfo, entusiasmados com a presença do escritor ilustre, convidaram-no a pronunciar conferência na cidade de Rio Preto, a maior e mais importante da região. Lima aceitou e redigiu o trabalho, um texto que já foi considerado seu testamento literário. Nele, o escritor apresenta a síntese de suas ideias sobre arte e literatura. No entanto, Lima Barreto nunca pronunciara uma conferência e, na hora, entrou em pânico. Sumiu. Foram encontrá-lo completamente embriagado, caído na sarjeta.

De volta à vida boêmia, no Rio, foi procurado por Sérgio Buarque de Holanda. Levava-lhe um exemplar da revista *Klaxon*, órgão de divulgação do movimento modernista, que fazia sensação desde fevereiro de 1922, quando se realizou a Semana de Arte Moderna, no Teatro Municipal de São Paulo. Vários modernistas – além de Sérgio Buarque, Di Cavalcanti, Sérgio Milliet e Alcântara Machado – tinham a obra de Lima Barreto em alta consideração. No entanto, uma carta mal interpretada de Lima Barreto, dirigida à revista *Klaxon*, em que criticava o futurismo e as ideias de Marinetti, além de fazer reparos ao cosmopolitismo da nova geração, provocou uma resposta dura, que afastou o escritor dos subúrbios cariocas dos jovens modernistas.

A polêmica não prosseguiu. Dois meses após a resposta de *Klaxon*, Lima Barreto era finalmente vencido pela doença. Sua luz se extinguiu um dia antes de Finados (01.11.1922). Um pequeno grupo de amigos compareceu ao velório na casa suburbana, que o extinto costumava chamar "Vila Quilombo". Levaram o caixão para a estação de Todos os Santos, de onde o carro fúnebre da Central do Brasil o transportaria para ser enterrado no cemitério de São João Batista, no bairro de Botafogo. Chovia muito, mas, à passagem do corpo pelas ruas barrentas do subúrbio, aquela gente sofrida da vizinhança, os "humilhados e ofendidos" que Lima Barreto dignificara em sua obra, aproximava-se e, em silêncio sentido, acompanhava o cortejo.

Recordações do Escrivão
Isaías Caminha

Frontispício, 1909.

Breve Notícia

*Mon coeur profond ressemble a ces voûtes d'église
Oú le moindre bruif s'enlle en une immense voix.*

GUYAU, *Vers d'un philosophe*[1].

QUANDO COMECEI A PUBLICAR, na *Floreal*, uma pequena revista que editei, pelos fins de 1907, as *Recordações* de meu amigo, Isaías Caminha, escrivão da Coletoria Federal de Caxambi, estado do Espírito Santo, publiquei-as com um pequeno prefácio do autor. Mais tarde, graças ao encorajamento que mereceu a modesta obra do escrivão, tratei de publicá-la em volume.

O meu amigo e camarada Antônio Noronha Santos, indo à Europa, ofereceu-se para arranjar, em Portugal, um editor.

João Pereira Barreto recomendou-me aos senhores A. M. Teixeira & Cia., livreiros em Lisboa, com a Livraria Clássica de lá; e elas foram impressas sob as vistas dedicadas do senhor Albino Forjaz de Sampaio, a quem muito devem, em correção, as *Recordações*.

A todos três, não posso, em nome do meu querido Isaías, deixar de agradecer-lhes mais uma vez o serviço que prestaram à obra.

Eu, porém, como tinha plena autorização do autor, por ocasião de mandar o manuscrito para o prelo, suprimi o prefácio, a *donnée*, que agora epigrafa estas linhas, e algumas coisas mais.

1. "Meu coração profundo se assemelha às naves da igreja / Onde o menor ruído se avoluma numa voz imensa" (Guyau, *Versos de um Filósofo*).

O meu intuito era lançar o livro do meu amigo, sem escoras ou para-balas.

Assim foi. Hoje, porém, que faço uma segunda edição dele, restabeleço o original tal e qual o Caminha me enviou, pois não havia motivo para supressão de tanta coisa interessante que muito concorre para a boa compreensão do livro.

E faço isso porque julgo que foram elas um tanto que levaram aquele espírito firme e independente, aquele sagaz crítico, com o seu nobre amor pelos grandes ideais nas letras, que se chamou José Veríssimo, a dizer na sua *Revista Literária*, às segundas-feiras, no *Jornal do Commercio*, de 9 de dezembro de 1907, o seguinte, a respeito do que lhe pareceu uma novela:

Ai de mim, se fosse a "revistar" aqui quanta revistinha que aí aparece com presunções de literária, artística e científica.

Não teria mãos a medir e descontentaria a quase todos; pois a máxima parte delas me parecem sem o menor valor, por qualquer lado que as encaremos. Abro uma justa exceção, que não desejo fique como precedente, para uma magra brochurazinha que, com o nome esperançoso de "Floreal", veio ultimamente a público, e onde li um artigo "Spencerismo e Anarquia", do senhor M. Ribeiro de Almeida, e o começo de uma novela *Recordações do Escrivão Isaías Caminha*, pelo senhor Lima Barreto, nos quais creio descobrir alguma coisa. E escritos com uma simplicidade e sobriedade, e já tal qual sentimento de estilo que corroboram essa impressão.

Como veem, José Veríssimo disse estas palavras, logo ao aparecerem os primeiros capítulos; e pensando serem verdadeiras as razões que expus, restabeleço o manuscrito, como me foi confiado, passando a transcrever o prefácio inteiramente como saiu na inditosa "Floreal".

Ei-lo:

"Eu me lembrei de escrever estas recordações, há dois anos, quando, um dia, por acaso, agarrei um fascículo de uma revista nacional, esquecida sobre o sofá de minha sala humilde, pelo promotor público da comarca.

"Nela um dos seus colaboradores fazia multiplicadas observações desfavoráveis à natureza da inteligência das pessoas do meu nascimento, notando a sua brilhante pujança nas primeiras idades, desmentida mais tarde, na madureza, com a fraqueza dos produtos, quando os havia, ou, em regra geral, pela ausência deles.

"Li-o a primeira vez com ódio, tive desejos de rasgar as páginas e escrever alguma verrina[2] contra o autor.

"Considerei melhor e vi que verrinas nada adiantam, não destroem; se, acaso, conseguem afugentar, magoar o adversário, os argumentos deste ficam vivos, de pé.

"O melhor, pensei, seria opor argumentos a argumentos, pois se uns não destruíssem os outros, ficariam ambos face a face, à mão de adeptos de um e de outro partido.

"Com essa reflexão, que me animo a chamar de bom conselho e excelente inteligência, vieram-me recordações de minha vida, de toda ela, do meu nascimento, infância, puerícia e mocidade.

"Mentalmente comparei os meus extraordinários inícios nos mistérios das letras e das ciências e os prognósticos dos meus professores de então, com este meu triste e bastardo fim de escrivão de coletoria de uma localidade esquecida.

"Por instantes, dei razão ao autor do escrito.

"Cheio de melancolia, daquela melancolia nativa que me ensombra nas horas de alegria e mais me deprime nas de desalento, acendi nervosamente um cigarro, fui à janela,

2. *Verrina*: discurso fortemente crítico.

olhei um momento o rio a correr e me pus a analisar detidamente os fatos de meu passado, que me acabavam de passar pelos olhos.

"Verifiquei que, até ao curso secundário, as minhas manifestações quaisquer de inteligência e trabalho, de desejos e ambições, tinham sido recebidas, senão com aplauso ou aprovação, ao menos como coisa justa e do meu direito; e que daí por diante, dês que me dispus a tomar na vida o lugar que parecia ser de meu dever ocupar, não sei que hostilidade encontrei, não sei que estúpida má-vontade me veio ao encontro, que me fui abatendo, decaindo de mim mesmo, sentindo fugir-me toda aquela soma de ideias e crenças que me alentaram na minha adolescência e puerícia.

"Cri-me fora de minha sociedade, fora do agrupamento a que tacitamente eu concedia alguma coisa e que em troca me dava também alguma coisa.

"Não sei bem o que cri; mas achei tão cerrado o cipoal, tão intrincada a trama contra a qual me fui debater, que a representação da minha personalidade na minha consciência, se fez outra, ou antes esfacelou-se a que tinha construído. Fiquei como um grande paquete[3] moderno cujos tubos da caldeira se houvessem rompido e deixado fugir o vapor que movia suas máquinas.

"E foram tantos os casos dos quais essa minha conclusão ressaltava, que resolvi narrar trechos de minha vida, sem reservas nem perífrases, para de algum modo mostrar ao tal autor do artigo, que, sendo verdadeiras as suas observações, a sentença geral que tirava, não estava em nós, na nossa carne e nosso sangue, mas fora de nós, na sociedade que nos cercava, as causas de tão feios fins de tão belos começos.

3. *Paquete*: navio a vapor para transporte de passageiros e de carga.

"Com isso, não foi minha tenção fazer obra de arte, romance, embora aquele Taine[4] que, certa vez, o doutor Graciliano, o promotor público, me deu a ler, dissesse que a obra de arte tem por fim dizer aquilo que os simples fatos não dizem.

"Não é meu propósito também fazer uma obra de ódio; de revolta enfim; mas uma defesa a acusações deduzidas superficialmente de aparências cuja essência explicadora, as mais das vezes, está na sociedade e não no indivíduo desprovido de tudo, de família, de afetos, de simpatias, de fortuna, isolado contra inimigos que o rodeiam, armados da velocidade da bala e da insídia do veneno.

"Perdoem-me os leitores a pobreza da minha narração.

"Não sou propriamente um literato, não me inscrevi nos registros da livraria Garnier, do Rio, nunca vesti casaca e os grandes jornais da capital ainda não me aclamaram como tal – o que de sobra, me parece, são motivos bastantes sérios, para desculparem a minha falta de estilo e capacidade literária.

"Caxambi, Espírito Santo, 12 de julho de 1905.
"Isaías Caminha
"Escrivão da Coletoria"

*
* *

Afora as coisas da "Garnier" e da "casaca" e dos "jornais", que são preconceitos provincianos, o prefácio, penso eu, consolida a obra e a explica, como os leitores irão ver.

4. *Hippolyte Taine (1828-1893)*: historiador e crítico literário francês cujo método determinista compreende o homem e a sociedade por intermédio de três fatores: o meio, a raça e o momento.

Disse bem preconceitos, porque, após dez anos, tantos são os que vão da composição das *Recordações* aos dias que correm, o meu amigo perdeu muito da sua amargura, tem passeado pelo Rio com belas fatiotas, já foi ao Municipal, frequenta as casas de chá; e, segundo me escreveu, vai deixar de ser representante do Espírito Santo, na Assembleia Estadual, para ser, na próxima legislatura, deputado federal. Ele não se incomoda mais com o livro; tomou outro rumo. Hei de vê-lo em breve entre as encantadoras, fazendo o tal *footing*[5] domingueiro, no Flamengo, e figurando nas notícias elegantes dos jornais. Isaías deixou de ser escrivão. Enviuvou sem filhos, enriqueceu e será deputado. Basta.

Deus escreve direito por linhas tortas, dizem. Será mesmo isso ou será de lamentar que a felicidade vulgar tenha afogado, asfixiado um espírito tão singular? Quem sabe lá?

Para mim, no entanto, sem acreditar na intervenção de nenhuma Dejanira[6], sou de opinião que ele está vestindo a túnica de Néssus[7] da Sociedade.

Todos os Santos, 31-12-16

Lima Barreto.

5. *Footing* (inglês): caminhada; passeio a pé.
6. *Dejanira* (mitologia grega): esposa de Héracles (Hércules).
7. *Néssus* (mitologia grega): centauro que tenta possuir Dejanira e é morto a flechadas pelo marido dela, o herói Héracles. Antes de morrer, Néssus diz a Dejanira que o sangue dele, embebido em roupa do marido, o faria amá-la para sempre. Dejanira embebe uma túnica de Héracles com o sangue do centauro, que, na verdade, era veneno. Ao vestir a túnica, o herói tem a carne queimada e acaba morto. Vestir a "túnica de Néssus" é expressão metafórica, com o sentido de ser envenenado.

I

A TRISTEZA, A COMPRESSÃO e a desigualdade de nível mental do meu meio familiar agiram sobre mim de um modo curioso: deram-me anseios de inteligência. Meu pai, que era fortemente inteligente e ilustrado, em começo, na minha primeira infância, estimulou-me pela obscuridade de suas exortações. Eu não tinha ainda entrado para o colégio, quando uma vez me disse: "você sabe que nasceu quando Napoleão[1] ganhou a Batalha de Marengo?"[2] Arregalei os olhos e perguntei quem era Napoleão? "Um grande homem, um grande general…" E não disse mais nada. Encostou-se à cadeira e continuou a ler o livro. Afastei-me sem entrar na significação de suas palavras; contudo, a entonação de voz, o gesto e o olhar ficaram-me eternamente. Um grande homem!…

O espetáculo de saber do meu pai, realçado pela ignorância de minha mãe e de outros parentes dela, surgiu aos meus olhos de criança, como um deslumbramento.

Pareceu-me então que aquela sua faculdade de explicar tudo, aquele seu desembaraço de linguagem, a sua capacida-

1. *Napoleão Bonaparte (1769-1821)*: gênio militar e líder político, foi imperador da França.
2. *Batalha de Marengo*: vitória do exército francês, comandado por Napoleão Bonaparte, sobre as forças austríacas, no dia 14 de julho de 1800. Por isso, não é o ano de nascimento de Isaías Caminha que coincide com o da Batalha de Marengo, mas o dia e o mês. Outros dados temporais da narrativa apontam o ano de 1879 como o de nascimento do protagonista.

de de ler línguas diversas e compreendê-las, constituíam não só uma razão de ser de felicidade, de abundância e riqueza, mas também um título para o superior respeito dos homens e para a superior consideração de toda a gente.

Sabendo, ficávamos de alguma maneira sagrados, deificados... Se minha mãe me aparecia triste e humilde – pensava eu naquele tempo – era porque não sabia, como meu pai, dizer os nomes das estrelas do céu e explicar a natureza da chuva...

Foi com estes sentimentos que entrei para o curso primário. Dediquei-me açodadamente ao estudo. Brilhei, e com o tempo foram-se desdobrando as minhas primitivas noções sobre o saber.

Acentuaram-se-me tendências; pus-me a colimar[3] glórias extraordinárias, sem lhes avaliar ao certo a significação e a utilidade. Houve na minha alma um tumultuar de desejos, de aspirações indefinidas. Para mim era como se o mundo me estivesse esperando para continuar a evoluir...

Ouvia uma tentadora sibila[4] falar-me, a toda a hora e a todo instante, na minha glória futura. Agia desordenadamente e sentia a incoerência dos meus atos, mas esperava que o preenchimento final do meu destino me explicasse cabalmente. Veio-me a *pose*, a necessidade de ser diferente. Relaxei-me no vestuário e era preciso que minha mãe me repreendesse para que eu fosse mais zeloso. Fugia aos brinquedos, evitava os grandes grupos, punha-me só com um ou dois, à parte, no recreio do colégio; lá vinha um dia, porém, que brincava doidamente, apaixonadamente. Causava com isso espanto aos camaradas: "Oh! Isaías brincando! Vai chover..."

A minha energia no estudo não diminuiu com os anos, como era de esperar; cresceu sempre progressivamente. A

3. *Colimar*: ter em vista; desejar.
4. *Sibila*: profetisa.

professora admirou-me e começou a simpatizar comigo. De si para si (suspeito eu hoje), ela imaginou que lhe passava pelas mãos um gênio. Correspondi-lhe à afeição com tanta força d'alma, que tive ciúmes dela, dos seus olhos azuis e dos seus cabelos castanhos, quando se casou. Tinha eu então dois anos de escola e doze de idade. Daí a um ano, saí do colégio, dando-me ela como recordação, um exemplar do *Poder da Vontade*, luxuosamente encadernado, com uma dedicatória afetuosa e lisonjeira. Foi o meu livro de cabeceira. Li-o sempre com mão diurna e noturna, durante o meu curso secundário, de cujos professores poucas recordações importantes conservo hoje. Eram banais! Nenhum deles tinha os olhos azuis de dona Ester, tão meigos e transcendentes que pareciam ler o meu destino, beijando as páginas em que estava escrito!...

Quando acabei o curso do Liceu, tinha uma boa reputação de estudante, quatro aprovações plenas, uma distinção e muitas sabatinas ótimas. Demorei-me na minha cidade natal ainda dois anos, dois anos que passei fora de mim, excitado pelas notas ótimas e pelos prognósticos da minha professora, a quem sempre visitava e ouvia. Todas as manhãs, ao acordar-me, ainda com o espírito acariciado pelos nevoentos sonhos de bom agouro, a sibila me dizia ao ouvido: vai, Isaías! vai!... Isto aqui não te basta... Vai para o Rio!

Então, durante horas, através das minhas ocupações quotidianas, punha-me a medir as dificuldades, a considerar que o Rio era uma cidade grande, cheia de riqueza, abarrotada de egoísmo, onde eu não tinha conhecimentos, relações, protetores que me pudessem valer...

Que faria lá, só, a contar com as minhas próprias forças? Nada... Havia de ser como uma palha no redemoinho da vida – levado daqui, tocado para ali, afinal engolido no sorvedou-

ro… ladrão… bêbado… tísico e quem sabe mais? Hesitava. De manhã, a minha resolução era quase inabalável, mas, já à tarde, eu me acobardava diante dos perigos que antevia.

Um dia, porém, li no "*Diário de* ***" que o Felício, meu antigo condiscípulo, se formara em farmácia, tendo recebido por isso uma estrondosa, dizia o "*Diário*", manifestação dos seus colegas.

Ora Felício! pensei de mim para mim. O Felício! Tão burro! Tinha vitórias no Rio! Por que não as havia eu de ter também – eu que lhe ensinara, na aula de português, de uma vez para sempre, diferença entre o adjunto atributivo e o adverbial? Por quê!?

Li essa notícia na sexta-feira. Durante o sábado, tudo enfileirei no meu espírito, as vantagens e as desvantagens de uma partida. Hoje, já não me recordo bem das fases dessa batalha; porém uma circunstância me ocorre das que me demoveram a partir. Na tarde de sábado, saí pela estrada fora. Fazia mau tempo. Uma chuva intermitente caía desde dois dias.

Saí sem destino, a esmo, melancolicamente aproveitando a estiada.

Passava por um largo descampado e olhei o céu. Pardas nuvens cinzentas galopavam, e, ao longe, uma pequena mancha mais escura parecia correr engastada nelas. A mancha aproximava-se e, pouco a pouco, via-a subdividir-se, multiplicar-se; por fim, um bando de patos negros passou por sobre a minha cabeça, bifurcado em dois ramos, divergentes de um pato que voava na frente, a formar um V. Era a inicial de "Vai". Tomei isso como sinal animador, como bom augúrio[5] do meu propósito audacioso. No domingo, de manhã, disse de um só jato à minha mãe:

5. *Augúrio*: presságio; profecia.

Passava por um largo descampado e olhei o céu.

– Amanhã, mamãe, vou para o Rio.

Minha mãe nada respondeu, limitou-se a olhar-me enigmaticamente, sem aprovação nem reprovação; mas, minha tia, que costurava em uma ponta de mesa, ergueu um tanto a cabeça, descansou a costura no colo e falou persuasiva:

– Veja lá o que vai fazer, rapaz! Acho que você deve aconselhar-se com o Valentim!

– Ora qual! – fiz eu com enfado. – Para que Valentim? Não sou eu rapaz ilustrado? Não tenho todo o curso de preparatórios? Para que conselhos?

– Mas olhe, Isaías! você é muito criança... Não tem prática... O Valentim conhece mais a vida do que você. Tanto mais que já esteve no Rio...

Minha tia, irmã mais velha de minha mãe, não tinha acabado de dizer a última palavra, quando o Valentim entrou envolvido num comprido capote de baeta[6]. Descansou alguns pacotes de jornais manchados de selos e carimbos; tirou o boné com o emblema do Correio e pediu café.

– Você veio a propósito, Valentim. Isaías quer ir para o Rio e eu acabo de recomendar que se aconselhasse com você.

– Quando você pretende ir, Isaías? – indagou meu tio, sem surpresa e imediatamente:

– Amanhã – disse eu cheio de resolução. Ele nada mais disse. Calamo-nos e minha tia saiu da sala, levando o capote molhado e logo depois voltou, trazendo o café.

– Quer parati[7], Valentim?

– Quero.

Revolvendo lentamente o açúcar no fundo da xícara, meu tio continuou ainda calado por muito tempo. Tomou um

6. *Baeta*: tecido felpudo de lã ou algodão.
7. *Parati*: aguardente; pinga; cachaça.

gole de café, depois um outro de aguardente, esteve com o cálice suspenso alguns instantes, descansou-o na mesa automaticamente e, aos poucos, a sua fisionomia de largos traços de ousadia foi revelando um grande trabalho de concentração interior. Minha mãe nada dissera até aí.

Num dado momento, pretextando qualquer coisa, levantou-se e foi aos fundos da casa. Ao sair fez a minha tia uma insignificante pergunta sobre o arranjo doméstico, sem aludir à minha resolução e sem despertar meu tio da cisma profunda em que se engolfara.

Ansioso, deixei-me ficar à espera de uma resposta dele, notando-lhe as menores contrações do rosto e decifrando os mais tênues lampejos de seu olhar. Houve um segundo que ele me pareceu ter suspendido todo o movimento exterior de sua pessoa. A respiração como que parara, tinha o cenho carregado, as rugas da testa larga e quadrada fixadas, como se tivessem sido vazadas em bronze, e os olhos imóveis, orientados para uma fresta da mesa, brilhantes, extraordinariamente brilhantes e salientes, como que a saltar das órbitas, para farejar o rasto provável da minha vida na intrincada floresta dos acontecimentos. Gostava dele. Era um homem leal, valoroso, de pouca instrução, mas de coração aberto e generoso. Contavam-lhe façanhas, bravatas portentosas, levadas ao cabo, pelos tempos em que fora, nas eleições, esteio do partido liberal. Pelas portas das vendas, quando passava, cavalgando o seu simpático cavalo magro, com um saco de cartas à garupa, murmuravam: "Que songamonga![8] Já liquidou dois..." Eu sabia do caso, estava mesmo convencido de sua exatidão; entretanto, apesar das minhas precoces exigências de moral inflexível, não me envergonhava de estimá-lo,

8. *Songamonga*: pessoa dissimulada.

amava-o até, sem mescla de terror, já pela decisão de seu caráter, já pelo apoio certo que nos dera, a mim e a minha mãe, quando veio a morrer meu pai, vigário da freguesia de ***. Animara a continuar meus estudos, fizera sacrifícios para me dar vestuário e livros, desenvolvendo assim uma atividade acima dos seus recursos e forças.

Durante os dois anos que passei, depois de ter concluído humanidades, o seu caráter atrevido conseguia de quando em quando arranjar-me um ou outro trabalho. Desse modo, eu ia vivendo uma doce e medíocre vida roceira, sempre perturbada, porém, pelo estonteante propósito de me largar para o Rio. Vai Isaías! Vai!

Meu tio ergueu a cabeça, pousou o olhar demoradamente sobre mim e disse:

– Fazes bem! – Acabou de tomar o café, pediu o capote e convidou-me:

– Vem comigo. Vamos ao coronel... Quero pedir-lhe que te recomende ao doutor Castro, deputado.

Minha tia trouxe o capote, e quando íamos saindo apareceu também minha mãe, recomendando:

– Agasalha-te bem, Isaías! Levas o chapéu de chuva?

– Sim, senhora – respondi.

Durante quarenta minutos, patinhamos na lama do caminho, até a casa do coronel Belmiro. Mal tínhamos empurrado a porteira que dava para a estrada, o vulto grande do fazendeiro assomou no portal da casa, redondo, num longo capote e coberto de um largo chapéu de feltro preto. Aproximamo-nos...

– Oh! Valentim! – fez preguiçosamente o coronel. – Você traz cartas? Devem ser do Trajano, conhece? Sócio do Martins, da rua dos Pescadores...

– Não senhor – interrompeu meu tio.

*Durante quarenta minutos, patinhamos na lama do caminho,
até a casa do coronel Belmiro.*

– Ah! É seu sobrinho... Nem o conheci... Como vai, menino?

Não esperou minha resposta; continuou logo em seguida:

– Então, quando vai para o Rio? Não fique aqui... Vá... Olhe, o senhor conhece o Azevedo?

– É disso mesmo que vínhamos tratar. Isaías quer ir para o Rio e eu vinha pedir a Vossa Senhoria...

– O quê? – interrompeu assustado o coronel.

– Eu queria que, Vossa Senhoria, senhor coronel – gaguejou o tio Valentim –, recomendasse o rapaz ao doutor Castro.

O coronel esteve a pensar. Mirou-me de alto a baixo, finalmente falou:

– Você tem direito, seu Valentim... É... Você trabalhou pelo Castro... Aqui para nós: se ele está eleito, deve-o a mim e aos defuntos, e você que desenterrou alguns.

Riu-se muito, cheio de satisfação por ter repetido tão velha pilhéria e perguntou amavelmente em seguida:

– O que é que você quer que lhe peça?

– Vossa Senhoria podia dizer na carta que o Isaías ia ao Rio estudar, tendo já todos os preparatórios, e precisava, por ser pobre, que o doutor lhe arranjasse um emprego.

O Coronel não se detève, fez-nos sentar, mandou vir café e foi a um compartimento junto escrever a missiva.

Não se demorou muito; as suas noções gramaticais não eram suficientemente fortes para retardar a redação de uma carta. Demoramo-nos ainda um pouco e, quando nos despedíamos, o coronel abraçou-me, dizendo:

– Faz bem, menino. Vá, trabalhe, estude, que isto aqui é uma terra à toa, com licença da palavra, de m... O Castro deve fazer alguma coisa por você. Ele foi assim também... O pai, você o conheceu, seu Valentim?

– Sim, coronel – disse meu tio.

– ... era muito pobre, muito mesmo... O Hermenegildo, o Castro, quis estudar. Nós... nós não, eu principalmente que era presidente, arranjei-lhe uma subvenção da Câmara... E foi assim. Hoje – acrescentou o coronel imediatamente –, não é preciso, o Rio é muito grande, há muitos recursos... Vá, menino!

Não chovia mais. As nuvens tinham corrido de um lado do horizonte, deixando ver uma nesga de céu azul.

Um pouco de Sol banhava aquelas colinas tristes e fatigadas por entre as quais caminhávamos.

As cigarras puseram-se a estridular e vim vindo, de cabeça baixa, sem apreensões, cheio de esperanças, exuberante de alegrias.

A minha situação no Rio estava garantida. Obteria um emprego. Um dia pelos outros iria às aulas, e todo o fim de ano, durante seis, faria os exames, ao fim dos quais seria doutor!

Ah! Seria doutor! Resgataria o pecado original do meu nascimento humilde, amaciaria o suplício premente, cruciante e onímodo de minha cor... Nas dobras do pergaminho da carta, traria presa a consideração de toda a gente. Seguro do respeito à minha majestade de homem, andaria com ela mais firme pela vida em fora. Não titubearia, não hesitaria, livremente poderia falar, dizer bem alto os pensamentos que se estorciam no meu cérebro.

O flanco que a minha pessoa, na batalha da vida, oferecia logo aos ataques dos bons e dos maus ficaria mascarado, disfarçado...

Ah! Doutor! Doutor!... Era mágico o título, tinha poderes e alcances múltiplos, vários, polifórmicos...[9] Era um *pal-*

9. *Polifórmico*: polimórfico.

lium[10], era alguma coisa como clâmide[11] sagrada, tecida com um fio tênue e quase imponderável, mas a cujo encontro os elementos, os maus olhares, os exorcismos se quebravam. De posse dela, as gotas de chuva afastar-se-iam transidas do meu corpo, não se animariam a tocar-me nas roupas, no calçado sequer. O invisível distribuidor dos raios solares escolheria os mais meigos para me aquecer, e gastaria os fortes, os inexoráveis, com o comum dos homens que não é doutor. Oh! Ser formado, de anel no dedo, sobrecasaca e cartola, inflado e grosso, como um sapo-entanha[12] antes de ferir a martelada à beira do brejo; andar assim pelas ruas, pelas praças, pelas estradas, pelas salas, recebendo cumprimentos: "doutor, como passou? Como está, doutor?" Era sobre-humano!...

Estávamos quase a chegar...

Pelo caminho, viemos, os dois, calados. Eu todo entregue às minhas reflexões, que meu tio, uma vez ou outra, vinha perturbar com uma pergunta qualquer. Era sem vontade de continuar a conversa que eu respondia; depois da terceira tentativa para entabulá-la, não insistiu mais. O Sol fugia aos poucos, as cigarras deixaram de cantar e quando chegamos a casa, a chuva caiu novamente.

Almocei, saí até à cidade próxima para fazer as minhas despedidas, jantei e, sempre, aquela visão doutoral que não me deixava. Uma face dela me aparecia, depois outra mais brilhante; esta provocava uma consideração, aquela mais uma propriedade da carta onipotente. De noite, no teto da minha sala baixa, pelos portais, pelas paredes, eu via escrito pela luz do lampião de petróleo – Doutor! Doutor!

10. *Pallium* (latim): manto.
11. *Clâmide*: manto preso aos ombros por um broche.
12. *Sapo-entanha*: sapo-boi.

Quantas prerrogativas, quantos direitos especiais, quantos privilégios esse título dava! Podia ter dois ou mais empregos apesar da Constituição; teria direito à prisão especial e não precisava saber nada. Bastava o diploma. Pus-me a considerar que isso deveria ser antigo... Newton[13], César[14], Platão[15] e Miguel Ângelo[16] deviam ter sido doutores! Foram os primeiros legisladores que deram à carta esse prestígio extraterrestre... Naturalmente, teriam escrito nos seus códigos: tudo o que há no mundo é propriedade do doutor, e se de alguma coisa outros homens gozam, devem-no à generosidade do doutor. Era uma outra casta, para qual eu entraria, e desde que penetrasse nela, seria de osso, sangue e carne diferente dos outros – tudo isso de uma qualidade transcendente, fora das leis gerais do Universo e acima das fatalidades da vida comum.

– Levas toda a roupa, Isaías? – veio interromper minha mãe.

Eu estava deitado num velho sofá amplo. Lá fora, a chuva caía com redobrado rigor e ventava fortemente. A nossa casa frágil parecia que, de um momento para outro, ia ser arrasada. Minha mãe ia e vinha de um quarto próximo; removia baús, arcas; cosia, futicava[17]. Eu devaneava e ia-lhe vendo o perfil esquálido, o corpo magro, premido de trabalhos, as faces cavadas com os malares salientes, tendo pela pele parda

13. *Isaac Newton (1643-1727)*: grande cientista inglês, principalmente como astrônomo, físico e matemático.

14. *Júlio César (100 a.C.–44 a.C)*: considerado um dos maiores gênios militares, conquistador da Gália, foi político que se destacou como cônsul e, depois, ditador da República Romana.

15. *Platão (428 a.C.–348 a.C.)*: filósofo grego, considerado um dos mais destacados em toda a história da filosofia, autor de *Diálogos* e da *República*, entre outras obras.

16. *Miguel Ângelo (1475-1564)*: escultor, pintor e arquiteto italiano, considerado um dos grandes gênios da história da arte.

17. *Futicar*: alinhavar.

manchas escuras, como se fossem de fumaça entranhada. De quando em quando, ela lançava-me os seus olhos aveludados, redondos, passivamente bons, onde havia raias de temor ao encarar-me. Supus que adivinhava os perigos que eu tinha de passar; sofrimentos e dores que a educação e inteligência, qualidades a mais na minha frágil consistência social, haviam de atrair fatalmente. Não sei que de raro, excepcional e delicado, e ao mesmo tempo perigoso, ela via em mim, para me deitar aqueles olhares de amor e espanto, de piedade e orgulho. Aos seus olhos – muitas vezes se me veio a afigurar – eu era como uma rapariga, do meu nascimento e condição, extraordinariamente bonita, vivaz e perturbadora... Seria demais tudo isso; cercá-la-ia logo o ambiente de sedução e corrupção, e havia de acabar por aí, por essas ruas...

Por vezes, também acreditei que ela nada quisesse exprimir com eles; que tinha por mim a indiferença da máquina pelo seu produto. Que importa aos teares de Valenciennes[18] o destino de suas rendas?!

Eu a cria, então, resignada a ficar ali, nas proximidades de uma cidade de terceira ordem, tendo, de onde em onde, notícias minhas naquela grande cidade que a sua imaginação a custo havia de representar. E quem sabe se as notícias seriam de ordem a provocar-lhe dúvidas sobre sua maternidade?! Coitada! Pobre de minha mãe!

– Olhe, mamãe – disse eu –, logo que me arrume mando-a buscar. A senhora está ouvindo?

– Sim – respondeu ela com fingida indiferença.

– Alugaremos uma casa. Todos os dias, quando eu for trabalhar, tomarei a sua bênção; quando tiver de estudar até alta

18. *Valenciennes*: cidade francesa conhecida por sua tecelagem de lã e de linho.

noite, a senhora há de dar-me café, para espantar o sono... Sim, mamãe?

E me pus a abraçá-la efusivamente.

– É bom! Estuda Isaías – fez ela, desvencilhando-se de mim brandamente. – Não te importes comigo... Estuda, meu filho! Eu já estou velha demais...

– Mamãe, não acredita em mim.

– Acredito, meu filho; mas... mas não quero sair daqui.

No dia seguinte, quando me despedi, ela deu-me um forte abraço, afastou-se um pouco e olhou-me longamente, com aquele olhar que me lançava sempre, fosse em que circunstância fosse, onde havia mesclados, terror, pena, admiração e amor.

– Vai, meu filho – disse-me ela afinal! – Adeus!... E não te mostres muito, porque nós...

E não acabou. O choro a tomou convulsa e eu me afastei chorando.

❦ II ❦

A VIAGEM DE TREM CORREU ENFADONHA. Não sei se devido à falta de comodidade do banco, não sei se às grandes emoções por que passara, o certo é que me invadiu durante toda ela um letargo[1], um torpor que me chumbou o corpo e me tornou a inteligência de difícil penetração. Encostado ao espaldar do banco, viajava meio acordado, meio dormindo; de quando em quando, um solavanco do carro abria-me violentamente os olhos e obrigava-me a considerar mais detidamente a paisagem que fugia pela portinhola do vagão.

Eram as mesmas charnecas úmidas ao sopé de morros de porte médio, revestidos de um mato ralo, anêmico, verde-escuro, onde, por vezes, uma árvore de mais vulto se erguia soberbamente, como se o conseguisse pelo esforço de uma vontade própria.

O Sol coava-se com dificuldade por entre grossos novelos de nuvens erradias, distribuindo, sobre as coisas que eu ia vendo, uma luz amarelada e desigual.

Pelo declive suave de uma encosta, o tapete escuro do mato aparecia mosqueado, com as manchas arredondadas, claras e escuras, salpicadas com relativa regularidade. Por aqui, por ali, trechos foscos e baços contrastavam com tufos vivos, profusamente iluminados – rebentos de vida numa pele doente…

1. *Letargo*: apatia; inércia.

O trem parara e eu abstinha-me de saltar. Uma vez, porém, o fiz; não sei mesmo em que estação. Tive fome e dirigi-me ao pequeno balcão onde havia café e bolos. Encontravam-se lá muitos passageiros. Servi-me e dei uma pequena nota para pagar. Como se demorassem em trazer-me o troco reclamei: "Oh!", fez o caixeiro indignado e em tom desabrido. "Que pressa tem você?! Aqui não se rouba, fique sabendo?" Ao mesmo tempo ao meu lado, um rapazola alourado, reclamava o dele, que lhe foi prazenteiramente entregue. O contraste feriu-me, e com os olhares que os presentes me lançaram, mais cresceu a minha indignação. Curti, durante segundos, uma raiva muda, e por pouco ela não rebentou em pranto. Trôpego e tonto, embarquei e tentei decifrar a razão da diferença dos dois tratamentos. Não atinei; em vão passei em revista a minha roupa e a minha pessoa... Os meus dezenove anos eram sadios e poupados, e o meu corpo regularmente talhado. Tinha os ombros largos e os membros ágeis e elásticos. As minhas mãos fidalgas com dedos afilados e esguios, eram herança de minha mãe, que as tinha tão valentemente bonitas que se mantiveram assim, apesar do trabalho manual a que a sua condição a obrigava. Mesmo de rosto, se bem que os meus traços não fossem extraordinariamente regulares, eu não era hediondo nem repugnante. Tinha-o perfeitamente oval, e a tez de cor pronunciadamente azeitonada.

Além de tudo, eu sentia que a minha fisionomia era animada pelos meus olhos castanhos, que brilhavam doces e ternos nas arcadas superciliares profundas, traço de sagacidade que herdei do meu pai. Demais, a emanação da minha pessoa, os desprendimentos da minha alma, deviam ser de mansuetude, de timidez e bondade... Por que seria então, meu Deus? Os esforços que fiz, mais espesso tornaram o ca-

O trem parara e eu abstinha-me de saltar. Uma vez, porém, o fiz; não sei mesmo em que estação.

pacete plúmbeo que me oprimia o cérebro. O torpor tomou-me mais fortemente e por fim dormi, dormi não sei quantas horas, não sei quantos minutos, pois que, ao despertar, era boca da noite, e o crepúsculo cobria as coisas com uma capa de melancolia por assim dizer tangível. Afagava, roçava pelas minhas faces, tocava-me nas mãos de leve como uma pelúcia… Por entre laranjais dourados de pomos maduros, a locomotiva corria célere… Chegamos à estação terminal, mas não acabou aí a viagem. Passamo-nos para uma barca que atravessou vagarosamente por entre ilhotas até alcançar o largo da baía. O espetáculo chocou-me. Repentinamente senti-me outro. Os meus sentidos aguçaram-se; a minha inteligência entorpecida durante a viagem, despertou com força, alegre e cantante… Eu via nitidamente as coisas e elas penetraram em mim até ao âmago. Convergi todo o meu aparelho de exame para o espetáculo que me surpreendia. Estive por instantes espasmodicamente arrebatado, para um outro mundo, adivinhado além das coisas sensíveis e materiais. Voluptuosamente, cerrei os olhos; depois, aos poucos, descerrei as pálpebras para olhar embaixo o mar espelhento e misterioso. A barca vogava, as águas negras abriam – fingindo resistência, calculando a recusa.

O casario defronte – o da orla da praia, envolvido já nas brumas da noite, e o do alto, queimando-se na púrpura do poente – surgia revolto aos meus olhos, bizarramente disposto sem uma ordem geometricamente definida, mas guardando com as montanhas que espreitavam a cidade, com as inflexões caprichosas das colinas e o meandro dos vales, um acordo oculto, sutilmente lógico.

Evolava-se do ambiente um perfume, uma poesia, alguma coisa de unificador, a abraçar o mar, as casas, as montanhas e o céu; pareciam erguidos por um só pensamento, afastados e

aproximados por uma inteligência coordenadora que calculasse a divisão dos planos, abrisse vales, recortasse curvas, a fim de agitar viva e harmoniosamente aquele amontoado de coisas diferentes… O aconchego, a tepidez da hora, a solenidade do lugar, o crenulado[2] das montanhas engastadas no céu côncavo, deram-me impressões várias, fantásticas, discordantes e fugidias…

Havia um brando ar de sonho, e eu fiquei todo penetrado dele. Andamos. Agora, a barca movia-se ao longo de uma comprida ilha pejada de edifícios. Mais perto, mais longe, pequenas lanchas corriam, erguendo para a pureza do céu irreverentes penachos de fumo; na linha do horizonte, havia uma terra baixa, ao fundo, onde, dolentemente agitado pela viração, um esguio coqueiro, firme e orgulhoso, crescia solitário; grandes cascos escuros de saveiros e galeras ruminavam placidamente; e botes velozes, cruzando as respectivas derrotas[3], brincavam sobre as ondas como crianças travessas…

Um escaler aproximou-se da barca, bem perto; a tripulação rubicunda[4] entoava uma canção, um hino. O escaler afastou-se logo, desdenhoso e superior.

Antes de atracar, a noite caiu de todo.

Na cidade longos riscos de fogo brilharam, juntos e espaçados, retos e curvos, paralelos e emaranhados… Chegamos.

Quando saltei e me pus em plena cidade, na praça para onde dava a estação, tive uma decepção. Aquela praça inesperadamente feia, fechada em frente por um edifício sem gosto, ofendeu-me como se levasse uma bofetada. Enganaram-me os que me representavam a cidade bela e majestosa. Nas ruas,

2. *Crenulado*: recorte.
3. *Derrota*: percurso; rota.
4. *Rubicunda*: corada; avermelhada.

havia muito pouca gente e, do bonde em que as ia atravessando, pareciam-me feias, estreitas, lamacentas, marginadas de casas sujas e sem beleza alguma. A Rua do Ouvidor, que vi de longe, iluminada e transitada, em pouco diminuiu a má impressão que me fez a cidade. Pouco antes de partir, havia-me informado dos hotéis e, por essa ocasião, recomendaram-me o Hotel Jenikalé, na Praça da República, de módica diária, me dirigi a ele, no propósito de me demorar os poucos dias exigidos para obter a colocação que me daria o deputado Castro. Fui jantar e sentei-me à mesa redonda, onde havia muita gente a falar de tudo e de todas as coisas. Evitei travar conversa com qualquer dos circunstantes. Jantei calado, de olhos desconfiados, baixos, erguendo-os de quando em quando do prato para as gravuras que guarneciam a sala, sem me animar a pousá-los na fisionomia de qualquer dos comensais. Não obstante a isso, alguém, pelo fim do jantar, venceu minha obstinação:

– Creio que viemos juntos...

– Não me recorda – fiz eu polidamente.

– Perfeitamente. O senhor dormia quando embarquei.

– Pode ser... Viajei quase sempre assim... – Alonguei a resposta a muito custo e a medo; mas, arrependido, comecei a pesá-la bem e vi que por ela o meu interlocutor não me poderia roubar o fraco pecúlio.

– Vim a negócios... O senhor sabe – continuou o desconhecido –; o senhor sabe: quem quer vai, quem não quer manda... Se me limito a encomendar a farinha – é uma desgraça! Chega azeda e de péssima qualidade – então é um inferno! Os fregueses reclamam; a pretexto disso, não pagam. Para evitar essas e outras, venho de dois em dois meses comprá-la, eu mesmo... Veja o senhor só – é uma despesa, mas que se há de fazer?!...

– O senhor está estabelecido?

A Rua do Ouvidor, que vi de longe, iluminada e transitada...

– Em Itaporanga, sim senhor; tenho uma padaria, pequena sim, mas rende. O senhor sabe: o pobre não passa sem pão.

Aproveitei um instante em que se virara para o vizinho, para analisar o padeiro de Itaporanga.

Era um homem baixo, de membros fortes, que respirava com força e desembaraçadamente. Falando, torcia, com a mão áspera de antigo trabalhador, o bigode farto. Descobria-se que na sua mocidade se entregara a trabalhos grosseiros, mas que, de uns tempos a esta parte, gozava de uma vida mais fácil e leve. O seu olhar, inquieto e fugidio, mas vivo, quando se fixava, era de velhaco mercadejante, bem com o código e as leis.

– O senhor veio a passeio? – perguntou-me.
– Não senhor – disse-lhe de pronto. – Vim estudar.
– Estudar!
– De que se admira?
– De nada.

Em seguida, abrindo o rosto queimado e ameigando a voz, em que havia longinquamente o sotaque português, disse:

– Venha comigo, doutor, vamos dar uma volta.

Não tive tempo de opor uma resposta. O padeiro voltou-se para os fundos da sala e gritou ao caixeiro:

– José! Charutos…

Aquele homem ia pondo em mim uma singular inquietação. A sua admiração tão explosiva ao meu projeto de estudo, as suas maneiras ambíguas e ao mesmo tempo desembaraçadas, o seu olhar cauteloso, perscrutador e sagaz, junto ao seu ar bonacheirão e simplório, provocavam-me desencontrados sentimentos de confiança e desconfiança. Havia nele tanta coisa oposta à profissão que dizia ter que me pus a desconfiar. Quem sabe! Entretanto, a sua afabilidade, as suas mãos grossas…

– Ó José! Os charutos? – fez impaciente o negociante.

O caixeiro veio capengando sobre umas amplas botinas, e estendeu-nos uma caixa cheia de charutos claros, pimpantes[5], cujo aroma recendia e tentava a fumá-los.

– Sirva-se, doutor! São magníficos! O Machado recebe-os diretamente.

E com um franzir de sobrolhos, deu-me a entender a origem semicriminosa dos charutos. Picou a ponta com os dentes, e não sem uma certa elegância, chegou o fósforo aceso ao seu e depois de esperar que eu também acendesse, falou-me:

– O doutor conhece o Rio?

– Não – fiz eu prazenteiramente, pois que o tratamento me agradava. Era a primeira vez que o recebia; lisonjeava-me naturalmente.

– Venha então comigo. Não saio nunca, mas posso acompanhá-lo na primeira visita. Podemos ir ao teatro, são oito e meia. Em dois minutos chego ali à confeitaria da Estrada, e antes das nove estamos no Recreio...

– Mas, meu caro senhor...

– Laje da Silva, um seu criado.

– Mas, meu caro senhor Laje da Silva – continuei –, estou cansado. Seria melhor...

– Oh! o senhor! Um menino! Deixe-se disso... Vamos, doutor.

O doutor era mágico. Acedi e o senhor Laje da Silva, negociante com padaria em Itaporanga, muito orgulhosamente estendeu a perna esquerda, e dos profundos refolhos da algibeira da calça respectiva tirou um maço enorme de notas, escolheu uma e pagou os charutos que fumávamos.

5. *Pimpante*: vistoso.

III

"os antigos bebiam pérolas dissolvidas em vinagre. Não eram lá de gosto muito fino e a extravagância nada significava. Eu bebo a verde esmeralda sadia, emblema da mater Natureza, num copo de xerez[1]. Em vez da pérola mórbida, doença de um marisco, no acre vinagre, bebo o verde dos prados, a magnífica coma das palmeiras, o perfume das flores, tudo que o verde lembra da grande mãe augusta!"

Lembrei-me no dia seguinte dessa frase que o Raul Gusmão, um jovem jornalista, da amizade do Laje da Silva, pronunciou solenemente devagar no botequim do teatro, enquanto nos servíamos de bebidas. Disse-a com a sua voz fanhosa, sem acento de sexo e emitida com grande esforço doloroso. Falar era para a sua natureza obra difícil. Toda a sua pessoa se movia, se esforçava extraordinariamente; todos os seus músculos entravam em ação; toda a energia da sua vida se aplicava em articular os sons e sempre, quando falava, era como se falasse pela primeira vez, como indivíduo e como espécie. Essa sua voz de parto difícil, esse espumar de sons ou gritos de um antropoide que há pouco tivesse adquirido a palavra articulada, deu-me não sei que mal-estar, que não mais falei até à sua despedida. Tive medo de que me fosse preciso empregar o mesmo esforço, que a minha palavra custasse também aquela grande

1. *Xerez*: espécie de vinho.

dor já olvidada e vencida pela nossa espécie; e fiquei a ouvi-lo respeitosamente, tanto mais que nos tratou, a mim e ao padeiro, com tal desdém, com tal superioridade que fiquei entibiado[2], esmagado, diante do retrato que dele fiz intimamente, de um grande literato, universal e aclamado, espécie de Balzac[3] ou Dickens[4], apesar dos seus guinchos de pitecantropo[5]. Falava e não nos olhava quase; errava os olhos – os olhos pequeninos dentro de umas órbitas quase circulares a lembrar vagamente uma raça qualquer de suíno – errava os olhos, dizia, pelo pátio do teatro, e quando nos fixava trazia uma expressão de escárnio que ele mantinha num razoável dispêndio de energia muscular. Veio ter à nossa mesa por instâncias do Laje da Silva. Ia passando um pouco afastado, quando meu companheiro lhe correu ao encontro e, com os maiores rogos, o trouxe para a mesa. Apresentou-nos e perguntou depois:

– Que toma, doutor?

– Nada.

– Oh! Alguma coisa… Um licor… Um conhaque?

– Vinho, Venha lá um vinho! Hoje não há mais vinhos… O senhor – acrescentou, voltando-se para mim com o seu ar fingidamente insolente –; o senhor porventura me dá notícias dos vinhos de Esmirna[6] e de Quios[7]? Desviou o ros-

2. *Entibiado*: enfraquecido.

3. *Honoré de Balzac (1799-1850)*: escritor francês de prestígio internacional, autor de obras-primas como *Eugênia Grandet*, *O Pai Goriot*, *Ilusões Perdidas*, entre muitas outras obras. Além de romancista, foi também contista e dramaturgo.

4. *Charles Dickens (1812-1870)*: famoso escritor realista inglês, autor de *Oliver Twist*, *David Copperfield*, *As Aventuras do Sr. Pickwik*, *Grandes Esperanças*, entre outras obras.

5. *Pitecantropo*: primata antropoide da espécie *Homo erectus*.

6. *Esmirna*: cidade da Turquia.

7. *Quios*: ilha da Grécia.

to sem esperar a resposta, tirou uma preguiçosa fumaça do charuto e pôs-se a olhar pausadamente o teatro, alçando a vista às vezes até à varanda; e, por fim, cheio de insolência e com aquela voz de parto difícil, chamou o caixeiro e encomendou meio cálice de *peppermint*[8] e uma dose de xerez. Simulando não perceber o nosso espanto, fez algumas considerações sobre os vinhos antigos, confrontando-os com os modernos, no sabor, na cor e no preparo, com um exato conhecimento de ambos. Vieram-lhe as garrafas e o jornalista, pegando na colherzinha com dois dedos e estendendo os outros de sua mão polpuda, abacial[9], como a qualificou mais tarde, misturou ritualmente o verde *peppermint* no xerez e foi por aí que disse: "Os antigos…"

Diante dele, dos seus gestos, das suas palavras, a impressão das mulheres, da agitação do teatro, apagou-se-me completamente. Ele resumiu-me o teatro, e fiquei com este encontro tão indelevelmente gravado que ainda agora, ao traçar estas linhas, estou a vê-lo erguer-se da cadeira com visível esforço, ficar um instante parado junto a nós, com o alentado corpanzil encostado à bengala vergada, dizer cheio de profundo aborrecimento – como isto é feio! – para então se afastar por fim, vagarosamente…

Mal saiu, pedi pormenorizadas informações ao Laje da Silva. Nos confins da minha aldeia natal, eu não podia adivinhar que o Rio contivesse exemplar tão curioso do gênero humano, uma desencontrada mistura de porco e de símio adiantado, ainda por cima jornalista ou coisa que o valha, exuberante de gestos inéditos e frases imprevistas. Laje da Silva, porém, só sabia que ele tinha a *Aurora* à sua disposi-

8. *Peppermint* (inglês): licor de menta.
9. *Abacial* (sentido figurado): bem-tratado; bem-nutrido.

*...tirou uma preguiçosa fumaça do charuto e pôs-se a olhar
pausadamente o teatro...*

ção, jornal muito lido e antigo, respeitado e que, no tempo do império, derrubou mais de um ministério. Escrevia nos jornais; era o bastante. E essa sua admiração, se era de fato esse o sentimento do padeiro pelos homens dos jornais, levava-o a respeitá-los a todos desde o mais graduado, o redator-chefe, o polemista de talento, até ao repórter de polícia, ao modesto revisor e ao caixeiro de balcão. Todos para ele eram sagrados, seres superiores ou necessários aos seus negócios, pois viviam naquela oficina de ciclopes[10] onde se forjavam os temerosos raios capazes de ferir deuses e mortais, e os escudos capazes também de proteger as traficâncias dos mortais e dos deuses. Laje não lhe conhecia as obras, nem mesmo os artigos e ficou satisfeito que um outro conhecido seu viesse sentar-se sem cerimônia alguma à nossa mesa, obrigando-me a não lhe fazer mais perguntas sobre o pitecantropo literato. Era o Oliveira – não me conhece? O Oliveira, do *O Globo*!... tão conhecido!... Oh!

O padeiro ofereceu-lhe alguma coisa e perguntou amavelmente o que havia de novo.

– Uma inundação no Norte.

– Onde?

– No forte São Joaquim, no Purus.

– Perdão! – fiz eu muito colegialmente. – O forte São Joaquim não fica no Purus...

O Oliveira olhou-me com alguma raiva e eu tive que comprimir a alegria colegial do quinau[11]. Mas a sua raiva foi breve; o repórter Oliveira procurou uma saída conveniente para a sua ignorância numa crítica larga e patriótica:

10. *Ciclope* (mitologia grega): gigantes dotados de um único olho; ferreiros que forjam os raios de Zeus.
11. *Quinau*: correção.

– Esta nossa geografia anda tão baralhada… O governo não cuida nessas coisas. É só política e "comidelas"… Tudo come… Uma vergonha! Do que o país precisa não cuidam… O senhor com certeza não conhece o rio das Capivaras?

– Não, senhor – fiz satisfeito por mostrar a meu turno a minha ignorância.

– Pois é um rio muito importante e nenhuma geografia dá! Eu o conheço porque nasci perto, senão… Nós não temos governo…

De manhã, pus-me a recapitular todos esses episódios; e sobre todos pairava a figura inflada, mescla de suíno e de símio, do célebre jornalista Raul Gusmão. O próprio Oliveira, tão parvo e tão besta, tinha alguma coisa dele, do seu fingimento de superioridade, dos seus gestos fabricados, da sua procura de frases de efeito, de seu galope para o espanto e para a surpresa. Era já o genial, com quem viria travar conhecimento mais tarde, que me assombrava com o seu maquinismo de pose e me colhia nos alçapões de apanhar os simples. E senti também que o espantoso Gusmão e o bobo Oliveira me tinham desviado da observação meticulosa a que vinha submetendo o padeiro de Itaporanga. Achava extraordinário que um varejista de um vilarejo longínquo cultivasse e mantivesse amizades tão fora do seu círculo; não se explica bem aquele seu norteio para os jornalistas, a especial admiração com que os cercava, o carinho com que tratava a todos.

No teatro e na rua, cumprimentou mais de uma dezena deles e apontou-me, sem lhes falar, uma dúzia de outros. – É de tal jornal diário – dizia –; é de tal semanário; faz Guerra, faz Marinha… – Conhecia minuciosamente toda a vida jornalística. Informava-me sobre os nomes dos redatores, dos proprietários, dos colaboradores; sabia a tiragem de cada um dos grandes jornais, como a de cada semanário de caricaturas…

Havia nisso uma mania pueril ou o que era? Não se manifestava homem de leituras, político ou dado às letras; não lhe senti a mais elementar preocupação intelectual; todo ele me pareceu convergindo para os negócios, para as coisas de dinheiro, especulações... Por isso, a sua jovialidade e sociabilidade não impediram que, aqui e ali, repontassem em mim alguns propósitos sobre a sua honestidade.

Houve um fato que tornou um pouco mais consistentes as fluídicas suspeitas que alimentava.

Acabando de cear, ao pagar a conta, o padeiro examinou com o cuidado especial de entendido o papel, a estampa e a numeração das notas do troco. Notando que eu reparava com insistência para o seu exame pericial, com a mais tranquila das vozes e cheio de uma linda ingenuidade, pediu-me:

— Faça o favor, doutor: veja-me de que estampa é esta... Não posso ler direito...

E passava-me a cédula velha, mas ainda em bom estado, em que li: estampa 9ª – perfeitamente legível.

— Obrigado. É preciso muito cuidado, meu caro doutor. A Casa da Moeda tem muitas filiais por aí...

Com o seu gesto habitual, estendeu a perna, arrumou as notas no maço e guardou-o no fundo da algibeira. Daí em diante, não sei se com justeza, mas certamente com muita segurança íntima, tive por afetadas a sua simplicidade e bonomia, e julguei que escondiam algo de grave desenrolar-se na sua vida e ainda não tivera termo.

Pelo almoço, a uma pergunta minha, o copeiro avisou-me que o padeiro tinha ido aos subúrbios e não voltaria senão à tarde. Almocei vagarosamente e tranquilo. O dia estava fresco e azul. Pela janela avistava os grandes relvados do jardim, muito verdes e macios, de uma macieza de tapete e de um verde que afagava o olhar. Soavam onze horas quan-

*Com o seu gesto habitual, estendeu a perna, arrumou as notas no maço
e guardou-o no fundo da algibeira…*

do saí do hotel e vim a pé até às ruas centrais da cidade. Era cedo; não fui logo à Câmara. Fiquei vagueando pelas ruas à espera da hora conveniente. Cansado de andar pelo centro, aventurei-me tomar um daqueles bondes pequenos; chegando ao termo, bebi um refresco num botequim sórdido das proximidades e tomei outro bonde que, me informaram, levava à Câmara. Não reparei que a meu lado se sentara um homem acobreado, de cabelo liso mas de barba rala e crespa, ar decidido e tórax forte; mas notara que, bancos adiante, um senhor de cartola, fraque e calças brancas, tomara lugar à direita de uma senhora, jovem ainda, cuja passagem pagara, sem que com ela trocasse sequer um olhar. Observei-os intrigado; em meio da viagem o vizinho segredou-me:

– Está vendo que pouca-vergonha? Um senador bolinar![12]

Não entendi. Bolinar… Senador… O que era? O homem, entretanto, insistiu:

– Todo o dia é aquilo… Uma vergonha! Se fosse outro, mas um senador!

Por esse tempo, o par saltou, isto é, o senador um pouco antes, com o veículo em movimento, e a senhora saltou adiante; e ambos, ao jeito de desconhecidos, tomaram uma rua transversal. O meu vizinho não fez mais nenhuma observação, não me deixando, porém, de olhar durante a viagem toda e, quando saltei, mal tinha pisado o passeio, cortou-me os passos interpelando-me:

– Olhe, menino, deixe-se disso, senão…

– Mas, o quê?

– Então não sabe! Ora, não se faça de besta – continuou, atirando o chapéu para o alto da cabeça.

– Mas…

12. *Bolinar*: apalpar ou esfregar-se em alguém com desejo libidinoso.

– É isto que lhe digo; não se meta na vida de "seu" Carvalho… É um graúdo, pode ter lá "seus arranjos" e não tem que dar satisfação a ninguém – fique sabendo!

– Eu!

– Sim, você!

Olhou-me durante instantes cheio de desafio e perguntou-me com redobrado atrevimento:

– Você não é repórter do *O Azeite*, um jornaleco que anda por aí?

Soube muito depois que *O Azeite* era um pequeno semanário em que se denunciavam os namoros e também, com grosseiros circunlóquios, os escândalos familiares e os adultérios da cidade.

A polícia sempre perseguia tais publicações; mas, mudando de título e talvez de proprietários, de quando em quando, ressurgiam com nomes mais ou menos sugestivos e imorais.

Houve um que se tornou célebre e durou bastante tempo: *O Carbonário*. Desapareceu e, daí em diante, os que vieram à publicidade não se demoraram na venda.

Não conhecia essa espécie de imprensa, e só mais tarde vim a saber que "azeite", na gíria carioca, é namoro. Inocente em tudo, respondi com toda a candura:

– Eu, não senhor.

E com a humildade que ditava a minha segurança, repliquei ao notável "Chico Nove-dedos", que havia chegado do interior, que não conhecia o senador Carvalho, que nada sabia dos "seus arranjos", e que ia entregar uma carta (mostrei-lha) a um deputado na Câmara etc. etc.

O capanga acreditou, desculpou-se, disse-me o nome e ofereceu-me a casa. Dirigi-me para a Câmara. A minha simplicidade tinha julgado fácil falar a um deputado na Câmara. Era proibido; só se trouxesse ingresso; contudo, o porteiro

disse-me que era melhor procurar o doutor Castro na sua residência, que me ensinou; e eu fui assistir à sessão para encher o tempo e para travar conhecimento com o misterioso trabalho de fazer leis para um país. De fato, subi pensando no ofício de legislador que ia ver exercer pela primeira vez, em plena Câmara dos senhores deputados – augustos e digníssimos representantes da nação brasileira. Não foi sem espanto que descobri em mim um grande respeito por esse alto e venerável ofício. Lembrei-me daqueles velhos legisladores da lenda e da história: os Manus[13], os Licurgos[14], os Moisés[15]. Sólons[16], os Numas[17] – esses nomes todos que os povos agradecidos pela fecundidade e pela sabedoria de suas leis reverenciaram por dilatados anos, ergueram-nos à altura de deuses, consagraram-lhes templos magníficos.

Embora não tendo mais a velha crença, de que eles fossem inspirados pelos deuses, o meu respeito baseava-se em motivos mais modernos, concordes com o feitio de pensar do nosso tempo. Imaginava-os com uma tresdobrada força de sentidos e inteligência, podendo prever, adivinhar, sentindo antes de expressos os desejos, as necessidades de cada um dos milhões de entes que sofriam e viviam, que pensavam e amavam pela vasta extensão da pátria. Foi com grande surpresa que não senti naquele doutor Castro, quando certa vez estive junto dele, nada que denunciasse tão poderosas

13. *Manus* (mitologia hindu): pais da humanidade.

14. *Licurgo*: suposto legislador de Esparta (Grécia) que teria vivido no século VIII a.C.

15. *Moisés*: personagem bíblico. Legislador e profeta dos hebreus.

16. *Sólon (638 a.C.–558 a.C.):* político e legislador de Atenas (Grécia), considerado na Antiguidade um dos sete sábios.

17. *Numa Pompílio (753 a.C.–673 a.C.)*: primeiro legislador e segundo rei de Roma.

faculdades. Vi-o durante uma hora olhar tudo sem interesse e só houve um movimento vivo e próprio, profundo e diferencial, na sua pessoa, quando passou por perto uma fornida rapariga de grandes ancas, ofuscante de sensualidade. Nada nele manifestava que tivesse um forte poder de pensar e uma grande força de imaginar, capazes de analisar as condições de vida de gentes que viviam sob céus tão diferentes e de resumir depois o que era preciso para sua felicidade e para o seu bem-estar em leis bastante gerais, para satisfazer a um tempo ao jagunço e ao seringueiro, ao camarada e ao vaqueano, ao elegante da Rua do Ouvidor e ao semibugre dos confins de Mato Grosso. Onde estava nele o poder de observação e a simpatia necessária para entrar no mistério daquelas rudes almas que o cercavam e o elegiam? Nada transpirava na sua preguiçosa e baça personalidade.

Entrando na Câmara, verifiquei que a grandiosa representação que eu fazia do legislador, não se me tinha diminuído com o exame da opaca figura do doutor Castro. Era uma exceção, mas certamente os outros deviam ser quase semideuses, mais que homens, pois eu queria-os com força e com faculdades capazes de atender e de pesar tão vários fatos, tão desencontradas considerações, tantas e tão sutis condições da existência de cada e da de todos. Para tirar regras seguras para a vida total desse entrechoque de paixões, de desejos, de ideias e de vontades, o legislador tinha que ter a ciência da terra e a clarividência do céu e sentir bem nítido o alvo incerto para que marchamos, na bruma do futuro fugidio. Quanta penetração! quanto amor! que estudo e saber não lhe eram exigidos! Era preciso tudo, tudo! A quiromancia e a matemática, a grafologia e a química, a teologia e a física, a alquimia!... Era preciso saber tudo e sentir tudo! Era na verdade um vasto e alevantado ofício!

Pensando, subia a escada da Câmara dos Deputados da República dos Estados Unidos do Brasil[18]. Ao transpor a porta que dava para a galeria, vieram-me recordações dos grandes nomes que aquela casa vira. Primeiro, as grandes figuras dos Andradas[19], orgulhosos e soberbos, no meio daquela agitação dos nossos primeiros anos de vida política. Foi uma rápida evocação: os dados históricos faltavam-me e os da tradição nenhuns eram: e eu, no momento, só relembrei a calma figura do patriarca que os retratos dos compêndios nos dão, e a eloquência tumultuária de Antônio Carlos a que frequentemente se alude.

Com mais insistência, em seguida, as conversas caseiras fizeram-me ver ali vultos mais próximos dos meus dias. Deles, me falava meu pai, em raros dias, quando deixava a reserva eclesiástica e narrava paternalmente à minha infância curiosa, cenas e fatos da vida política do Império. Foi com palavras suas que me recordei de Cotegipe[20], ágil e destro de espírito; do impetuoso Silveira Martins[21], cheio de vigor, mas difuso na aplicação de sua força; de José Bonifácio, o moço[22], com a sua solenidade grandiosa e seus amplos períodos de grande estilo; mas, sobretudo, do que mais me recordei naquele instante, foi

18. *República dos Estados Unidos do Brasil*: designação antiga do país, substituída por República Federativa do Brasil.

19. *Andradas*: José Bonifácio de Andrada e Silva (1763-1838), chamado "Patriarca da Independência", e seus irmãos Martim Francisco Ribeiro de Andrada (1775-1844), presidente da Câmara dos Deputados e ministro da Fazenda no primeiro Império do Brasil, e Antônio Carlos Ribeiro de Andrada Machado e Silva (1773-1845), participante da Assembleia Constituinte de 1823.

20. *Cotegipe*: João Maurício Wanderley, barão de Cotegipe (1815-1889), foi presidente de província, senador e primeiro ministro do segundo império.

21. *Gaspar da Silveira Martins (1835-1901)*: deputado, senador e ministro da Fazenda no segundo reinado.

22. *José Bonifácio, o moço (1827-1886)*: sobrinho neto do "Patriarca da Independência", foi professor de direito, deputado, senador e ministro do segundo império.

da graça, da elegância, da sutileza e da medida, desse aticismo[23] que me pintaram em Francisco Otaviano de Almeida Rosa...[24]

Sentei-me no último degrau de uma arquibancada grosseira, junto à balaustrada, tendo embaixo o vazio da sala das sessões. Faziam a chamada. Ouvi repetir uma chusma de nomes anódinos[25] e obscuros. Eu tinha na cabeça uma numerosidade de nomes de reis assírios, de faraós, de filósofos gregos, de generais romanos, de romancistas franceses, de poetas nacionais, de navegadores portugueses; entretanto dos legisladores da pátria só um tinha na memória: era o do doutor Castro, quase meu vizinho!

Feita a chamada, as bancadas começaram a povoar-se. Junto ao presidente – a seu lado, nas costas, junto aos secretários – foi-se fazendo uma aglomeração imprevista. No espaço desguarnecido entre a mesa do presidente e a primeira das bancadas, havia o trânsito de rua frequentada; numa porta ao fundo, um ajuntamento de guichê de teatro em enchente.

Um grande deputado de óculos e barba quadrada tonitruou: "Peço a palavra para uma explicação pessoal". O presidente voltou-se para um ajudante em pé, atrás e à direita, ouviu-o e, depois de tê-lo ouvido, retrucou. "Tem a palavra o senhor Carlos Barromeu." Com certeza, pensei, esse homem foi ofendido e vai defender-se. "Senhor presidente", começou, "há uma patologia social como há uma individual..."

Em resumo: o seu discurso afirmava que o chefe de polícia de Santa Catarina era um homem honesto e o jornalista que o insultara, um verme asqueroso e um réptil nojento.

23. *Aticismo*: elegância; polidez.
24. *Francisco Otaviano de Almeida Rosa (1825-1889)*: poeta, jornalista, deputado e senador do segundo império.
25. *Anódino*: banal; insignificante.

O deputado sentou-se; a desordem aumentou. Encostado à primeira bancada, um rapaz lia um folheto; ao longo da mesa presidencial, na frente, atrás, dos lados, havia um vaivém continuado. Num momento dado, por entre aquela mó[26] de gente, surgiu toda de branco a híbrida figura de Raul Gusmão, com a sua fisionomia de porco *Yorkshire* e o seu corpo alentado de elefante indiano, tendo sempre nos lábios aquele sorriso afetado, um horroroso ríctus, decerto o jeito de sorrir do *pithecanthropus erectus*.

Um tímpano soou forte e rouco; fez-se um pouco de silêncio. O presidente disse algumas palavras, das quais as últimas davam a palavra ao deputado Jerônimo Fagot. O miúdo deputado subiu à tribuna, limpou o suor, arrumou os livros ao lado e preparou-se para falar. Fez-se silêncio, depois de uma infernal contradança no recinto. Fagot começou: "É sabido que a moeda boa expele a má. Desde 1842, pela lei número 1.425, de 30 de setembro desse ano, que o meio circulante nacional..."

Durante cinco minutos, a Câmara ouviu-o atenciosamente; dentro em breve, porém, o zum-zum recomeçou. Não havia o ruído do começo, mas a desatenção era geral. Para a mesa da presidência enxameava uma multidão; o presidente já não era o mesmo; era um moço louro e magro.

Parecia que as palavras de Fagot lhe morriam nos lábios: movia a boca e gesticulava como um doido furioso. Os colegas desapegados da sua eloquência dividiam-se em grupos. À esquerda, lá ao longe, quase na minha frente, alguns viam cartões-postais; um outro, sob os meus pés, isolado no burburinho, escrevia febrilmente, erguendo, de quando em quando, a caneta para pensar; uma roda de três, à esquerda

26. *Mó*: pedra usada para trituração.

e ao fundo, conversava sorrindo; ao fundo, ainda, mas um pouco à direita, um deputado gordo, com o calor que com o correr do dia se fizera forte, esquecido no sono, por detrás de um par de óculos azuis, roncava perceptivelmente. Fagot falou cerca de meia hora; e, quando deixou a tribuna, o presidente já era um terceiro deputado, um velho com *pince-nez*[27] de aros de ouro.

Preparei-me para sair e, quando voltava as costas para o recinto, vi encostado a uma janela no andar do recinto, a figura espertalhona do senhor Laje da Silva. Saímos eu e um outro popular, a quem perguntei:

– Que faz essa gente, hoje, aqui?

– Que fazem – respondeu-me –, sei lá... Isto é – explicou-me logo –, o que fazem sempre: leis. – Estávamos na rua. O dia que amanhecera lindo, e relativamente fresco, esquentara e o calor por aquela hora era forte como se estivéssemos em pleno verão.

Atravessei o Largo do Paço. A fachada do velho convento do Carmo apresentava uma grande calma; os anos já lhe tinham dado a suficiente resignação para suportar o Sol terrível dos trópicos; o cavalo da estátua, porém, parecia ter um movimento de impaciência para lhe fugir aos ardores implacáveis.

O ar fizera-se rarefeito e percebia-se a poeira que flutuava na sua massa. As montanhas de Niterói recortavam-se nitidamente sobre o céu azul e fino, que começava a ser manchado, lá no fundo da baía, por cima do casario da alfândega e do mercado, por grandes pastas de nuvens brancas. Ainda pouco familiarizado com o trânsito pesado da rua, atravessei a Rua Direita cheio de susto, cercando-me de mil cautelas, olhando para aqui e para ali, admirado que aquela porção de

27. *Pince-nez* (francês): óculos sem hastes.

gente trabalhasse sob o Sol tão ardente, sem examinar que valor tinham as suas câmaras e o seu governo. E a facilidade com que as aceitava, pareceu-me sentimento mais profundo, mais espontâneo, mais natural que a minha ponta de crítica que já começava a duvidar deles. Aventurei-me pela Rua do Ouvidor já preso a outros pensamentos. Agora, tinha rápidas recordações de minha casa. Por momentos, em face daquelas damas a arrastar *toilettes*[28] de baile pela poeira da rua, lembrei-me dos tristes vestidos de minha mãe, da sua cassa[29] eterna, da sua chita[30] e do seu morim...[31] Mas não pude continuar por aí. Do interior de um café, o Laje chamou-me. Não estava só; acompanhava-o o doutor Ivan Gregoróvitch Rostóloff, jornalista brasileiro a quem fui apresentado.

– Do *Jornal do Brasil*? – perguntei.

– Não, senhor. Trabalhei no *O Combate*, de Belém; na *Gazeta de Leopoldina*; no *Deutsches Tageblatt*, de Blumenau; no *Al-Barid*, de São Paulo e aqui, no Rio, no *Harum-al-Raschid*, órgão da colônia síria. Pretendo, porém – acrescentou –, entrar em breve para o *O Globo*, onde vou fazer o artigo de fundo e tratarei da política interna.

– Escreve em muitas línguas?!

– Em dez.

– É extraordinário – fiz eu, não podendo conter a minha parva admiração.

– Tive sempre muito jeito... Logo, em menino, pelas primeiras lições de francês, comecei a escrever... Depois, houve sempre em mim um desejo de ver povos, de andar à aventu-

28. *Toilette* (francês): toalete; traje; vestimenta; utensílios usados para cuidados pessoais (perfume, escovas, pentes etc.).
29. *Cassa:* tecido transparente de algodão.
30. *Chita*: tecido de algodão barato.
31. *Morim*: tecido de algodão branco.

ra… Logo que saí da universidade, parti para a Índia. Queria servir a um rajá, mas não há mais rajás. Fui à China, ver se entrava como instrutor do exército do vice-rei de Cantão. Não consegui. Parti para o Japão, onde fui chefe de uma fábrica de pólvora… Tenho viajado muito.

– Você já esteve em Paris, Gregoróvitch? – indagou o padeiro.

– Ora! – fez o jornalista. – Quem já não esteve lá! Estive na Índia, em Calcutá, onde trabalhei do lado do grande Rai Kisto; conhece doutor?

– Não.

– Quem? – indagou o Laje.

– Rai Kisto Das Pal Beader, um grande jornalista hindu… Admira-me que o doutor não o conheça; na Europa já se fala nele. O professor Bouglé, de Toulouse, cita o seu nome em uma das suas últimas obras…

– É vivo? – indaguei.

– Não. Morreu há alguns anos.

O caixeiro veio servir-nos café e o jornalista depois de sorver um trago, perguntou-me.

– Já está formado?

– Vou matricular-me ainda – respondi sob o olhar de censura do Laje da Silva.

– Direito?

– Medicina…

– Não é mau… Toda a carreira serve, mas…

– O doutor é formado em direito? – indaguei por minha vez.

– Não. Formei-me em línguas orientais e exegese bíblica, na Universidade de Sófia[32], tendo começado o curso no Cairo[33].

32. *Sófia*: capital da Bulgária.
33. *Cairo*: capital do Egito.

Disfarcei a vontade que me deu de rir, ouvindo tão extravagante título escolar. Havia alguma coisa de opereta, mas o homem era tão simpático, tinha sido tão amável e parecia tão ilustrado que me esforcei por sujeitar o meu ímpeto de rir, soltando uma frase à toa:

– Na Europa, o homem de estudo tem campo, sabe onde deve chegar; aqui...

– Qual, doutor! Não há como a sua terra! A questão é pendurar, quando se entra, a sobrecasaca de cavalheiro no Pão de Açúcar; e no mais, tudo vai às mil maravilhas!

O padeiro ficou atônito com a cínica franqueza do julgamento do jornalista. Teve um assomo de virtude e objetou pudicamente:

– Nem tanto, doutor! Nem tanto! Olhe que ainda há homens honestos nesta terra e em altas posições; – o que é mais raro!

O doutor Gregoróvitch dardejou-lhe um breve olhar sarcástico e, expelindo uma longa fumaça cheia de dúvida e de troça, disse devagar:

– Pode ser, Laje! Quem sabe?

Só, subindo a rua movimentada, pus-me a interrogar-me sobre o tal Gregoróvitch. De que nacionalidade era? Que espécie de moralidade seria a sua? Com que aquele título burlesco de doutor em línguas orientais e exegese bíblica, quem poderia ser ao certo? Um bandido? Um aventureiro simplesmente? Ou um homem honesto, de sensibilidade pronta a fatigar-se logo o espetáculo diário e que por isso corria o mundo? Quem seria? E jornalista! Jornalista em dez línguas desencontradas! Mas era simpático o diabo, de fisionomia inteligente...

Subia a rua. Evitando os grupos parados no centro e nas calçadas, eu ia caminhando como quem navega entre es-

colhos, recolhendo frases soltas, ditos, pilhérias e grossos palavrões também. Cruzava com mulheres bonitas e feias, grandes e pequenas, de plumas e laçarotes, farfalhantes de sedas; eram como grandes e pequenas embarcações movidas por um vento brando que lhes enfunasse igualmente o velame. Se uma roçava por mim, eu ficava entontecido, agradavelmente entontecido dentro da atmosfera de perfumes que exalava. Era um gozo olhá-las, a elas e à rua, com sombra protetora, marginada de altas vitrinas atapetadas de joias e de tecidos macios.

Parava diante de uma e de outra, fascinado por aquelas coisas frágeis e caras. As botinas, os chapéus petulantes, o linho das roupas brancas, as gravatas ligeiras, pareciam dizer-me: veste-me, ó idiota! nós somos a civilização, a honestidade, a consideração, a beleza e o saber. Sem nós não há nada disso; nós somos, além de tudo, a majestade e o domínio!

O ruído de uma fanfarra militar, enchendo a rua, veio agitar a multidão que passava. As janelas povoaram-se e os grupos arrimaram-se às paredes e às portas das lojas. São os fuzileiros, disse alguém que ouvi. O batalhão começou a passar: na frente os pequenos garotos; depois a música estrugindo[34] a todo o pulmão um dobrado canalha. Logo em seguida o comandante, mal disfarçando o azedume que lhe causava aquela inocente exibição militar. Veio por fim o batalhão. Os oficiais muito cheios de si, arrogantes, apurando a sua elegância militar; e as praças bambas, moles e trôpegas arrastando o passo sem amor, sem convicção, indiferentemente, passivamente, tendo as carabinas mortíferas com as baionetas caladas, sobre os ombros, como um instrumento

34. *Estrugir*: retumbar; ribombar.

Cruzava com mulheres bonitas e feias, grandes e pequenas, de plumas e laçarotes, farfalhantes de sedas…

de castigo. Os oficiais pareceram-me de um país e as praças de outro. Era como se fosse um batalhão de sipaios[35] ou de atiradores senegaleses.

Era talvez a primeira vez que eu vi a força armada de meu país. Dela, só tinha até então vagas notícias. Uma, quando encontrei, num portal de uma venda, semiembriagado, vestido escandalosamente de uma maneira hibridamente civil e militar, um velho soldado; a outra, quando vi a viúva do general Bernardes receber na Coletoria um conto e tanto de pensões a vários títulos, que lhe deixara o marido, um plácido general que envelhecera em várias comissões pacíficas e bem retribuídas...

O batalhão passou de todo; e até a própria bandeira que passara, me deixou perfeitamente indiferente...

35. *Sipaio*: soldado indiano a serviço do exército britânico.

IV

SE OS SENHORES ALGUM DIA quiserem encontrar um representante da grande nação brasileira, não o procurem nunca na sua residência. Seja a hora que for, de manhã, ao amanhecer mesmo, à hora de jantar, quando quiserem enfim, se o procurarem, o criado há de dizer-lhes secamente: Não está. Falo-lhes de experiência própria, porque, durante as inúmeras vezes, a toda a hora do dia, em que fui ao Hotel Términus procurar o deputado Castro, apalpando a carta do coronel, tive o desprazer de ouvir estas duas palavras do porteiro indiferente. Nas últimas vezes, antes mesmo de acabar a pergunta, já o homenzinho respondia invariavelmente da mesma desesperadora forma negativa.

É bem fácil de imaginar com que sorte de cogitações eu ia passando esses dias. O meu dinheiro dentro em breve, pago o hotel, ficaria reduzido a alguns mil-réis insignificantes. Não conhecia ninguém, não tinha a mínima relação que me pudesse socorrer, dar-me qualquer coisa, casa ao menos, até que me arranjasse. Saíra de meus penates[1], cheio de entusiasmo, certo de que aquela carta, mal fosse apresentada, me daria uma situação qualquer. Era essa a minha convicção, dos meus e do próprio coronel. Tinha-se lá, por aquelas alturas, em grande conta a força do doutor Castro nas decisões dos

1. *Penates* (sentido figurado): lar.

governantes e a influência do velho fazendeiro sobre o ânimo do deputado.

Não era ele o seu grande eleitor? Não era ele o seu banqueiro para os efeitos eleitorais? E nós, lá na roça, tínhamos quase a convicção de que o verdadeiro deputado era o coronel e o doutor Castro um simples preposto seu. As minhas idas e vindas ao hotel repetiam-se e não o encontrava. Vinham-me então os terrores sombrios da falta de dinheiro, da falta absoluta. Voltava para o hotel taciturno, preocupado, cortado de angústias. Sentia-me só, só naquele grande e imenso formigueiro humano, só, sem parentes, sem amigos, sem conhecidos que uma desgraça pudesse fazer amigos. Os meus únicos amigos eram aquelas notas sujas, encardidas; eram elas o meu único apoio; eram elas que me evitavam as humilhações, os sofrimentos, os insultos de toda a sorte; e quando eu trocava uma delas, quando as dava ao condutor do bonde, ao homem do café, era como se perdesse um amigo, era como se me separasse de uma pessoa bem-amada... Eu nunca compreendi tanto a avareza como naqueles dias que dei alma ao dinheiro, e o senti tão forte para os elementos da nossa felicidade externa ou interna...

A minha ignorância de viver e falta de experiência quase deixavam transparecer a natureza das minhas preocupações. O gerente do hotel pareceu-me que as farejava. De quando em quando, procurava na conversação amedrontar-me com o seu poderio, proveniente de estreitas relações que mantinha com as autoridades. Assim entendi ser o sentido das anedotas que contava. Uma vez – narrou ele – depois de uma longa hospedagem, um hóspede quisera furtar-se ao pagamento. Não tivera dúvidas, fora ao delegado auxiliar, um seu amigo, o doutor Felício, contara-lhe o caso e o homem teve que pagar, se quis tirar as malas. Com ele, era assim; não

dormia. Nada de justiça, de pretorias... Qual! Com a polícia a coisa vai mais depressa, a questão é ter amigos bons e ele tinha-os excelentes; e, em seguida, interrogando-me diretamente: "o senhor não viu, ontem, aquele homem gordo que jantou na cabeceira? É o escrivão da 'x'. Os escrivães, fique o senhor sabendo, é que são as verdadeiras autoridades. Os delegados não fazem senão o que eles querem; tecem os pauzinhos e..." E o italiano rematou com um olhar canalha aquela sua informação sobre a onipotência dos escrivães.

Foram de imensa angústia esses meus primeiros dias no Rio de Janeiro. Eu era como uma árvore cuja raiz não encontra mais terra em que se apoie e donde tire vida; era como um molusco que perdeu a concha protetora e que se vê a toda a hora esmagado pela menor pressão.

Oprimido com uma antevisão de misérias a passar, de humilhações a tragar, o meu espírito deformava tudo que via. Os menores fatos, que lhe caíam ao alcance, eram aumentados de um lado, diminuídos de outro; faziam-se outra coisa muito diversa para minha sensibilidade enfermiça, que a imaginação guiava para sentir todos os terrores e ameaças. Perdia a realidade da vista e vivia subdelirante num mundo de coisas grotescas, absurdas e não existentes. Punha-me a apelar para o acaso, como se tivesse predileções. Esperava encontrar fortunas perdidas, imaginava impossíveis combinações de acontecimentos que me favorecessem e cheguei mesmo, por instantes, a supor que atos de generosidade de minha parte bem podiam trazer-me o favor de gênios benfazejos. Pelo correr do dia, depois do almoço, quando me vinha o pensamento da minha situação, entrava no jardim, dia alto e morno. Aqui e ali, gozando o viço educado do parque, encontrava fisionomias fatigadas, tristes, tendo estampadas na comissura dos lábios sem forças a irreparável derrota na vida.

Ao Sol do meio-dia, dormitavam pelos bancos, sob a sombra de árvores vigorosas. Sentava-me por minha vez, sonhava alguns minutos, em seguida catava com o olhar o chão, esquadrinhava-o bem. Era então com o coração palpitante que me abaixava junto à relva para levantar do chão uma velha caixa de fósforos, lavada e desbotada pelas chuvas, já sem rótulo, humilde objeto que tenazmente resistira às vassouradas e às intempéries para atrair o meu olhar maravilhoso. Como se fosse um furto, um crime, apanhava-a a medo e, depois de inspecionar com cuidado os arredores, abria-a com respeito, comovido, trêmulo, esperando – oh! meu Deus! – que dentro dela houvesse uma nota de quinhentos mil-réis.

Oh! quantas vezes não apelei para o acaso, para o milagre! Quantas! Os deuses vinham-me ao pensamento com o seu indispensável cortejo de fadas e de anjos... Uma noite, andando eu deambulando por umas ruas desertas do interior da cidade, fui dar não sei a que praça, em que havia ao fundo uma grande casa; ia distraído, completamente entregue às minhas preocupações, cabisbaixo, quando alguém me tomou os passos e me falou com uma voz de apiedar. Era uma mulher andrajosa; parei e ouvi-a. Balbuciante, contou-me misérias, a fome dos filhos, moléstias, por fim, não pôde mais falar – prorrompeu em choro... Evoquei logo aquelas histórias de fadas e gnomos, aquelas histórias morais em que os gênios misteriosos vêm pela Terra em disfarce, para experimentar os corações dos mortais e eu... e eu dei uma nota de esmola uma nota graúda que me sangrou fortemente a algibeira linfática. Mesmo depois que saí daquela praça erma, e que de mim se foi a comoção da surpresa, eu esperei a recompensa, a recompensa dos céus para aquele meu ato generoso. Alternativamente apelava para o mistério e para as potências terrestres. Aferrara-me a duas amarras, uma no

mistério e outra nas coisas do mundo. Todo o dia ia ao hotel, cheio de alacridade[2], figurando comigo mesmo o encontro com o deputado, imaginava-lhe a bondade do acolhimento, a piedade e a simpatia pelo meu estado e pelos meus desejos. Imaginava-me daí a dias empregado, num lugar modesto, de renda certa, dentro de um mês indo à faculdade, as atribuições do trote, os apertos do exame, os anos seguindo-se, as notas, os lentes, a tese, a formatura…

Ia assim risonho, cheio de mim, contente de viver, chegava ao hotel, falava ao porteiro e voltava amargurado sobre os meus passos felizes. De tarde, repetia a visita, e mais uma vez voltava desalentado, para ficar na janela do hotel desanimado, oprimido de saudades do sossego, da quietude, da segurança do meu lar originário. Era quando me encontrava com os outros hóspedes. Laje da Silva andava sempre fora, mas os outros lá estavam depois do jantar. Ao pôr-me à janela, lá vinha o velho coronel Figueira, um fazendeiro, sem bigode, à antiga portuguesa, cheio de mansidão na voz e orgulho no tratar.

– Está vendo a tarde, hein, menino?

– Estou.

– Como isto está mudado! Conheci quando ainda era um brejo, um depósito de cisco… Havia barrancos, covas, capinzais… As lavadeiras faziam disto coradouro… Acolá (apontou) estava o teatro, o Provisório… Oh! o Provisório… Eu me lembro que… (eu era muito rapaz, muito…) Vim com meu pai assistir à *Sonâmbula*… Nunca vi uma sala tão bonita… A Stoltz[3] cantava… Nunca ouviu falar nela?

– Não senhor! – E perguntei logo – O senhor é do Rio?

2. *Alacridade*: alegria; vivacidade.

3. *Rosine Stoltz (1815-1903)*: cantora lírica francesa, célebre internacionalmente.

– Não, mas vinha quase sempre aqui. Meu pai tinha fazenda na Raiz da Serra... Hoje, aquilo não vale nada, mas no tempo dele a estrada a não tinha matado e era lugar rico... Conheço muito o Rio... Quando fui para o Sul em 65, passei por aqui... O imperador veio ver o desfilar do batalhão... Eu ia triste, pensava em morrer... Não morri, voltei, estou aqui... Está tudo mudado: abolição, República... Como isso mudou! Então de uns tempos para cá, parece que essa gente está doida; botam abaixo, demolem casas, levantam outras, tampam umas ruas, abrem outras... Estão doidos!!!

– Há quanto tempo não vem ao Rio, coronel?

– Desde 1882.

Semivazios, os bondes passavam ao chouto[4] das bestas. Pelas calçadas, um vaivém de gente animava a praça. À direita, a grande e acaçapada fachada do quartel-general começava a recolher-se na sombra. Mulheres maltrapilhas, aos grupos, negras, mulatas, brancas, bamboleando as ancas, eram seguidas por soldados gingando. As calças pareciam mais vermelhas e as mulheres mais sujas. Um coche de enterro arrancava respeitosamente os chapéus aos transeuntes; um caminhão, pejado de fardos, por instantes interceptava a marcha dos bondes, ao desviar-se de uma andorinha[5] que vomitava móveis, mal suspensos por cordas à sua traseira... Passava tudo isto sob os meus olhos tristes e desalentados.

O coronel tinha-se ido; e eu deixava-me a ver e a meditar na solução do meu problema de vida. O meu olhar ia de baixo para o alto, onde flocos de nuvens alvadias, esgarçadas, flutuavam e se tingiam de ouro, de púrpura, de laranja, em rápidas mutações de teatro. Vinha a noite aos poucos e eu

4. *Chouto*: trote.
5. *Andorinha*: veículo usado para transporte de mobília.

continuava a pensar, acariciando cismas, excitando recordações, rememorando a minha infância, as fisionomias que ela viu e os fatos que presenciou. Meu pai, o seu corpo anguloso, seco, a sua dor contida, que se escapava no seu olhar e na sua fisionomia transtornada. Via-os às tardes, nos dias de bom humor, mudá-la de chofre, fazer-se risonho, vir para mim, sentar-se à mesa, e, à luz do lampião de querosene, explicar-me pitorescamente as lições do dia seguinte. Ou então, da cadeira de balanço, contar-me as maravilhosas coisas do movimento da Terra, dos antípodas, da gravitação universal, e, enleado à minha pergunta se Deus podia parar a Terra, responder com hesitação – Pode, sim.

Às oito horas, depois dessas efusões, dessas raras manifestações da sua paternidade, minha mãe punha, na mesa da sala de jantar, o chá que ele tomava em geral sozinho no quarto.

– Pode tirar o chá, "seu" padre?

– Pode, minha filha.

Era assim que se falavam. Encontrei sempre esse tratamento distante entre eles. Pareceu-me que o seu encontro fora rápido, o bastante para me dar nascimento. Uma crise violenta do sexo fizera esquecer os votos de seu sacerdócio, vencera a sua vontade, mas, passada ela, viera, com o arrependimento da quebra do seu voto, a dor inqualificável de não poder confessar a sua paternidade.

Ele amou-me sempre, talvez me quisesse mais por causa das condições que envolviam o meu nascimento. Em público, olhava-me de soslaio, media as carícias, esforçava-se por fazê-las banais; em casa, porém, quando não havia testemunhas, beijava-me e afagava-me com transporte. Ele temia o murmúrio, temia dar-lhe força com os atos ou palavras públicas; entretanto toda a redondeza quase seria capaz de atestar em papel timbrado a minha filiação…

Vinha o chá, nós ficávamos a tomá-lo e ao menor ruído minha mãe vinha do interior da casa para saber se meu pai queria alguma coisa. Acabado o chá, eu ainda ouvia histórias da tia Benedita, uma preta velha, antiga escrava do meu reverendo pai. Eram cândidas histórias da Europa, coisas delicadas de paixões de príncipes e pastoras formosas que a sua imaginação selvagem transformava ou enxertava com combates de gênios maus, com malefícios de feiticeiras, toda uma ronda de forças poderosas e inimigas da vida feliz dos homens. Tal fora a minha infância, que, nas dobras da saudade, aquela tarde carregada de cogitações vitais à minha vida, me vinha trazendo à memória com uma nitidez assombrosa. Cansado de olhar a rua e de pensar, desci ao pavimento térreo, à sala de jantar onde o coronel Figueira e o senhor Laje da Silva conversavam. Mal entrava, prazenteiramente, este exclamou:

– Oh doutor!

Era assim sempre que ele falava ao encontrar-me. Tinha sempre atenções, pequenas delicadezas; tratava-me como se eu fosse um "doutor" de fato, com influência, inquirindo sobre os meus amigos e as minhas relações. Se me encontrava na rua, obsequiava-me o talento de que ele não tinha a mínima notícia. Quase sempre pela conversa, indagava das minhas amizades, das minhas relações; se eu era colega de F., se me dava com Beltrano, se estudava isto ou aquilo. Eu respondia-lhe simplesmente, ingenuamente que não, que não conhecia ninguém a não ser o doutor Castro, o deputado. Ele não deixava transpirar nada, nem uma contração, nem uma ruga que fizesse descobrir como recebia essas minhas respostas; mas também em coisa alguma modificava o tratamento; continuava a ser o mesmo, o mesmo Laje da Silva, mesuroso, afável, informado e loquaz a seu jeito. Não sei o que esperava de mim, o certo é que, durante os meus primei-

ros dias no Rio, recebi dele as mais respeitosas homenagens, as maiores considerações. Embora ensoberbecesse a minha vaidade de colegial, eu continuava a sentir no padeiro muito de desonesto, de falcatrueiro[6], para me ligar inteiramente a ele. Evitava-o, fugia-lhe, mas não tinha coragem para lhe dar a entender francamente que não lhe queria a amizade. Aceitava-lhe as homenagens, os refrescos, conversava, mas sempre com um pequeno medo de que ele me metesse nalguma embrulhada com a polícia.

Foi com grande surpresa que o avistei: supunha-o fora e não pude reprimir o espanto que isso me causara. Ele não se alterou, respondeu-me cheio de bonacheirice:

– É verdade, doutor… sim, não há nada que fazer… tudo por aí está explorado… Uma miséria! Já se colocou?

A pergunta desagradava-me e ele fazia-ma sempre. Ensaiei diversas respostas e por fim respondi-lhe capciosamente:

– Ainda não; mas dentro em breve, creio…

O coronel Figueira, que falava quando entrei, desejoso de continuar a palestra interrompida, logo que percebeu acabados os cumprimentos, dirigiu-se a mim de supetão:

– Doutor, pode haver ladroeira na loteria?

Pensei um instante, mas sem encontrar base para uma resposta segura, respondi dubitativamente:

– Pode ser.

E logo o velho coronel, com a sua voz nasal e cheia, em que havia no momento uma grande satisfação:

– Eu não dizia?… É, sim… Como não pode?

– Mas por quê, coronel?

Então explicou-me que discutia isso com Laje e como ele me soubesse um rapaz preparado, apelara para mim.

6. *Falcatrueiro*: fraudulento.

– Mas como pode haver ladroeira... É impossível... As rodas são examinadas, suspensas do solo... Se houvesse qualquer fio, dava-se logo com ele, não acha?

– Mas então, "seu" Laje, como explica que o "gato" possa ficar "preso" três meses?

– É a sorte – objetou Laje.

– Qual sorte – fez o coronel furioso. –É bandalheira; é eletricidade... Ninguém me tira disso... Olhe: há vinte dias sigo a "borboleta"... Dava sempre, agora não dá mais... Vejo os jornais, a *Joaninha*, a *Chapinha*, compro o *Palpite*, a *Mascote*, a *Ronda* – todos dão a "borboleta". Jogo... "borboleta" não dá. Faça o favor, doutor, veja aqui o *Jornal do Brasil*.

Desdobrou com cuidado a folha popular e apresentou-me o lugar em posição conveniente. Eu não cogitava que aquele assunto pudesse apaixonar tão intensamente o velho coronel que me parecia ser um homem rico; mesmo não entendia daquilo, mas embora admirado e fora da matéria, prestei-me graciosamente:

– Procure – disse ele –, à esquerda, o número 154... Viu? –

– Sim senhor.

– Junte o "peru"... Não é "peru" que está pintado?

– É... Mas como?

– Junte o "peru".

– Como?

– Ora, some o "peru", grupo 20.

– Ahn! 174.

– Inverta.

– 471.

– Qual! nada! 714, borboleta, não é? – E sem esperar a resposta continuou – Está aí o *Jornal* dá, a *Gazeta* dá também e o bicho não sai há vinte dias... O doutor não joga?

– Não senhor.

– Por quê?

– Não gosto; depois, é proibido.

– Proibido! A polícia! – exclamou Laje.

– Não é isso – fiz eu vexado daquela minha confissão. – Temo perder dinheiro.

– Ah, bom! Diga isso! Pela polícia, não; ela vive com os bicheiros… Não serve pra nada, fique certo.

– Eu pensava que…

– Qual! Para o que foi feita, não serve. Serve para perseguir, executar vinganças, como eu já fui…

– O senhor! – dissemos os dois a um só tempo.

– Exato! eu! – exclamou um tanto exaltado.

– Como!

– Ora, como?! Uma cilada… Vinha no trem, e, num dado lugar, um sujeito sentou-se a meu lado e pôs o seu chapéu de sol junto à janela. Eu viajava desse lado. Saltou e levou o meu, deixando o dele. Quando chegamos, entrou pelo trem um magote de policiais, prenderam-me, revistaram-me e foram dar com o tal chapéu cheio de notas falsas de cem mil-réis.

– Foi preso?

– Preso, só?! Fui esbordoado, metido numa enxovia, gastei dinheiro… O diabo! E sabe por que tudo isso?

– Não.

– Porque eu apoiava a oposição lá no meu município… É isso: a polícia, no Brasil… Eu posso falar: sou brasileiro… A polícia no Brasil só serve para exercer vinganças, e mais nada.

– Por que não processou as autoridades, "seu" Laje? – perguntei.

– Qual, menino! você é muito ingênuo… Crê na justiça, ora!

O coronel Figueira continuou as suas queixas contra as loterias e eu aproveitei uma calma na conversa para me retirar. Conforme o meu hábito roceiro, dormia cedo. Dirigi-me logo

para o quarto. A minha situação obcecava-me. Se não arranjasse o emprego, que faria? Vinha-me sempre essa pergunta, depois afigurava-se-me impossível a sua condicional. Não era a carta de pessoa influente?! Por que não havia de obter o emprego? Se até então eu não lograra falar ao deputado, a culpa era minha: não lhe indagara os costumes; não sabia ao certo a que horas se recolhia ou saía. Devia tê-lo feito com cuidado e não limitar-me a ir lá todos os dias, às mesmas horas, como estava fazendo há tantos dias. E logo concluí: amanhã, ao acordar-me, posto-me à porta do hotel; ficarei lá o dia inteiro até vê-lo sair ou entrar, e então, cheio de decisão, abordá-lo-ei como o meu estado exige. Fiquei admirado de que um alvitre tão simples só me tivesse lembrado tantos dias depois. Deitado, tive uma imensa alegria de quem acaba de descobrir a solução de um problema, que preocupa a atenção de quatro gerações de sábios. Dormi satisfeito, de um sono profundo e sem sonhos. Pela manhã, prescindi o café e pus-me a caminho.

O hotel Términus estava ainda fechado. Esperei junto a um café aberto. Daí a instantes, aproximou-se da porta a carrocinha que vai ao mercado. Da boleia, saltou um rapazinho vivaz, simpático e ligeiro. Trocou umas palavras com o cocheiro e veio em direção ao café. Tomei-lhe os passos e perguntei-lhe pelo doutor Castro.

– O deputado?

– Sim! O deputado...

– Mora, não há dúvida; mas quase nunca dorme no hotel. Lá é sua residência oficial; mas de fato onde ele mora, é na Rua dos Irmãos Araújos, 27, Vila Isabel.

– Ué! Por quê?

– O senhor é do Rio? – fez, sem responder-me diretamente o criado.

– Não.

– Está se vendo, senão não se admirava. O senhor sabe: esses homens têm seus arranjos e não querem que ninguém saiba. É por isso. Agora, não vá dizer que eu… Veja lá!

Eu não conhecia bem os bairros da cidade. Não lhes sabia a importância, o valor, nem as suas vias de comunicações com o centro, donde não me tinha afastado até ali, senão para fazer um passeio de pragmática a Botafogo, de que não gostei. Tive que indagar o caminho e o bonde, depois então corri ao ponto respectivo. Viajei cheio de ansiedade, com o sangue a correr aceleradamente pelas artérias, repetindo mentalmente o nome da rua e o número da casa do doutor Castro. Houve uma vez que me saltaram pela boca fora, com grande espanto do meu vizinho da esquerda. As ruas estavam animadas, havia um grande trânsito de veículos, criadas com cestos, quitandeiros, vendedores de peixe. Aqui e ali, com os cestos arriados, à porta de uma ou outra casa, discutiam a venda das suas mercadorias com as donas das casas ainda quase em traje de dormir. Pelas esquinas, as vendas estavam cheias. O condutor ensinou-me a rua e eu segui a pé na direção indicada. Não seriam ainda nove horas quando bati no número vinte e sete, uma casa apalacetada, afastada da rua, no centro do terreno, entrada do lado e varanda, jardim na frente e bojudas compoteiras no telhado. A casa erguia-se do solo sobre um porão de boa altura, com mezaninos gradeados e as janelas, de sacadas a olhar para os pequenos canteiros do jardim, a essa hora povoados de flores que desabrochavam, murchas por aquela manhã quente.

Bati.

– Quem é? – perguntou uma senhora do alto da escada, à soleira da porta de entrada. Que podia responder?! Quem era eu? Sei lá… dizer o meu nome?… como responder?… Afinal, disse bem idiotamente:

– Sou eu.
– Suba – respondeu-me ela. Entrei e subi.
– Que deseja?

Era uma rapariga moça, entre vinte e cinco ou trinta anos, de grandes quadris e seios altos; vinha envolta num roupão rosado e tinha o cabelo, curto e pouco abundante, desnastrado[7] por sobre uma toalha alvadia. Toda ela deu-me uma impressão de veludo, de pelúcia, de coxim macio e acariciante. Logo que me aproximei, de novo, me perguntou languidamente, deixando ver os dentes imaculados:

– Que deseja?

Expliquei-lhe rapidamente que vinha do distrito do deputado e lhe queria falar. Fez-me entrar na sala, descansou o jornal que até então conservara na mão esquerda, e explicou-me com bondade:

– O doutor ainda não se levantou; mas não tarda... Esteve trabalhando até tarde... O senhor sabe: são pareceres sobre pareceres... Há de esperá-lo um pouco, sim?

– Pois não, minha senhora.

Não disse a resposta com naturalidade, esforcei-me por fazê-la polida e amável, e saiu-me por isso completamente desajeitada. Sempre fui assim diante das senhoras, qualquer que seja a sua condição; desde que as veja num ambiente de sala, são todas para mim marquesas e grandes damas. É um sentimento perfeitamente imbecil, de que até hoje não me pude libertar. Certa ocasião mesmo fui por isso de um ridículo sem-nome. Gregoróvitch ceava comigo num restaurante da moda. Era da meia-noite para uma hora; a sala estava cheia de raparigas de vida airada. Tendo esbarrado a minha cadeira na de uma delas, pedi com grande humildade cortesã:

7. *Desnastrado*: solto.

*Era uma rapariga moça, entre vinte e cinco ou trinta anos,
de grandes quadris e seios altos…*

– Desculpe-me Vossa Excelência.

A mulher, grande espanhola cheia de rugas e pó de arroz, olhou-me cheia de raiva e desandou-me uma descompostura, julgando que eu a troçava. Gregoróvitch, porém, interveio e deu-lhe explicações cabais na sua língua de origem. Ela riu-se muito, contou à companheira e em breve a sala toda me olhava, com uma risota nos lábios.

Diante daquela mulher, na casa "particular" do deputado, cuja situação nela era fácil de descobrir, eu fiquei nessa atitude de menino tímido que me invade, sempre que estou em presença de mulheres, numa sala qualquer. Não lhe falei: não pude provocar a palestra; ela fatigou-se de olhar, levantou-se desculpando-se:

– O senhor há de me desculpar... Tenho que fazer, vou até lá dentro e o doutor não há de tardar.

Ainda hoje, depois de tantos anos de desgostos, dessa relação contínua pela minha luta íntima, precocemente velho pelo entrechoque de forças da minha imaginação desencontrada, desproporcionada e monstruosa, lembro-me – com saudade! com que frenesi! – do inebriamento que essa mulher deu aos meus sentidos, com o seu perfume violentamente sexual, acre e estonteante, espécie de requeime das especiarias das Índias... Ergueu-se e foi lentamente pelo corredor em fora; e eu segui com o olhar a sua nuca tentadora com tonalidade de bronze novo.

Eu conhecia a legítima esposa do Castro. Que diferença! Era quase uma velha encarquilhada, cheia de pelancas e fatuidade...[8]

Quando perdi de vista a moça, pus-me a reparar na sala, com umas oleogravuras sentimentais e uns bibelôs de pacotilha. Demorei-me assim uma meia hora; por fim, o ho-

8. *Fatuidade*: presunção; vaidade.

mem veio. Entreguei-lhe a carta. Leu-a num instante, tendo na testa uma ruga de aborrecimento; depois perguntou-me:

– É o senhor?

– Sim senhor.

– Você – mudou logo de tratamento – sabe perfeitamente como as coisas vão: o país está em crise, em apuros financeiros, estão extinguindo repartições, cortando despesas; é difícil arranjar qualquer coisa; entretanto…

– Mas doutor eu não queria grande coisa… Cem mil-réis por mês me bastavam… Todos por aí arranjam e eu…

– Sim… Sim.… Mas têm grandes recomendações, poderosos padrinhos. Eu, o que valho? Nada! Ainda agora o ministro do Interior não nomeou o meu candidato para juiz do júri…

– Se Vossa Excelência quisesse…

– Você, por que não faz um concurso?

– Não posso, não os há anunciados e eu preciso qualquer coisa já…

E assim fomos conversando: ele falsamente paternal e eu, à medida que o diálogo se prolongava, caloroso e eloquente. Houve ocasião em que ele exprobrou essa nossa mania de empregos e doutorado, citando os ingleses e os americanos.

– Todo o mundo quer ser doutor…

Corei indignado e respondi com alguma lógica, que me era impossível romper com ela; se os fortes, os aparentados, os relacionados para a formatura apelavam, como havia eu, mesquinho, semiaceito, de fazer exceção? Recomendou-me que o procurasse no escritório, que havia de ver…

Se bem que me tivesse acolhido com polidez, senti que o coronel nada decidia no ânimo do deputado. Julguei que mais do que pela carta o seu acolhimento fora ditado por uma frouxidão de caráter, por certa preguiça de vontade e desejo de mentir a si mesmo. A sua fisionomia empastada, o seu olhar

morto e a sua economia de movimentos deram-me essa impressão. Demais aquela ruga na testa quando deu comigo...

No bonde, comprei um jornal. O veículo ia-se enchendo: meninas da Escola Normal, cheias de livros, de lápis e réguas; funcionários de roupas surradas; pequenos militares com uniformes desbotados...

Conversavam; discutiam os casos políticos e os de polícia, enquanto eu lia. Num dado momento, na segunda página, dei com esta notícia: "Parte hoje para São Paulo, onde vai estudar a cultura do café, o doutor H. de Castro Pedreira, deputado federal. Sua Excelência demorar-se-á..."

Patife! Patife! A minha indignação veio encontrar os palestradores no máximo de entusiasmo. O meu ódio, brotando naquele meio de satisfação, ganhou mais força. Num relâmpago, passaram-me pelos olhos todas as misérias que me esperavam, a minha irremediável derrota, a minha queda aos poucos – até onde? até onde? E ficava assombrado que aquela gente não notasse o meu desespero, não sentisse a minha angústia... Imbecis! pensei eu. Idiotas que vão pela vida sem examinar, vivendo quase por obrigação, acorrentados às suas misérias como galerianos[9] à calceta![10] Gente miserável que dá sanção aos deputados, que os respeita e prestigia! Por que não lhes examinam as ações, o que fazem e para que servem? Se o fizessem... Ah! se o fizessem! Que surpresa! Riem-se, enquanto do suor, da resignação de vocês, das privações de todos tiram ócios de nababo e uma vida de sultão... Veio-me um assomo de ódio, de raiva má, assassina e destruidora; um baixo desejo de matar, de matar muita gente, para ter assim o critério da minha existência de fato. Depois dessa violenta sensação na

9. *Galeriano*: remador prisioneiro nas galés.
10. *Calceta*: corrente presa aos pés de um prisioneiro.

minha natureza, invadiu-me uma grande covardia e um pavor sem nome: fiquei amedrontado em face das cordas, das roldanas, dos contrapesos da sociedade; senti-os por toda a parte, graduando os meus atos, anulando os meus esforços; senti-os insuperáveis e destinados a esmagar-me, reduzir-me ao mínimo, a achatar-me completamente... Continuei a leitura. As letras dançavam sob meus olhos, a compreensão faltava-me... Saltara dos meus desejos heroicos para imaginar expedientes com que me saísse da miséria em perspectiva. Aceitaria qualquer coisa, qualquer emprego... Recordei-me das minhas leituras, daquele *Poder da Vontade*, das suas biografias heroicas: Palissy[11], Watt[12], Franklin...[13] Sorri satisfeito, orgulhoso; havia de fazer como eles. De novo, voltei à leitura do jornal. Ao fim de uma coluna, lá estava um nome conhecido. Senhor Manuel Laje da Silva, capitalista e industrial... Que acontecera? Recebera a bênção papal até a décima quinta geração. A notícia vinha cheia de gabos à sua atividade e à sua honestidade...

Um sujeito entrou no bonde, deu-me um grande safanão, atirando-me o jornal ao colo, e não se desculpou. Esse incidente fez-me voltar de novo aos meus pensamentos amargos, ao ódio já sopitado[14], ao sentimento de opressão da sociedade inteira... Até hoje não me esqueci desse episódio insignificante que veio reacender na minha alma o desejo feroz de reivindicação. Senti-me humilhado, esmagado, enfraquecido por uma vida de estudo, a servir de joguete, de irrisão[15] a esses poderosos todos por aí. Hoje que sou um tanto

11. *Bernard Palissy (1510-1589)*: ceramista e cientista francês.
12. *James Watt (1736-1819)*: matemático e engenheiro inglês.
13. *Benjamin Franklin (1706-1790)*: político, diplomata, inventor e cientista norte-americano. Um dos líderes da Revolução Americana (1776).
14. *Sopitado*: serenado; acalmado.
15. *Irrisão*: zombaria.

Um sujeito entrou no bonde, deu-me um grande safanão, atirando-me o jornal ao colo, e não se desculpou.

letrado sei que Stendhal[16] dissera que são esses momentos que fazem os Robespierres[17]. O nome não me veio à memória, mas foi isso que eu desejei chegar ser um dia.

Escrevendo estas linhas, com que saudades me não recordo desse heroico anseio dos meus dezoito anos esmagados e pisados! Hoje!… É noite. Descanso a pena. No interior da casa, minha mulher acalenta meu filho único. A sua cantiga chega-me aos ouvidos cheia de um grande acento de resignação. Levanto-me, vou à varanda. A Lua, no crescente, banha-me com meiguice, a mim e a minha humilde casa roceira. Por momentos deixo-me ficar sem pensamentos, envolto na fria luz da Lua, e embalado pela ingênua cantilena de minha mulher. Correm alguns instantes; ela cessa de cantar e o brilho do luar é empanado por uma nuvem passageira. Volto às minhas reminiscências: vejo o bonde, a gente que o enchia, os sofrimentos que me agitavam, a rua transitada…

Os meus desejos de vingança fazem-me agora sorrir e não sei por quê, do fundo da minha memória, com essas recordações todas, chega-me também a imagem de uma pesada carroça, com um grande lajedo suspenso por fortes correntes de ferro, vagarosamente arrastada sobre o calçamento de granito, por uma junta de bois enormes, que o carreteiro fazia andar com gritos e ferroadas desapiedadas…

16. *Stendhal*: pseudônimo de Henri-Marie Beyle (1783-1842): célebre escritor francês, pioneiro do realismo na literatura. Autor de obras importantes como *O Vermelho e o Negro*, entre outras.

17. *Maximilien François Marie Isidore de Robespierre (1758-1794)*: advogado e político, líder radical da Revolução Francesa, chamado de "o incorruptível" por seus partidários. Governou a França como ditador, no período conhecido como "Terror".

V

— A SUA INTIMAÇÃO era para as onze horas.
— Não me foi possível vir a essa hora. Só a recebi às duas... Estive fora...
— Entretanto, segundo disseram no hotel, o senhor costuma almoçar lá e sai pouco antes das onze, não é?
— É verdade; mas, excepcionalmente, hoje, saí muito cedo, almocei com um amigo e...
— Bem. Sente-se e espere o delegado...
Falava a verdade. Era de fato meu hábito sair do hotel pouco antes das onze, para ir rondar as proximidades da Câmara. Nesse dia, porém, aquela súbita inspiração de ir procurar de madrugada o deputado, tinha-me feito quebrar o hábito. Acresce que, ao voltar, vim a encontrar o doutor Gregoróvitch. Estivemos instantes conversando e ele convidou-me para almoçar. Não era a primeira vez que o fazia; o meu orgulho obrigava-me sempre a recusar. Dessa feita acedi. Estava deprimido, desalentado; a minha vontade era frouxa; os meus sentimentos tinham-se enfraquecido durante aquela longa viagem de bonde a pensar na vida, a curtir ódios, a arquitetar vinganças e a farejar a miséria próxima. Fui desejoso de encontrar uma afeição, uma simpatia, naquele estrangeiro, um aventureiro, um ente cujos precedentes não conhecia, cuja lhaneza de trato, comunicabilidade especial e generosidade, porém, me atraíam e solicitavam fortemente. Foi almoço de

camaradas, rico de confidências, trocamos ideias, contou-me um pouco de sua vida e eu contei-lhe a minha. Era da România[1]. Seu pai era um emigrado russo; sua mãe, grega. Estudara no Cairo e acabara o seu curso em Sófia, correra a Europa, a Ásia e América. Tinha cinquenta anos e sentia-se absolutamente sem pátria, livre de todas as tiranias morais e psicológicas que essa noção contém em si. Era capaz de aprender todas as línguas, escrevê-las, em três ou quatro meses. Em cada país demorava-se pouco, cinco ou seis anos; procurava os jornais, defendia esta ou aquela questão, ganhava dinheiro e vivia. Contava-me isso bebendo e à proporção que bebia vinhos franceses os seus olhos de conta e azuis com reflexos metálicos ficavam mais brilhantes e mais penetrantes. Falou-me em poetas, em filósofos; traçou, a grandes golpes, o destino da humanidade, provocou-me grandes e consoladoras visões patrióticas, e só vim a deixá-lo saudoso pelas duas horas, quando me dirigi ao hotel. Ali recebi a intimação do delegado e corri à delegacia obedientemente, depois desse delicioso almoço que quase me fez esquecer os dolorosos momentos da manhã.

Troquei as necessárias explicações com o inspetor de dia. O seu autoritarismo não me amedrontou. A sua pessoa era sem força, combalida, desanimada, muito pálido, com lindos cabelos negros e uma miséria física de penalizar. Transpirava desgosto, resignação e um pouco de bondade no seu olhar semiaberto e nos seus lábios frouxos.

Obedecendo à sua ordem, sentei-me entre outras pessoas de cujas fisionomias não fiz grande reparo. Pus-me a olhar pela janela aberta uma nesga do céu. As nuvens pardacentas que, pelo caminho, eu vira subirem por detrás da cortina de montanhas, só deixavam agora ver, do céu, um rasgão irregular.

1. *Romània*: Romênia.

Até então, eu não sabia ao certo o que viera fazer àquela delegacia. O copeiro que me transmitira a ordem da autoridade, falou-me por alto num roubo que houvera no hotel pela noite última. Ao coronel Figueira, furtaram cerca de seis contos em dinheiro, afora objetos de valor.

– Que vou fazer lá? – indaguei do copeiro.

– Depor, naturalmente.

Sentado na estação policial é que me lembrei que ele sublinhara a resposta com um piscar de olhos cheio de canalhice... Seria possível? Qual! Eu era estudante, rapaz premiado... Qual! Nem por sombras!...

A delegacia continuava silenciosa e as pessoas sentadas pelas cadeiras não ousavam entreolhar-se. Não havia duas horas que eu, no restaurante, me pusera a imaginar grandes coisas. Gregoróvitch incitara-me a trabalhar pela grandeza do Brasil; fez-me notar que era preciso difundir na consciência coletiva um ideal de força, de vigor, de violência mesmo, destinado a corrigir a doçura nativa de todos nós. Pela primeira vez de lábios humanos, ouvi dizer mal da piedade e da caridade: sentimentos antissociais, enfraquecedores dos indivíduos e das nações... Virtudes dos fracos e dos covardes, resumia ele.

Houve um grande estupor em mim; eu tinha do meu natural um grande respeito por essas virtudes e a minha educação isolada, comprida, órfã de afetos, só fizera estimular e aumentar esse meu respeito. Não sei como a conversa foi variar para a beleza. Ele riu-se do nosso critério habitual dela, da insignificância do critério dos nossos literatos. Gente, disse-me ele, que vive perturbada, desejosa de realizar ideais de povos mortos, ideais que já se esgotaram; prisioneira da arqueologia, e muito certa de que a verdade está aí, como se houvesse uma beleza absoluta, existindo fora de nós e inde-

pendente de nós. Por aí ele fez uma formidável charge[2] aos nossos intelectuais. Eu sinto não poder reproduzi-la aqui. Estávamos em meio do almoço e o vinho dava asas às suas palavras e tornara mais lúcido o meu espírito. Referindo-se ao Laje, chamou-o de águia, homem de presa, super-homem e por mais que eu quisesse tirar informações sobre o padeiro, ele se limitou sempre a ditos sibilinos[3] que mais me aumentaram as velhas suspeitas.

O meu conhecimento com o doutor Ivan, se bem que recente, vinha sendo mantido e fortalecido com frequentes encontros na Rua do Ouvidor. O meu provincianismo e acanhamento davam-se perfeitamente no tumulto que a anima. Nela, eu combinava as minhas necessidades de sociabilidade com o meu temperamento delicado e desconfiado, ao qual uma sociabilidade mais perfeita expunha a ofensas e a indelicadezas dolorosas. Depois, olhava, olhava a fartar: homens, moços e velhos, mulheres, senhoras. Quando acontecia encontrar o jornalista internacional, trocávamos cumprimentos com os chapéus, polidamente, atenciosamente. O gênio comunicativo do russo e o hábito de viajante de adquirir rapidamente relações e camaradas, foram vencendo aos poucos a minha reserva e a desconfiança. Convite como este, já me fora feito várias vezes e eu sempre recusara com delicadeza e dignidade. Entrando no hotel, logo ao sentar-me, tive ímpetos de confessar os meus desgostos ao jornalista; o meu orgulho irracional fez-me calar...

Por esse tempo, passos fortes na escada vieram perturbar os meus pensamentos. Todos nos viramos para a porta de entrada. Pela sala adentro entrou aquele senhor de cartola e

2. *Charge*: caricatura.
3. *Sibilino*: enigmático.

calças brancas que me disseram senador, num bonde de barcas. Tirou a cartola com repugnância, enquanto o inspetor levantava-se respeitosamente.

– Vossa Excelência?!

– Boa tarde. O Barros não está?

– Não, senhor. Saiu e só voltará para a audiência das seis horas.

– Que diabo! – fez aborrecido o senador.

– Se Vossa Excelência quer alguma coisa urgente, pode procurá-lo agora no Pascoal... Ele me disse que ia para lá...

O alto dignitário da nação fez menção de retirar-se e o inspetor já se tinha sentado, quando subitamente o senador se voltou dizendo:

– Era coisa urgente... você bem me podia informar se...

Olhou ao redor cautelosamente e depois continuou a falar naturalmente:

– Você bem me podia dizer se o "Nove-dedos" está preso aqui?

– Aqui, não, senhor senador. Até agora, só temos no xadrez um ébrio...

– Mas... disseram-me que tinha feito um roubo... Esse rapaz é um doido!

– Onde foi, Excelência?

– No Largo de São Francisco.

– Ahn! Não é aqui conosco; é com a nona.

– Obrigado.

Apertou a mão do rapaz cheio de agradecimento e saiu murmurando de modo que fosse ouvido por todos nós: – Aquele doido só me leva a incomodar!

A sala da delegacia voltou novamente ao seu silêncio primitivo. Um soldado veio apresentar-se, trocando rápidas palavras com o inspetor. Um relógio próximo bateu quatro

horas. Dos compartimentos do fundo, chegou um personagem ventrudo, meão de altura, de pernas curtas, furta-cor, tendo atravessado no peito um grilhão de ouro, donde pendia uma imensa medalha cravejada de brilhantes. Dirigiu-se ao inspetor:

– Raposo, vou sair: há alguma coisa?
– Nada, capitão Viveiros.
– E o caso do Jenikalé? Já apareceu o tal "mulatinho"?

Não tenho pejo em confessar hoje que quando me ouvi tratado assim, as lágrimas me vieram aos olhos. Eu saíra do colégio, vivera sempre num ambiente artificial de consideração, de respeito, de atenções comigo; a minha sensibilidade, portanto, estava cultivada e tinha uma delicadeza extrema que se juntava ao meu orgulho de inteligente e estudioso, para me dar não sei que exaltada representação de mim mesmo, espécie de homem diferente do que era na realidade, ente superior e digno a quem um epíteto daqueles feria como uma bofetada. Hoje, agora, depois não sei de quantos pontapés destes e outros mais brutais, sou outro, insensível e cínico, mais forte talvez; aos meus olhos, porém, muito diminuído de mim próprio, do meu primitivo ideal, caído dos meus sonhos, sujo, imperfeito, deformado, mutilado e lodoso. Não sei a quem me compare, não sei mesmo se poderia ter sido inteiriço até ao fim da vida; mas choro agora, choro hoje quando me lembro que uma palavra desprezível dessas não me torna a fazer chorar. Entretanto, isso tudo é uma questão de semântica: amanhã, dentro de um século, não terá mais significação injuriosa. Essa reflexão, porém, não me confortava naquele tempo, porque sentia na baixeza do tratamento, todo o desconhecimento das minhas qualidades, o julgamento anterior da minha personalidade que não queriam ouvir,

sentir e examinar. O que mais me feriu foi que ele partisse de um funcionário, de um representante do governo, da administração que devia ter tão perfeitamente, como eu, a consciência jurídica dos meus direitos ao Brasil e como tal merecia dele um tratamento respeitoso.

As lágrimas secaram-se-me nos olhos, antes que o inspetor me apresentasse ao escrivão Viveiros. Olhou-me com olhar de entendido. Creio que sondava as minhas algibeiras detidamente, antes de me fazer esta pergunta:

– O senhor é o moço do Hotel Jenikalé?
– Sou um deles.
– Qual é sua profissão?
– Estudante.

Houve algum espanto na sua fisionomia deslavada. Conteve-se e continuou-me a perguntar:

– Tem documentos?
– Alguns.
– Ah! Pode-se justificar perfeitamente.
– Como?
– Com testemunhas e documentos.
– Se não conheço ninguém aqui no Rio…
– Eu lhe arranjo.
– Aceito e obrigado.
– Mas custa-lhe trinta mil-réis.
– Não posso pagar, capitão. Não tenho dinheiro.
– E o seu correspondente?
– Não tenho.
– Então meu caro…

Encolheu os ombros, afastou-se cheio de indiferença, sem olhar qualquer dos circunstantes. O inspetor continuou a escrever o seu interminável livro. De onde em onde, muito policialmente, passeava o olhar dissimuladamente sobre cada

um de nós. Nuvens plúmbeas já de todo tinham coberto a nesga do céu vista pela janela. Havia como que fuligem na atmosfera e a luz do Sol tornara-se de um amarelo pardacento e fúnebre. A temperatura continuava elevada e o ar abafado da sala incomodava-me. A ressonância especial das ruas subia até nós cada vez mais nitidamente. O bimbalho das campainhas era mais agudo, o rolar dos veículos mais redondo, e mais dissonante o ranger das ferragens dos bondes, os estalos dos chicotes e os apitos caprichosos dos cocheiros. Da delegacia, por entre essa bulha, percebemos que um vozeiro se aproximava. O inspetor levantou a pena e esperou. Um grande magote de povo invadia a sala. Os soldados correram e contiveram a multidão. Na frente, vinham duas mulheres do povo, desgrenhadas, rotas, que dois soldados, com esforço, mantinham separadas. Um deles, sem largar a mulher, explicou ao inspetor.

– Estavam brigando e pelo caminho ainda se atracaram; nós...

E logo ambas as duas se quiseram justificar, falando ao mesmo tempo. O inspetor repreendeu-as severamente. O soldado expôs. Moravam em uma estalagem próxima, eram lavadeiras, uma era casada e outra tinha "seu homem".

– Por que foi? – perguntou o policial.

De novo quiseram narrar ao mesmo tempo o motivo de tão apaixonado pugilato.

– Assim não pode ser – fez o inspetor. – Ou uma ou outra... Vá, fale a senhora – acabou designando uma delas.

– Vossa Senhoria sabe: sou pobre... Tenho uma galinha... Mais de uma; mas foi a pedrês. E não é de hoje, há muito tempo, sim senhor. A gente não pode, é verdade; mas que se há de fazer? Um bichinho é sempre bom, "seu" inspetor: dá alegria e ajuda a gente... É por isso que a comadre...

*Da delegacia, por entre essa bulha, percebemos que um vozeiro
se aproximava.*

– Diga a senhora afinal por que foi... Vá! – intimou o inspetor.

– Eu já digo, sim senhor. Há muito tempo que a minha galinha punha e eu nada de ver os ovos. Procurava daqui procurava dali, nada de achar... Hoje eu tinha saído para levar o jantar do Manduca e quando voltei vi que a galinha vinha saindo da casa dessa mulher com a cara de quem já pôs... Ah! "seu" inspetor! deu-me uma gana, uma coisa que eu mesma não sei... Xinguei – fez ela por fim –; e foi por isso...

Acabou a narração humilde, muito humilde com uma modulação de choro na voz.

– E a senhora que diz a isso? – perguntou a autoridade à outra.

– Não foi assim, não senhor... Essa mulher sempre embicava comigo... Não sei por que, sempre andava com rezinga... Um dia era isso, outro dia era aquilo... Se o vento punha a sua roupa no chão, era eu; se...

– Mas afinal a galinha saiu ou não saiu de sua casa?

– Saiu, sim senhor; mas foi por acaso...

– Por acaso o quê! sua ladra, sua p...

– Que é isso! – exclamou severamente o inspetor. – Isto aqui é estalagem? Meto-a no xadrez! Está ouvindo?

A mulher descaiu logo a cabeça, que tinha erguido de um só movimento cheio de arrogância e, com voz entrecortada pelo choro, desculpou-se:

– Me perdoe, "seu" inspetor! A gente é pobre... Foi a patroa que me deu o "bichinho"... A gente pensa: vamos ter uma gemada, uma fritada, um doce, uma coisa ou outra... Compra-se milho e se espera... e se espera... No fim a gente vem a saber que os outros é que comem os ovos... Ah! Meu Deus!... É duro! É duro! É a sina da gente...

A rapariga falava desigualmente: ora alongava as sílabas, ora fazia desaparecer outras; mas sempre possuída das palavras, com um forte acento de paixão, superposto ao choro. As palavras saíam-lhe animadas, cheias de uma grande dor, bem distante da pueril querela que as provocara. Vinham das profundezas do seu ser, das longínquas partes que guardam uma inconsciente memória do passado, para manifestarem o desespero daquela vida, os sofrimentos milenares que a natureza lhe fazia sofrer e os homens conseguiram aumentar. Senti-me comunicado de sua imensa emoção; ela penetrava-me tão fundo que despertava nas minhas células já esquecidas a memória enfraquecida desses sofrimentos contínuos que me pareciam eternos; e achando-os por debaixo das noções livrescas, por debaixo da palavra articulada, no fundo da minha organização, espantei-me, aterrei-me, tive desesperos e cristalizei uma angústia que me andava esparsa.

O inspetor procurou acalmá-la; a outra, muito popularmente, pôs-se a chorar explicando que não furtara os ovos, que não os comera, mas que guardara unicamente o primeiro, temendo que fosse "mandinga", "coisa-feita", e que, depois, com a continuação, não os restituíra com vergonha, mas que o faria logo que chegasse a casa. Acalmadas e repreendidas, foram-se e a delegacia em breve regressou à sua atmosfera enervante. A ela e ao meu abalo moral, juntavam-se a tonalidade amarelaça da tarde e o ambiente de forja para me dar um mal-estar nunca sentido. Esperava o delegado, procurando devanear, sonhar, analisar-me, mas era em vão: a inteligência não me obedecia. Havia em mim um grande vazio mental, e a imagem que me vinha aos olhos era a da pobre mulher a imprecar, sem nenhuma grandeza, contra o destino implacável, dentro daquela feia e triste sala. De repente a treva fez-se mais espessa. Na sala da delegacia

acenderam as luzes, ao tempo que um relâmpago veio iluminá-la instantaneamente. Ouviu-se um estalido agudo, um ronco de trovão e, estremecendo, sentimos nós todos que um raio caíra nas proximidades. A chuva começou a cair fracamente, sem a violência que o rigor do céu ameaçava, quando a poderosa autoridade entrou. Passava das seis horas; a opressão da atmosfera diminuíra muito e o calor abrandara razoavelmente.

Chegou e eu esperei ainda. Afinal, fui levado à sua presença. Ao lado, em uma mesa mais baixa, lá estava o capitão Viveiros, o tal escrivão, muito solene, com a pena atrás da orelha, o seu olhar cúpido[4] e a sua papada farta. O delegado pareceu-me um medíocre bacharel, uma vulgaridade com desejos de chegar a altas posições; no entanto, havia na sua fisionomia uma assustadora irradiação de poder e de força. Talvez se sentisse tão ungido da graça especial de mandar, que na rua, ao ver tanta gente mover-se livremente, havia de considerar que o fazia porque ele deixava. Interrogou-me de mau humor, impaciente, distraído, às sacudidelas. Repisava uma mesma pergunta; repetia as minhas respostas. A sua impaciência levava-o a perder tempo. Não dava grande atenção ao interrogatório; olhava com insistência a rua, os bondes que passavam com cortinas arriadas. Num dado momento, como querendo levar a coisa ao cabo, perguntou pela terceira vez:

– Qual é a sua profissão?
– Estudante.
– Estudante?!
– Sim, senhor, estudante – repeti com firmeza.
– Qual estudante, qual nada!

4. *Cúpido*: ambicioso; cobiçoso.

A sua surpresa deixara-me atônito. Que havia nisso de extraordinário, de impossível? Se havia tanta gente besta e bronca que o era, por que não o podia ser eu? Donde lhe vinha a admiração duvidosa? Quis-lhe dar uma resposta, mas as interrogações a mim mesmo me enleavam. Ele, por sua vez, tomou o meu embaraço como prova de que mentia.

Com ar escarninho perguntou:

– Então, você é estudante?

Dessa vez tinha-o compreendido, cheio de ódio, cheio de um santo ódio que nunca mais vi chegar em mim. Era mais uma variante daquelas tolas humilhações que eu já sofrera; era o sentimento geral da minha inferioridade, decretada *a priori*, que eu adivinhei na sua pergunta. E afirmei então com a voz transtornada:

– Sou, sim, senhor!

– Pois então diga-me de quem é este verso: "Estava mudo e só na rocha de granito"?

– Não sei, não senhor; não leio versos habitualmente…

– Mas um estudante sempre os conhece – fez ele com falsa bonomia. – É de admirar que o senhor não conheça… Sabe de quem é este outro: "É o triunfo imortal da carne e da beleza"?

– Não sei absolutamente, e é inútil perguntar-mo, pois nunca li poetas.

– Mas o senhor, um estudante, não saber de quem são estes versos! Admira!

– Que tem uma coisa com outra, "seu" doutor? – fiz eu sem poder reprimir um sorriso.

– Está rindo-se, "seu" malcriado! – fez ele mudando repentinamente de tom. – Muita coisa! É que você não é estudante nem nada; não passa de um "malandro" muito grande!

– Perdão! O senhor não me pode insultar…

– Qual o quê! – continuou o delegado no auge da cólera.
– Não há patife, tratante, malandro por aí, que não se diga estudante...

Eu começava a exaltar-me também, a sentir-me ofendido injustamente, agredido sem causa e sem motivo; contive-me, no entanto.

– Mas eu sou, asseguro-lhe...
– Qual o quê! Pensa que me embrulha... você o que é, é um gatuno, sabe?

Por aí, houve em mim o que um autor russo chamou a convulsão da personalidade. Todo eu me agitei, todo eu me indignei. Senti num segundo todas as injustiças que vinha sofrendo; revoltei-me contra todos os sofrimentos que vinha suportando. Injustiças, sofrimentos, humilhações, misérias, juntaram-se dentro de mim, subiram à tona da minha consciência, passaram pelos meus olhos e então expectorei sacudindo as sílabas:

– Imbecil!
– Que diz? – perguntou ele com autoridade.
– Que você é um imbecil, ouviu? – Não me disse mais nada; não se lembrou mesmo de determinar que o escrivão lavrasse auto de flagrante. Ergueu-se cheio de fúria, esperei-o pronto para jogar os sopapos; mas o terrível delegado ia unicamente à porta para ordenar que me metessem no xadrez.

Fui para o xadrez convenientemente escoltado. Pelo caminho, tudo aquilo me pareceu um pesadelo. Custava-me a crer que, no intervalo de horas, eu pudesse ter os entusiasmos patrióticos do almoço e fosse detido como um reles vagabundo num xadrez degradante. Entrei aos empurrões; desnecessários aliás, porque não opus a menor resistência. As lágrimas correram-me e eu pensei comigo: A pátria!

– Imbecil!
– Que diz? – perguntou ele com autoridade.

VI

DESPERTEI HOJE CHEIO de um mal-estar que não sei donde me veio. Nada ocorreu que o determinasse. Ontem, vivi um dia igual a todos. Não tive nem mesmo uma questão com o coletor. Por que não estou satisfeito? Não sei. E quem o poderá saber! Há em nós tanta coisa misteriosa, tantos sentimentos cujas origens nos escapam, que me esforço em vão por explicar este meu atual estado d'alma. De uns tempos a esta parte, acontece-me isso amiudadas vezes. Tudo vai correndo normalmente; os dias com o mesmo enfado de sempre, e as noites serenas e plácidas; entretanto, esta ou aquela manhã, ergo-me e olho pela janela aberta o rio que desliza lá embaixo, ensombrado de melancolia, cheio de lassidão, com maus desejos passando-me pela cabeça. Penso – não sei por quê – que é este meu livro que me está fazendo mal... E quem sabe se excitar recordações de sofrimentos, avivar as imagens de que nasceram não é fazer com que, obscura e confusamente, me venham as sensações dolorosas já semimortas? Talvez mesmo seja angústia de escritor, porque vivo cheio de dúvidas, e hesito de dia para dia em continuar a escrevê-lo. Não é o seu valor literário que me preocupa; é a sua utilidade para o fim que almejo.

Quem sabe se ele me não vai saindo um puro falatório?! Eu não sou literato, detesto com toda a paixão essa espécie de animal. O que observei neles, no tempo em que estive na

redação do *O Globo*, foi o bastante para não os amar, nem os imitar. São em geral de uma lastimável limitação de ideias, cheios de fórmulas, de receitas, só capazes de colher fatos detalhados e impotentes para generalizar, curvados aos fortes e às ideias vencedoras, e antigas, adstritos a um infantil fetichismo do estilo e guiados por conceitos obsoletos e um pueril e errôneo critério de beleza. Se me esforço por fazê-lo literário é para que ele possa ser lido, pois quero falar das minhas dores e dos meus sofrimentos ao espírito geral e no seu interesse, com a linguagem acessível a ele. É esse o meu propósito, o meu único propósito. Não nego que para isso tenha procurado modelos e normas. Procurei-os, confesso; e, agora mesmo, ao alcance das mãos, tenho os autores que mais amo. Estão ali o *Crime e Castigo* de Dostoiévski[1], um volume dos *Contos* de Voltaire[2], A *Guerra e Paz* de Tolstói[3], o *Le Rouge et le Noir*[4] de Stendhal, a *Cousine Bette*[5] de Balzac, a *Education Sentimentale*[6] de Flaubert[7], o *Antéchrist*[8] de Renan[9], o Eça[10]; na estante, sob as mi-

1. *Fiódor Dostoiévski (1821-1881)*: escritor russo de grande prestígio internacional, autor de obras-primas como *Os Irmãos Karamazov*, *Crime e Castigo*, *O Idiota*, *O Jogador*, entre várias outras.
2. *Voltaire (1694-1778)*: pseudônimo de François-Marie Arouet, prolífico escritor e filósofo francês, autor da famosa novela satírica *Cândido ou o Otimismo*, entre outras obras de poesia, teatro, romance e ensaios filosóficos.
3. *Liev Tolstói (1828-1910)*: escritor russo, considerado um dos maiores da literatura universal, autor dos romances *Guerra e Paz* e *Ana Karenina*, entre outros escritos.
4. *Le Rouge et le Noir* (francês): *O Vermelho e o Negro*.
5. *Cousine Bette* (francês): *A Prima Bete*.
6. *Education Sentimentale* (francês): *A Educação Sentimental*.
7. *Gustave Flaubert (1821-1880)*: célebre escritor realista francês, autor do famoso romance *Madame Bovary*, entre outros escritos.
8. *Antéchrist* (francês): *O Anticristo*.
9. *Ernest Renan (1823-1892)*: escritor e filósofo francês.
10. *José Maria de Eça de Queirós (1845-1900)*: um dos mais importantes prosadores da língua portuguesa. Autor dos romances *O Primo Basílio*, *Os Maias*, *A Ilustre Casa de Ramires* e *A Cidade e as Serras*.

nhas vistas, tenho o Taine, o Bouglé[11], o Ribot[12] e outros autores de literatura propriamente, ou não. Confesso que os leio, que os estudos, que procuro descobrir nos grandes romancistas o segredo de fazer. Mas não é a ambição literária que me move ao procurar esse dom misterioso para animar e fazer viver estas pálidas *Recordações*. Com elas, queria modificar a opinião dos meus concidadãos, obrigá-los a pensar de outro modo, a não se encherem de hostilidade e má-vontade quando encontrarem na vida um rapaz como eu e com os desejos que tinha há dez anos passados. Tento mostrar que são legítimos e, se não merecedores de apoio, pelo menos dignos de indiferença.

Entretanto, quantas dores, quantas angústias! Vivo aqui só, isto é, sem relações intelectuais de qualquer ordem. Cercam-me dois ou três bacharéis idiotas e um médico mezinheiro, repletos de orgulho de suas cartas que sabe Deus como tiraram. Claudicam na ortografia, e um mesmo, o juiz municipal, acaba de publicar um artigo no *Diário de Caxambi* sobre a "Sociedade Atual em Face da Ciência", onde fala em raios hertzianos[13]. Entretanto, se eu amanhã lhes fosse falar neste livro – que espanto! que sarcasmo! que crítica desanimadora não fariam. Depois que se foi o doutor Graciliano, excepcionalmente simples e esquecido de sua carta apergaminhada, nada digo das minhas leituras, não falo das minhas lucubrações intelectuais a ninguém, e minha mulher, quando me demoro escrevendo pela noite afora, grita-me do quarto:

– Vem dormir, Isaías! Deixa esse relatório pra amanhã!

De forma que não tenho por onde aferir se as minhas *Recordações* preenchem o fim a que as destino; se a minha

11. *Célestin Charles Alfred Bouglé (1870-1940)*: filósofo francês.
12. *Théodule-Armand Ribot (1839-1916)*: psicólogo francês.
13. *Raios hertzianos*: ondas de rádio cuja existência foi demonstrada pelo físico alemão Heinrich Hertz (1857-1894).

inabilidade literária está prejudicando completamente o seu pensamento. Que tortura! E não é só isso: envergonho-me por esta ou aquela passagem em que me acho, em que me dispo em frente de desconhecidos, como uma mulher pública...

Sofro assim de tantos modos, por causa desta obra, que julgo que esse mal-estar, com que às vezes acordo, vem dela, unicamente dela. Quero abandoná-la; mas não posso absolutamente. De manhã, ao almoço, na coletoria, na botica, jantando, banhando-me, só penso nela. À noite, quando todos em casa se vão recolhendo, insensivelmente aproximo-me da mesa e escrevo furiosamente. Estou no sexto capítulo e ainda não me preocupei em fazê-la pública, anunciar e arranjar um bom recebimento dos detentores da opinião nacional. Que ela tenha a sorte que merecer, mas que possa também, amanhã ou daqui a séculos, despertar um escritor mais hábil que a refaça e que diga o que não pude nem soube dizer.

É esta passagem do xadrez que me faz vir estes pensamentos amargos. Imagino como um escritor hábil não saberia dizer o que eu senti lá dentro. Eu que sofri e pensei não o sei narrar. Já por duas vezes, tentei escrever; mas relendo a página, achei-a incolor, comum, e, sobretudo, pouco expressiva do que eu de fato tinha sentido. Estive no xadrez mais de três horas, depois fui de novo à presença do delegado. Encontrei-o outro homem, mais brando e disposto à simpatia, tratando-me por "menino" e "meu filho".

– Você menino, precisa deixar esse gênio. Olhe que a vida não se leva assim... Você sabe o que eu lhe podia fazer? Lavrar um processo por desrespeito à autoridade... Não faça nunca mais isso, meu filho; hoje foi comigo, que enfim... mas amanhã – quem sabe?

Em começo mantive o mesmo humor agressivo, respondendo-lhe secamente às perguntas que fazia sobre os meus precedentes; por fim, rendendo-me à sua brandura, desculpei-me, satisfazendo-as com respeito, acatando-as com toda a doçura de que é capaz o meu natural, doce e sensível ao bom tratamento.

Há muita bondade no nosso caráter, mas também muita arrogância, muito exagero no mandar e um doentio impudor no desobedecer. Esses arrependimentos, essas voltas atrás são frequentes e fatais no modo de agir das nossas autoridades. Eu não sei até que ponto me excedi, até onde fui inconveniente; não tenho ainda observado essa face do caráter nacional, espantei-me com a delicadeza com que me tratou a autoridade, pela segunda vez em que fui à presença. Julgava-a transformada pela intervenção de algum protetor desconhecido, mas fiquei certo de que não era esse o motivo, pois me perguntou logo:

– Você não tem relações aqui no Rio, menino?
– Nenhuma.

Admirou-se muito, extraordinariamente, a ponto de repetir de outro modo a pergunta:

– Mas ninguém? Ninguém?
– O meu conhecimento mais íntimo é o doutor Ivan Gregoróvitch Rostóloff – conhece?
– Oh! como não? Um jornalista, do *O Globo* não é?
– Esse mesmo.
– Por que não me disse logo? Quando se está em presença da polícia, a nossa obrigação é dizer toda a nossa vida, procurar atestados de nossa conduta, dizer os amigos, a profissão, o que se faz, o que se não faz...
– Não sabia que era um homem importante, por isso...
– Pois não! Um jornalista é sempre um homem importante, respeitado, e nós, da polícia, temo-lo sempre em grande

conta... Vá-se embora – disse-me ele por fim –, e procure mudar-se daquele hotel quanto antes... Aquilo é muito conhecido... Os furtos se repetem e os ladrões nunca aparecem... Mude-se quanto antes, é o meu conselho. Vá!

Eu ia saindo e, antes de transpor a porta, o delegado veio ao meu encontro e recomendou em voz baixa:

– Não diga nada ao doutor Rostóloff – sabe? Ele pode publicar e ambos nós temos que perder...

Dirigi-me ao hotel indiferente à chuva que continuava a cair. Ia profundamente vexado e firmemente decidido a abandoná-lo quanto antes. Pressentindo que o hoteleiro tinha insinuado ao delegado que eu bem podia ser o autor do furto, refletia sobre uma decisão a tomar. O meu primeiro pensamento foi insultá-lo, dar-lhe pancada; mas seria recomeçar as humilhações da delegacia... Andando, cheguei ao Campo de Santana. Aí já tinha deliberado. Entraria naturalmente e nada diria a respeito, esperaria que ele falasse. Entrei; estavam todos na sala de jantar, dei-lhes boas-noites e troquei com os circunstantes algumas explicações sobre o fato. Nenhum deles se animou a mais leve insinuação e subi ao meu quarto aparentando a maior calma. Não conciliei logo o sono. Encarei a eventualidade de voltar para minha casa familiar. O caminho na vida parecia-me fechado completamente, por mãos mais fortes que as dos homens. Não eram eles que não me queriam deixar passar, era o meu sangue covarde, era a minha doçura, eram os defeitos de meu caráter que não sabiam abrir um. Eu mesmo amontoava obstáculos à minha carreira; não eram eles... Não seria tolice, pusilanimidade escondida fazer repousar a minha felicidade na presteza com que um qualquer deputado atendesse um pedido de emprego? Era possível tê-los sempre à mão para os dar ao primeiro que aparecesse? As condições de mi-

nha felicidade não deviam repousar senão em mim mesmo – concluí... Mas não era só isso que eu via. O que me fazia combalido, o que me desanimava eram as malhas de desdém, de escárnio, de condenação em que me sentia preso.

Na viagem, vira-as manifestar-se; no Lage da Silva, na delegacia, na atitude do delegado, numa frase meio dita, num olhar, eu sentia que a gente que me cercava me tinha numa conta inferior. Como que sentia que estava proibido de viver e fosse qual fosse o fim da minha vida os esforços haviam de ser titânicos. Foi talvez esse adjetivo que me fez deliberar de outro modo. Passou-me pela memória a anedota mitológica que ele evoca. Representou-se-me a luta daqueles heróis com os deuses, a sua teimosia em escalar o céu, a energia que puseram em tão insensata empresa... Vi o quadro com todas as cores e com todas as figuras... Abalei-me de emoção; achei nessa atitude uma estranha grandeza, não sei que fulgurante beleza que me tornou logo interiormente alegre – tanto é verdade dizer-se que a beleza é uma promessa de felicidade! Abandonei a volta covarde para a casa materna e decidi-me a lutar, a bater-me para chegar – aonde? – não sabia bem; para chegar fosse como fosse. Trabalharia – em quê? em tudo. E, enquanto considerava a delicadeza das minhas mãos e a fragilidade dos meus músculos, adormeci placidamente, satisfeito comigo e com a minha coragem e firme na resolução de procurar no dia seguinte qualquer ocupação, por mais humilde que ela fosse. A noite passou depressa e, quando desci à rua, ainda brilhava em frente à prefeitura um combustor de gás. O ambiente não era de luz nem de treva – era uma penumbra algodoada e nevoenta com que começam certas manhãs no Rio de Janeiro. Os raros transeuntes moviam-se esbatidos naquela ambiência indecisa. Andei. Ao chegar à Rua do Ouvidor, a rua dos lentos passeios elegantes, havia uma agitação de mercado.

Cestos de verduras, de peixes, de carnes, passavam à cabeça de mulheres e homens; os quitandeiros ambulantes corriam por ela acima; pequenas carroças de hotéis caros davam-se ao luxo de atravessá-la em toda a extensão; e pelas soleiras das portas imensas moles de jornais diários eram subdivididas pelos vendedores de todos os pontos da cidade. As polêmicas malcriadas de uns contra os outros sobrepunham-se, abraçavam-se fraternalmente ao impulso do italiano indiferente: *Gazeta! País! Jornal do Comércio!*

Os cafés já estavam abertos e ainda iluminados. Comprei um jornal e entrei num deles. Por essa hora, têm uma freguesia apressada e especial. Notívagos, vagabundos, operários, jogadores, empregados em jornais – gente um tanto heterogênea que lá vai e se serve rapidamente.

É raro uma mulher; nesse dia, por acaso, havia duas moças, acompanhadas de uma senhora e um rapaz. Tomavam chocolate e vinham naturalmente de um baile.

A velha cochilava e as duas moças tinham os olhos pisados, e o rosto macerado pela longa e fatigante vigília.

Saturadas de notas musicais, uma delas ainda balançava a cabeça como se estivesse ouvindo um dolente compasso de valsa. Estavam desbotadas, com os olhos encovados, e pelo rosto, neste ou naquele ponto, uma parte de pintura resistira e ficara. Viam-se os ossos da face e os rostos estavam escaveirados. O rapaz, entretanto, continuava a conversar ternamente embevecido... Observei-as muito tempo ainda, considerando como era difícil àqueles dois entes achar o fim natural de sua vida... Quantos tropeços as praxes punham! A quanto trabalho eram obrigadas!

Dançar-se noites e noites!... Levado por tais considerações ia esquecendo os meus próprios interesses. Pus-me a ler o jornal, os anúncios de "precisa-se". Dentre eles, um

pareceu-me aceitável. Tratava-se de um rapaz, de conduta afiançada para acompanhar um cesto de pão. Era nas Laranjeiras. Estava resolvido a aceitar; trabalharia um ano ou mais; guardaria dinheiro suficiente que me desse tempo para pleitear mais tarde um lugar melhor. Não havia nada que me impedisse: eu era desconhecido, sem família, sem origens... Que mal havia? Mais tarde, se chegasse a alguma coisa, não me envergonharia, por certo? Fui, contente até. Falei ao gordo proprietário do estabelecimento. Não me recordo mais das suas feições, mas tenho na memória as suas grandes mãos com um enorme "solitário" e o seu alentado corpo de arrobas.

– Foi o senhor que anunciou um rapaz para...

– Foi; é o senhor? – respondeu-me logo sem me dar tempo de acabar.

– Sou, pois não. – O gordo proprietário esteve um instante a considerar, agitou os pequenos olhos perdidos no grande rosto, examinou-me convenientemente e disse por fim, voltando-me as costas com mau humor:

– Não me serve.

– Por quê? – atrevi-me eu.

– Porque não me serve.

E veio vagarosamente até uma das portas da rua, enquanto eu saía literalmente esmagado. Naquela recusa do padeiro em me admitir, eu descobria uma espécie de sítio posto à minha vida. Sendo obrigado a trabalhar, o trabalho era-me recusado em nome de sentimentos injustificáveis. Facilmente generalizei e convenci-me de que esse seria o proceder geral. Imaginei as longas marchas que tinha que fazer para arranjar qualquer coisa com que viver; as humilhações que teria que tragar; e, de novo, me veio aquele ódio do bonde, quando de volta da casa do deputado Castro. Revoltava-me que me

obrigassem a despender tanta força de vontade, tanta energia com coisas em que os outros pouco gastavam. Era uma desigualdade absurda, estúpida, contra a qual se iam quebrar o meu pensamento angustiado e os meus sentimentos liberais que não podiam acusar particularmente o padeiro. Que diabo! eu oferecia-me, ele não queria! que havia nisso demais?

Era uma simples manifestação de um sentimento geral, e era contra esse sentimento, aos poucos descoberto por mim, que eu me revoltava. Vim descendo a rua, e perdendo-me aos poucos no meu próprio raciocínio. Preliminarmente descobria-lhe absurdos, voltava ao interior, misturava os dois, embrulhava-me. No Largo do Machado, contemplei durante momentos aquela igreja de frontão grego e colunas dóricas e tive a sensação de estar em país estrangeiro.

O álcool não entrava nos meus hábitos. Em minha casa, raramente o bebia. Naquela ocasião, porém, deu-me uma vontade de beber, de me embriagar, estava cansado de sentir, queria um narcótico que fizesse descansar os nervos tendidos pelos constantes abalos daqueles últimos dias. Entrei no café, mas tive nojo. Limitei-me a beber uma xícara de café e caminhei tristemente em direção ao mar, olhando com inveja um carregador que bebia um grande cálice de parati. Eu tinha uma imensa lassidão e uma grande fraqueza de energia mental. Quis descansar, debrucei-me na muralha do cais e olhei o mar. Estava calmo; a limpidez do céu e a luz macia da manhã faziam-no aveludado. Os últimos sinais da tempestade da véspera tinham desaparecido. Havia satisfação e felicidade no ar, uma grande meiguice em tudo respirava; e isso pareceu-me hostil. Continuei a olhar o mar fixamente, de costas para os bondes que passavam. Aos poucos ele hipnotizou-me, atraiu-me, parecia que me convidava a ir viver nele, a dissolver-me nas suas águas infinitas, sem vontade nem

pensamentos; a ir nas suas ondas experimentar todos os climas da Terra, a gozar todas as paisagens, fora do domínio dos homens, completamente livre, completamente a coberto de suas regras e dos seus caprichos... Tive ímpetos de descer a escada, de entrar corajosamente pelas águas adentro, seguro de que ia passar a uma outra vida melhor, afagado e beijado constantemente por aquele monstro que era triste como eu. Os elétricos subiam vazios e desciam cheios. Ingleses de chapéus de palha cintados de fitas multicores, com pretensões à originalidade, enchiam-nos. Fumavam com desdém e iam convencidos na sua ignorância assombrosa que a língua incompreensível escondia de nós, que davam espetáculo a essa gente mais ou menos negra, de uma energia sobre-humana e de uma inteligência sem medida. Os bondes continuavam a passar muito cheios, tilintando e dançando sobre os trilhos. Se acaso um dos viajantes dava comigo, afastava logo o olhar com desgosto. Eu não tinha nem a simpatia com que se olham as árvores; o meu sofrimento e as minhas dores não encontravam o menor eco fora de mim. As plumas dos chapéus das senhoras e as bengalas dos homens pareceram-me ser enfeites e armas de selvagens, a cuja terra eu tivesse sido atirado por um naufrágio. Nós não nos entendíamos; as suas alegrias não eram as minhas; as minhas dores não eram sequer percebidas... Por força, pensei, devia haver gente boa aí... Talvez tivesse sido destronada, presa e perseguida; mas devia haver... Naquela que eu via ali, observei tanta repulsa nos seus olhos, tanta paixão baixa, tanta ferocidade que eu me cri entre *yahoos*[14] e tive ímpetos de fugir antes de ser devorado... Só o mar me contemplava com piedade, sugestio-

14. *Yahoos*: humanoides selvagens; personagens da sátira *As Viagens de Gulliver*, de Jonathan Swift (1667-1745).

nando-me e prometendo-me grandes satisfações no meio de sua imensa massa líquida...

– Vem – dizia-me ele –, vem comigo e, no meu seio, viverás esquecido, livre e independente... Aqui, eu te abrirei perspectivas infinitas à tua vida limitada e os conceitos, as noções e as ideias nada valerão. Zombarás deles, não os sentirás, não terás consciência, nem pensamento, nem vontade...

Deviam ser oito horas e eu vim descendo a pé pela borda do cais. Pensava num alvitre a tomar. Precisava sair do hotel. Estava sem dinheiro; depois de paga a pensão, restar-me-iam uns seis mil e tanto. Tinha que o deixar em breve, fosse como fosse. Aquela sociedade com pessoas que me tinham suspeitado ladrão, pesava-me, abatia-me. A esperança num emprego humilde esvaíra-se. A recusa sistemática do padeiro fizera-me supor que era assim em todas as profissões. Assim seriam os hoteleiros, os donos de cafés, de confeitarias, de cocheiras... Não sabia por onde sair; era de um verdadeiro sítio à minha vida que eu tinha sensação. Durante o dia inteiro não me deixaram esses pensamentos. Almocei no hotel silenciosamente, sentindo a irritante observação do copeiro. Saí logo demandando a cidade. Tinha entrado na Rua do Rosário, quando alguém me bateu no ombro:

– O senhor não é Isaías Caminha?

– Sou.

– Não se lembra de mim? Eu sou o Agostinho... o Agostinho Marques... Não se lembra?

– Recordo-me sim. Você se sentava junto ao Felício da Costa, não era?

– É verdade. Chegou há muito tempo, Isaías?

– Há um mês, e você o que está fazendo?

– Sou empregado no escritório do doutor Leitão Fróis; e você?

– Eu!… Procuro a vida…

O meu antigo colega não se demorou muito, tinha pressa e eu prometi-lhe que o procuraria para conversar, tanto mais que ele tinha serviço a dar-me. Passei o resto do dia vagueando. Veio a tarde, uma tarde doce e azul, e eu não tive forças para me apresentar no hotel. Fui ao Passeio Público. Entrei e sentei-me num banco afastado, fora do caminho habitual dos visitantes. Estive instantes pensando, a olhar o regato na minha frente e as árvores que me cercavam. Os patos e os gansos nadavam satisfeitos e as garças pensativas perfiladas nas margens espiavam assombradas vendo tanta alegria. A tarde punha um brilho particular nas coisas, de doçura e satisfação. Aquele descanso no jardim, fez-me lembrar não sei que passagem do meu livro de cabeceira, desse perverso livro de que eu quis fazer bússola para minha vida. Abri-o e, desejoso por encontrar a passagem, não reparei que uma pessoa viera sentar-se no mesmo banco que eu. Num dado momento, virei-me e dei com uma rapariga de cor, de olhos tristes e feições agradáveis. Tinha uma bolsinha na mão, um chapéu de sol de alpaca e o vestuário era pobre. Considerei-a um instante e continuei a ler o livro, cheio de uma natural indiferença pela vizinha. A rapariga começou a murmurar, perguntou-me qualquer coisa que respondi sem me voltar. Subitamente, depois de fazer estalar um desprezível muxoxo, ela me disse à queima-roupa:

– Que tipo! Pensa mesmo que é doutor…

Fechei o livro, levantei-me e, já afastado, ainda ouvi dela alguns desaforos. Cheguei ao portão. Os bondes passavam, havia um grande movimento de carros e pedestres. Considerei a rua, as casas, as fisionomias dos transeuntes. Olhei uma, duas, mil vezes, os pobres e os ricos.

Eu estava só.

– *Que tipo! Pensa mesmo que é doutor...*

VII

havia dias que notava com surpresa a indiferença que tinha então pelos meus destinos. Aquele meu fervor primeiro tinha sido substituído por uma apatia superior a mim. Tudo me parecia acima de minhas forças, tudo me parecia impossível; e que não era eu propriamente que não podia fazer isso ou aquilo, mas eram todos os outros que não queriam, contra a vontade dos quais a minha era insuficiente e débil. A minha individualidade não reagia; portava-se em presença do querer dos outros como um corpo neutro; adormecera, encolhera-se timidamente acobardada.

Houve duas ou três crises de vontade que me obrigaram a procurar emprego. Nas duas primeiras, recuei passado o primeiro ímpeto; na terceira, fi-lo de tal modo, tão transtornado, tão lamurriento e frouxo que fui malsucedido. Vendi os meus livros para apurar algum dinheiro. Pago o hotel, fiquei reduzido à última extremidade, com um curto prazo para dele retirar a minha insignificante bagagem. Esperava resposta de uma carta em que pedira algum dinheiro a minha mãe. Não se demorou em responder, mandando-me cinquenta mil-réis. Aluguei um quarto e os primeiros dias que nele passei foram do mais absoluto enfado.

Saía, mas evitava a Rua do Ouvidor e o Laje da Silva, que passara a tratar-me de outro modo. Dei em passear de bonde, saltando de um para outro, aventurando-me por traves-

sas afastadas, para buscar o veículo em outros bairros. Da Tijuca ia ao Andaraí e daí a Vila Isabel; e assim, passando de um bairro para outro, procurando travessas despovoadas e sem calçamento, conheci a cidade – tal qual os bondes a fizeram alternativamente povoada e despovoada, com grandes hiatos entre ruas de população condensada e, toda ela, agitada, dividida, convulsionada pelas colinas e contrafortes da montanha em cujas vertentes crescera. Jantava, uns dias; em outros, almoçava unicamente; e houve muitos que nem uma coisa ou outra fiz. Descobri a Biblioteca Nacional, para onde muitas vezes fui, cheio de fome, ler Maupassant[1] e Daudet[2]. Estava na casa de cômodos havia perto de quinze dias. Uma noite, acabara de chegar e despia-me, quando me bateram à porta. Abri: "Boa noite", falou-me um rapaz do lado de fora. "O senhor podia permitir que eu acendesse a minha vela na sua? Cheguei sem fósforos e vendo que no seu quarto havia luz, vinha-lhe pedir esse favor." Ficamo-nos conhecendo, aos poucos nos aproximamos e entabulamos relações mais estreitas. Abelardo Leiva, o meu recente conhecimento, era poeta e revolucionário. Como poeta tinha a mais sincera admiração pela beleza das meninas e senhoras do Botafogo. Não faltava às regatas, às quermesses, às tômbolas, a todos os lugares em que elas apareciam em massa; e a sua musa – uma pálida musa, decentemente abotoada no Castilho[3] e penteada diante dos espelhos de B. Lopes[4] e

1. *Guy de Maupassant (1850-1893)*: escritor francês, considerado mestre da narrativa curta.
2. *Alphonse Daudet (1840-1897)*: prosador, poeta e dramaturgo francês. A novela *Tartarin de Tarascon* é sua obra mais conhecida.
3. *Antônio Feliciano de Castilho (1800-1875)*: escritor e poeta romântico português.
4. *Bernardino da Costa Lopes (1859-1916)*: poeta lírico brasileiro.

Abri: "Boa noite", falou-me um rapaz do lado de fora.

Macedo Papança[5] – quase diariamente lhes cantava a beleza "olímpica e lirial". Como revolucionário, dizia-se socialista adiantado, apoiando-se nas prédicas e brochuras do senhor Teixeira Mendes[6], lendo também formidáveis folhetos de capa vermelha, e era secretário do Centro de Resistência dos Varredores de Rua. Vivia pobremente, curtindo misérias e lendo, entre duas refeições afastadas, as suas obras prediletas e enchendo a cidade com os longos passos de homem de grandes pernas.

Depois de nossas relações, era frequente passearmos juntos. Saíamos às dez horas, tomávamos café e andávamos até as três ou quatro da tarde. A essa hora separávamo-nos em obediência a uma convenção tácita. Tratava-se de jantar e cada um de nós ia arranjar-se. À tarde, encontrávamo-nos e íamos conversar a um café com alguns outros amigos dele, na mor parte desprovidos de dinheiro, com magros e humildes empregos, pretendendo virar a face do mundo para ter almoço e jantar diariamente. Leiva era o chefe, era a inteligência do grupo, pois, além de poeta, tinha todos os preparatórios para o curso de dentista. Eu gostava de notar a adoração pela violência que as suas almas pacíficas tinham, e a facilidade com que explicavam tudo e apresentavam remédios. Embora mais moço que ele, várias vezes cheguei a sorrir aos seus entusiasmos. Creio que lhes não faltava inteligência, sinceridade também; o que não encontravam era uma soma de necessidades a que viessem responder e sobre as quais apoiassem as suas furiosas declamações. Insurgiam-

5. *Antônio de Macedo Papança (1852-1913)*: conde de Monsaraz; poeta português.
6. *Raimundo Teixeira Mendes (1855-1927)*: matemático e pensador positivista brasileiro.

-se contra o seu estado particular, oriundo talvez mais de suas qualidades de caráter do que de falhas de temperamento. Eram todos honestos, orgulhosos, independentes e isso não leva ninguém à riqueza e à abastança. Leiva era quem mais exagerava nos traços do caráter comum e se encarregava de pintar os sofrimentos da massa humana. Era um grupo de protestantes, detestando a política, dando-se ares de trabalhar para obra maior, a quem as periódicas "revoluções" não serviam. Um ou outro acontecimento vinha-lhes dar a ilusão de que eram guias da opinião. Leiva gabava-se de ter feito duas greves e de ter modificado as opiniões do operariado do Bangu com as suas conferências aplaudidas. Os outros, sem a sua enfibratura, os seus rompantes de atrevimento e a sua ambição oculta, mais sinceros talvez por isso, limitavam-se a falar e a manifestar as suas terríveis opiniões em publicações pouco lidas.

No entanto, Leiva parecia-me mais sincero na sua poesia palaciana e de modista do que nas ideias revolucionárias. Não o julgava perfeitamente hipócrita; era a sua situação que lhe determinava aquelas opiniões; o seu fundo era cético e amoroso das comodidades que a riqueza dá. Cessassem as suas dificuldades, elas desapareceriam e surgiria então o verdadeiro Leiva, indiferente aos destinos da turba, dando uma esmola em dia de mau humor e preocupado com uma ruga no fraque novo que viera do alfaiate.

No café, em certos momentos, quase sem transição, ele passava das objurgatórias mais terríveis a recitar versos, cheios de detalhes de modas e ardendo de admiração pelas coisas de luxo. Havia nisso muito da sua forte mocidade para que eu me lembrasse de Georges Ohnet[7]. Bem pareci-

7. *Georges Ohnet (1848-1918)*: romancista francês.

do, de rosto benfeito e um nariz clássico e uns bigodes e uns cabelos pretos, tratados com especial carinho de manhã e à tarde, ele tinha a insignificante boniteza dos homens, tanto do agrado das nossas mulheres. Era um namorador temível. No seu quarto, além da mesa e alguns volumes com que preparava as arengas revolucionárias, tinha uma cama de vento, nua e órfã de lençóis e travesseiros com fronhas, uma grande mala cheia de camisas, colarinhos, punhos, gravatas e perfumes. Ganhava noventa mil-réis no Centro dos Varredores, gastava vinte e cinco no quarto e o que sobrava era mais para as coisas de *toillette* do que para a sua alimentação. Frequentava os lugares elegantes, ou tidos como tal, e uma noite levou-me ao Parque Fluminense, onde encontrei o Agostinho Marques, o elegante Agostinho, cheio de anéis e alfinetes, que eu não quis reconhecer. Desde que nos demos a conhecer, isso havia perto de um mês, nunca mais o tinha visto; ele, porém, chamou-me amigavelmente. Era o solicitador do doutor Leitão Fróis, ganhava um conto e tanto por mês e pretendia formar-se em direito, precisando de mim para lhe explicar uns preparatórios. Disse-me isso no momento em que Leiva se deixara absorver por uma dama elegante da nossa vizinhança. Estávamos sentados a uma mesa do botequim, e servíamo-nos de cerveja, a convite de Marques. Quando Leiva se voltou de sua preocupação extrarrevolucionária, Agostinho queixou-se dos calos:

– Não há sapateiro que preste no Rio de Janeiro... Mandei fazer essas botinas no Martinelli, dei quarenta e cinco mil-réis e é esta desgraça! Apertam-me como diabo...

O Abelardo tinha opinião um pouco diferente sobre os sapateiros da cidade. Antigamente, mandava fazer as botinas de encomenda; ultimamente, porém, compra-as feitas. Eram estrangeiras e melhores...

– Mas o Martinelli, "seu" Abelardo! – objetou semi-indignado o solicitador. – O cabedal, os aviamentos, tudo vem da Europa; só são cortadas e montadas aqui...

– Ora – continuava Leiva –, eu já tive botinas dele e sei tudo isso; mas não vale a pena, é um engano... Olhe, o senhor dá trinta e cinco mil-réis por uma *Walk-Over* ou *Clark* e fica mais bem servido do que com ele. E são bonitas... Veja!

Mostrou o pé e durante minutos os dois estiveram a debater-se, procurando toda a sorte de argumentos para defenderem as suas firmes opiniões sobre a distinção, a comodidade do calçado comprado feito e mandado fazer de encomenda.

Agostinho Marques, "solicitador nos auditórios desta Capital", chegou a empregar argumentos de natureza jurídica; Abelardo Leiva, apóstolo do socialismo revolucionário, inimigo da execrável burguesia, procurou justificativa nos elegantes do mundo chic parisiense. A minha reserva só os fazia prolongar a discussão; estavam diante de um juiz, a quem expunham as suas razões com delicadeza e urbanidade.

– Lá vai o Raul Gusmão – exclamou Marques.

Voltei-me um pouco. Era de fato ele de braço com o Oliveira. Vestia um grande fraque de xadrez; tinha botinas de verniz com os canos de pano e marchava conversando com o companheiro, apertando os olhos e procurando os mais surpreendentes gestos que lhe viessem aumentar a reputação jornalística.

– É um rapaz de talento – disse Marques.

O carrossel moía uma música banal, preguiçosa e irritante. Leiva esteve pensando um instante e disse:

– É, e parece que faz prosperar o seu talento com práticas suspeitas.

– É verdade o que se diz por aí dele? – indagou a meia-voz o solicitador.

– Não sei, nunca vi, mas, no domingo, nós... – não foi Caminha?

Fiz um sinal afirmativo e o meu amigo continuou:

– ...no domingo vimo-lo entrar numa hospedaria da Rua da Alfândega com um fuzileiro naval.

– Qual – disse Leiva –, não creio. – Ele faz constar isso e faz suspeitar, para se ter em melhor conta o seu talento. O público quer que todo o talento artístico tenha um pouco de vício; aos seus olhos, isso o aumenta extraordinariamente, dá-lhe mais valor e faz com que o escritor ganhe mais dinheiro.

– Como é então que entrou na hospedaria? – indagou Marques.

– Tinha-nos visto e, mediante uma gorjeta, obrigou o soldado a prestar-se ao papel... Aquilo é o gênio do *réclame*...[8]

Em torno de nós, sob a chuva miúda do vapor condensado do motor de iluminação, grupos de passeantes moviam-se de um lado para outro, isocronamente, lentamente, tristemente, como se obedecessem a uma lei inflexível a cujo império não se pudessem furtar. Só o Carnaval tira essa triste gravidade aos nossos passeios. Os rapazes excedem-se, saem fora da bitola, e as moças e as senhoras abandonam-se aos impulsos do temperamento. Lembro-me que em um dos últimos carnavais a que assisti, às oito e meia da noite, vi duas moças afastarem-se um pouco para o interior do escritório da *Gazeta de Notícias*, donde assistiam à passagem de cordões, e lá dentro requebrarem lascivamente com as exigências que um maxixe tocado por uma banda de música a passar pedia. Fora do Carnaval sempre senti essa mesma tristeza nos nossos passeios públicos, tendo presente sempre a tirania doméstica e a preocupação do dia seguinte.

8. *Réclame* (francês): propaganda.

Os dois continuavam a conversar, quando voltei a ouvi-los. Tinham passado imprevistamente para a reforma social que Leiva anunciava. Agostinho, que se sentia chegar a homem rico e considerado, fazia imensos esforços para contestar as doutrinas subversivas de Leiva:

– Mas o senhor o que quer é desordem, é anarquia, é extinção da ordem social…

E Leiva sorria um instante, satisfeito que ele viesse ao encontro da sua resposta querida.

– Mas é isso mesmo, não quero outra coisa! Pois o senhor acha justo que esses senhores gordos, que andam por aí, gastem numa hora com as mulheres, com as filhas e com as amantes, o que bastava para fazer viver famílias inteiras? O senhor não vê que a pátria não é mais do que a exploração de uma minoria, ligada entre si, estreitamente ligada, em virtude dessa mesma exploração, e que domina fazendo crer à massa que trabalha para a felicidade dela? O público ainda não entrou nos mistérios da religião da pátria… Ah! quando ele entrar!

Levado pelo calor da frase Leiva continuou a falar cheio de força, entusiasmo:

– Não há na natureza nada que se pareça com a nossa sociedade governada pelo Estado… Observe o senhor que todas as sociedades animais se governam por leis para as quais elas não colaboraram, são como preexistentes a elas, independentes de sua vontade; e só nós inventamos esse absurdo de fazer leis para nós mesmos; leis que, em última análise, não são mais que a expressão da vontade, dos caprichos, dos interesses de uma minoria insignificante… No nosso corpo há uma multidão de organismos, todos eles interdependem, mas vivem autonomamente sem serem propriamente governados por nenhum, e o equilíbrio se faz por isso mesmo… O

sistema solar... Na natureza, todo o equilíbrio se obtém pela ação livre de cada uma das forças particulares...

Agostinho precisava arranjar uma objeção, mas o desconhecimento das noções que Leiva punha em jogo estava completamente fora da sua atividade mental. O apóstolo-poeta, sentindo a fraqueza do adversário, exultou, e, deitando um olhar em torno, exclamou vitoriosamente:

– Eu quero a confusão geral, para que a ordem natural surja triunfante e vitoriosa!

Deitou um longo e terno olhar para a linda burguesa da vizinhança e bebeu voluptuosamente um grande gole de cerveja. Eu creio que se a nova era dependesse do seu braço, ele não deitaria a bomba para não assustar as meninas bonitas e delicadas.

Foi Leiva o meu iniciador no Rio de Janeiro. Deu-me relações, ensinou-me as maneiras, o calão da boêmia, levou-me aos lugares curiosos e consagrados. Com ele fui ao Apostolado Positivista ouvir o senhor Teixeira Mendes. Um grande matemático, disse-me; a primeira cabeça do Brasil, uma inteligência enciclopédica, uma erudição segura, e, sobretudo, um caráter e um coração!

Um domingo, em que havíamos saído do Apostolado, vínhamos descendo pachorrentamente o cais da Glória, a conversar.

Leiva viera pela Rua de Benjamin Constant abaixo gabando a eloquência do venerável senhor Mendes, a sua virtude, a sua sobriedade e contara-me por alto a surra que ele dera no Bertrand, da Academia Francesa, em assunto de matemática. Eu ouvia-o sem coragem de contestar, embora não compartilhasse as suas crenças. Não era a primeira vez que ia ao Apostolado, mas quando via o vice-diretor sair rapidamente por detrás de um retábulo, na

absida[9] da capela, ao som de um tímpano rouco, arrepanhando a batina, com aquele laço verde no braço, dava-me vontade de rir às gargalhadas. Demais, ficava assombrado com a firmeza com que ele anunciava a felicidade contida no positivismo e a simplicidade dos meios necessários para a sua vitória: bastava tal medida, bastava essa outra, e todo aquele rígido sistema de regras, abrangendo todas as manifestações da vida coletiva e individual, passaria a governar, a modificar costumes, hábitos e tradições. Explicava o catecismo. Abria o livro, lia um trecho e procurava o caminho para alusões a questões atuais, repetindo fórmulas para se obter um bom governo que tendesse a preparar a era normal: o advento final da Religião da Humanidade. E eu achava toda aquela dissertação tão intelectual, tão balda de comunicação, tão incapaz de erguer dentro de mim o devotamento, o altruísmo, "o esforço sobre mim mesmo em favor dos outros", como dizia o apóstolo, que me quedava a indagar até que ponto o auditório respeitoso estava convencido e até que ponto fingia convicção.

Havia trechos em que ele insistia com particular agrado. Via-se que neles repousava a conversão dos espíritos. Não me esqueci que ele amava repetir que a física, a química, a biologia, a sociologia, todas as ciências e todo o esforço humano de qualquer ordem tinham preparado lentamente e tendiam para a religião da humanidade; era ela como a coroação, a cúpula do edifício do pensamento e dos grandes sentimentos da humanidade. Citava trechos de grandes poetas nesse sentido, e procurava dados históricos. Quando se oferecia ocasião, esboçava a ordem futura, cotejando-a com a presente. O médico, o professor e o sacerdote estariam jun-

9. *Absida*: oratório situado atrás do altar principal de igrejas católicas.

tos em um mesmo homem, cujos serviços seriam gratuitos: todos exerceriam um ofício manual e os capitais acumulados em poucas mãos, seriam empregados em benefício social. A quantas necessidades presentes daquele auditório não iria dar remédio a promessa daquela sociedade a vir?! Os homens têm amor à utopia quando condensada em fórmulas de felicidade; e aqueles militares, funcionários, estudantes, encontravam naquelas afirmações, repetidas com tanta segurança e cuja verdade não procuravam examinar, um alimento para a fome de felicidade da espécie e um consolo para os seus maus dias presentes.

Pelo caminho, ouvi repetirem as palavras do mestre e apoiarem-se nelas para criticar atos do governo, projetos da Câmara – esse viveiro de bacharéis ignorantes que não sabem matemática.

Observei que o meu próprio amigo Leiva partia também dessa crença pitagórica das virtudes da matemática para condenar e criticar o governo e os governantes; entretanto, além daquelas explicações filosóficas do senhor Teixeira Mendes, ele sabia pouco mais das quatro operações na ciência divina.

– Vê tu – dizia-me ele –, quem no Brasil tem conhecimentos mais seguros que o T. Mendes? – E acrescentava logo – como se pode acreditar que, na nossa época científico-industrial, um homem que não conhece como se fabricam os encanamentos d'água, as propriedades do ferro e o seu tratamento industrial, as teorias hidráulicas, poderá aquilatar e dirigir os serviços de uma cidade moderna, cuja primeira necessidade é um seguro e farto abastecimento d'água?

Leiva gostava de falar; e, quando a matéria lhe agradava, o cansaço dificilmente vinha. Eu amava ouvi-lo, pois tinha uma bela voz, acariciante e de agradável timbre, e que vibrava musicalmente ao chegar-lhe a paixão. Continuou:

– Antigamente, todos os governantes tinham, ou antes, estavam a par do saber de seu tempo, e só com a necessidade do estabelecimento de novas ciências – o que fez a especialização dos conhecimentos – deixaram tão salutar regra. Hoje, porém, graças ao sobre-humano cérebro de Comte[10] – o maior talvez depois de Aristóteles[11] – o saber voltou à unidade útil e moral dos outros tempos. A síntese foi feita e os estadistas verdadeiramente dignos, servidores práticos da humanidade, poderão encontrar nela um seguro farol para guiá-los.

Não me animei a perguntar-lhe se a síntese de que falava continha também a questão do abastecimento d'água. Senti a sinceridade momentânea de suas palavras, ditas até com certo entusiasmo; e quando alguém me fala desse modo, encho-me de respeito e de amizade. Vínhamos descendo a rua e assim continuamos um instante calados. Houve uma ocasião, que, quase sem refletir, perguntei ao Leiva:

– Como você é ao mesmo tempo anarquista e positivista, uma doutrina de ordem, de submissão, que espera a vitória pelo resultado fatal das leis sociológicas?

– Ora você? Eu quero uma confusão geral, um abalo completo desta ordem iníqua, para então… O Mendes é simples, é bom, pensa que isso vai como ele quer; mas é preciso… Olhe, o cristianismo…

Olhei um instante a seda azul do mar levemente enrugada e sorvi um pouco da viração que soprava da barra; depois perdemo-la de vista e a viração deixou de açoitar-nos com for-

10. *Auguste Comte (1798-1857)*: filósofo francês, criador do positivismo e fundador da sociologia.
11. *Aristóteles (384 a.C.-322 a.C.)*: filósofo grego, considerado um dos mais importantes pensadores de todos os tempos.

ça e fomos descendo a Rua da Lapa, transitada, ladeada de sobrados, donde pendiam mulheres públicas em *peignoir*[12], como descoradas orquídeas de milionário europeu, cujo brilho natural o ambiente de estufa lhes tirou ou não soube dar. Nós olhamo-las com um pouco da nossa mocidade e com um pouco das preocupações que trazíamos; e caminhamos para o Passeio Público, onde íamos esquecer que não jantávamos, olhando a turba resignada que aproveitava o domingo.

Uma banda de música enchia o jardim com os seus estridentes compassos. Nas proximidades do coreto, Leiva encontrara um conhecido com quem ficara a conversar. Eu não me detive; avancei vagarosamente para o terraço que deita para o mar. O meu companheiro veio ter comigo meia hora depois e vinha acompanhado de outro rapaz. Apresentou-nos. Um instante, contemplei a angustiada cabeça do desconhecido, o seu ar orgulhoso e todo ele esguio e alto, ligeiramente curvado como um teimoso caniço que não se pôde erguer completamente depois das muitas tempestades que suportou.

– O Plínio, Caminha – disse Leiva –, vinha-me contando o seguinte: há dias, o Florêncio, conheces? – Fiz sinal que não e ele insistiu: – o Florêncio que redige a seção do *Jornal do Rio*, conheces, não é? Pois bem; o Florêncio entrou na Portier e pôs-se a ler um livro. De quando em quando mudava de lugar, aproximando-se da porta. Assim leva hora e tanto. Ele, porém, não tinha reparado que os empregados vigiavam-no. Num dado momento, meteu a brochura debaixo do paletó e encaminhou-se para a porta. Os caixeiros cortaram-lhe os passos, intimidando-o a entregar a obra. Florêncio ataranta-se, prontifica-se a pagar, do dinheiro cai e...

– Pagou? – perguntei.

12. *Peignoir* (francês): penhoar; robe; roupa caseira feminina.

... fomos descendo a Rua da Lapa, transitada, ladeada de sobrados, donde pendiam mulheres públicas em peignoir.

– Pagou sim – apressou-se em responder Plínio de Andrade –; mas um dos empregados disse-lhe insolentemente: "você paga este sobre a Grécia, que queria levar agora e também o romance francês que levou anteontem..." A Imprensa! Que quadrilha! Fiquem vocês sabendo que, se o Barba-Roxa ressuscitasse, agora com os nossos velozes cruzadores e formidáveis couraçados, só poderia dar plena expansão à sua atividade se se fizesse jornalista. Nada há tão parecido como o pirata antigo e o jornalista moderno: a mesma fraqueza de meios, servida por uma coragem de salteador; conhecimentos elementares do instrumento de que lançam mão e um olhar seguro, uma adivinhação, um faro para achar a presa e uma insensibilidade, uma ausência de senso moral a toda a prova... E assim dominam tudo, aterram, fazem que todas as manifestações de nossa vida coletiva dependam do assentimento e da sua aprovação... Todos nós temos que nos submeter a eles, adulá-los, chamá-los gênios, embora intimamente os sintamos ignorantes, parvos, imorais e bestas... Só se é geômetra com o seu *placet*[13], só se é calista com a sua confirmação e se o Sol nasce é porque eles afirmam tal coisa... E como eles aproveitam esse poder que lhes dá a fatal estupidez das multidões! Fazem de imbecis gênios, de gênios imbecis; trabalham para a seleção das mediocridades, de modo que...

– Você exagera – objetou Leiva. – O jornal já prestou serviços.

– Decerto... não nego... mas quando era manifestação individual, quando não era coisa que desse lucro; hoje, é a mais tirânica manifestação do capitalismo e a mais terrível também... É um poder vago, sutil, impessoal, que só poucas inteligências podem colher-lhe a força e a essencial au-

13. *Placet* (latim): aprovação; consentimento.

sência da mais elementar moralidade, dos mais rudimentares sentimentos de justiça e honestidade! São grandes empresas, propriedade de venturosos donos destinadas a lhes dar o domínio sobre as massas, em cuja linguagem falam, e a cuja inferioridade mental vão ao encontro, conduzindo os governos, os caracteres para os seus desejos inferiores, para os seus atrozes lucros burgueses... Não é fácil a um indivíduo qualquer, pobre, cheio de grandes ideias, fundar um que os combata... Há necessidade de dinheiro; são precisos, portanto, capitalistas que determinem e imponham o que se deve fazer num jornal... Vocês vejam: antigamente, entre nós, o jornal era de Ferreira de Araújo[14], de José do Patrocínio[15], de Fulano, de Beltrano... Hoje de quem são? A *Gazeta* é do Gaffrée[16], o *País* é do Visconde de Morais[17] ou do Sampaio e assim por diante. E por detrás dela estão os estrangeiros, senão inimigos nossos, mas quase sempre indiferentes às nossas aspirações...

Andrade acabou de falar e tirou o chapéu um instante. Vi-lhe o cabelo crespo, lanudo e revolto e toda a sua grande cabeça angustiada e inteligente assomou aos meus olhos com uma grande expressão de rebeldia. Coado através das árvores, um jato de luz veio bater-lhe em cheio e ela mais bela me apareceu quando inundada por aquela luz de ouro. Sentando-se, o seu ar já era outro, manso, passivo, e a sua voz, antes tão enérgica, passou a ser macia, preguiçosa e tomou

14. *José Ferreira de Araújo Guimarães (1848-1900)*: jornalista brasileiro. Um dos fundadores do jornal *Gazeta de Notícias*.

15. *José do Patrocínio (1853-1905)*: jornalista e militante político brasileiro, com grande destaque nas campanhas abolicionista e republicana.

16. *Cândido Gaffrée (1845-1920)*: um dos maiores empresários brasileiros do final do século XIX e início do XX.

17. *Visconde de Morais*: José Júlio Pereira de Morais (1848-1931) foi conhecido como o português mais rico do Rio de Janeiro.

um ar distraído até despedir-se. Nós fomos jantar com o dinheiro que ele deu ao Leiva e soube por este alguma coisa da sua vida passada. Fora estudante de medicina na Bahia, e frequentava o segundo ano quando um estudante mais antigo lhe dissera: "Apanha isto aí, 'seu' calouro!" Andrade olhou-o devagar e virou-lhe as costas. O veterano exacerbou-se com o olhar, quis obrigá-lo a obedecer, empregando a força; e, como fosse mais forte, Plínio bruscamente apanha de cima da mesa de um guarda uma raspadeira, crava-a várias vezes no colega e mata-o. Atualmente, vivia ensinando história natural nos colégios e publicando panfletos em que a sua irritação lhe congestionava a frase indignada. Era odiado e gostava de sê-lo.

Esse domingo foi um dos últimos que passei com relativa satisfação. Invadia-me uma indiferença, uma atonia, que me fazia viver sem me decidir a tentar o menor passo para sair da situação em que me achava. Media as dificuldades, os óbices, os tropeços, achava-os iníquos mas superiores às minhas forças. Abandonara-me à miséria que a proteção de Agostinho Marques impedia que chegasse a ser declarada. Fizera-me seu professor e secretário; mas era difícil dar-me o ordenado que me tinha marcado. Fazia-lhe requerimentos, cartas de amor, ensinava-lhe os prolegômenos de alguns preparatórios; mas a sua pobreza intelectual e a sua malandragem resistiam particularmente à entrada na sua cabeça da menor noção. Nunca chegou a compreender os teoremas de divisibilidade e a sua memória não guardava as regras do plural francês. Aos poucos, desistiu da lição e diminuiu-me o ordenado, que era anteriormente de quarenta mil-réis, dados aos bocados. Entretanto, cada dia se apurava mais no trajar, fazia amigos entre a gente importante, cercava-os, tinha um cumprimento e um sorriso para cada um.

Num dia de abandono em que lhe cheguei de manhã a casa, pedindo-lhe dez tostões, contou-me que estivera na véspera numa grande "esbórnia". Tinham sido seus companheiros o deputado S., líder do governo, e o doutor H.; o primeiro foi mais tarde ministro e o segundo ainda é desembargador da Corte de Apelação.

Marques preferia que eu lhe pedisse dinheiro a experimentar o seu prestígio junto aos seus poderosos amigos, solicitando uma colocação para mim. Uma vez que lhe falei a respeito, esforçou-se por me mostrar que era impossível enquanto os seus amigos estivessem por baixo. Enquanto ele esteve no Rio, deu-me roupas; tive com que pagar o quarto e dinheiro para comer com intervalo de quarenta e oito horas. Um belo dia, porém, disse-me que ia para fora, para um estado do Norte, tratar de negócios, demorando-se dois ou três meses. Foi uma grande época de fome e sofrimentos na minha vida. Leiva era incapaz do menor obséquio; nada lhe fazia retirar um tostão dos seus perfumes e das suas roupas. Vendi as melhores roupas que tinha, tudo que tinha valor vendi, e, quando nada mais tinha que vender, passei dias inteiros sem tomar café. Lá chegava uma ocasião que alguém, um quase desconhecido, uma fisionomia encontrada momentaneamente, me convidava a jantar; e se não fossem eles, eu talvez tivesse morrido de inanição ou furtado bolos às confeitarias. Esperava resposta de uma carta minha que não tardou a vir. Recebi-a na "posta--restante" e, encostado a uma coluna, pus-me a lê-la. Tio Valentim dizia-me que lá atravessavam uma grande crise. Minha mãe estava de cama, muito mal, desenganada...

Não continuei a leitura; deixei cair a mão ao longo do corpo e estive a olhar a rua, sem ver coisa alguma. Morria minha mãe! E via-a logo morta, muito magra, os círios, o crucifixo, o choro... Passou-me pelos olhos a sua triste vida, humilde e

humilhada, sempre atirada a um canto como um móvel velho, sem alegria, sem fortuna, sem amizade e sem amor...

Durante aqueles meses de ausência, eu pouco me detive na sua recordação; mas agora elas eram frequentes e a sua figura flutuava a meus olhos: magra, esquálida, com o corpo premido pelos trabalhos e tendo pelas faces aquelas manchas que pareciam de fumaça entranhada... Eu quis envolver essa recordação com o que havia em mim de mais terno e também as outras que me vieram: a volta do colégio, o abraço que eu lhe dava; a minha doença, como ela me dava remédios... E tudo vinha com pressa do fundo de mim mesmo, subia uma recordação que expulsava outra; por fim, tudo se baralhou, tornou-se confuso e os meus olhos se orvalharam de pranto.

– Oh! Caminha! Onde tens andado? Que tens, rapaz?

Era Gregoróvitch Rostóloff. Falei, contei-lhe a vida. Os seus olhos de conta mais se arredondaram de desconfiança; mas, depois de duas ou três perguntas, de examinar-me o vestuário e algumas palavras de consolo, ao despedir-se, assim me convidou:

– Aparece-me logo, à noitinha, na redação do *Globo*.

VIII

ERA UMA SALA PEQUENA, mais comprida que larga, com duas filas paralelas de minúsculas mesas, em que se sentavam os redatores e repórteres, escrevendo em mangas de camisa. Pairava no ar um forte cheiro de tabaco; os bicos de gás queimavam baixo e eram muitos.

O espaço era diminuto, acanhado, e bastava que um redator arrastasse um pouco a cadeira para esbarrar na mesa de trás, do vizinho. Um tabique separava o gabinete do diretor, onde trabalhavam o secretário e o redator-chefe; era também de superfície diminuta, mas duas janelas para a rua davam-lhe ar, desafogavam-no muito. Estava na redação do *O Globo*, jornal de grande circulação, diário e matutino, recentemente fundado e já dispondo de grande prestígio sobre a opinião. Falei ao Oliveira, perguntando-lhe pelo doutor Gregoróvitch. O eminente repórter levantou um pouco o olhar de cima do importante escrito (relação dos decretos assinados no último despacho), ao dar com a minha fisionomia conhecida e humilde, abaixou-o logo e, entre dentes, transcendentalmente superior, respondeu: "ainda não veio." Eu não tinha mais onde dormir, havia dois dias que não comia, tinha a máxima necessidade de falar ao russo. Intimidado com a secura do Oliveira, fiquei de pé hesitando fazer-lhe uma segunda pergunta. Medroso e esfomeado, deixei-me assim permanecer alguns minutos debaixo daquele teto que

abrigava a falange sagrada que vinha combatendo pelos fracos e oprimidos.

Felizmente, houve alguém que me fez sentar e me convidou a esperar. Debaixo das penas, algumas nervosas e rápidas, outras, calmas e vigorosas, o papel rinchava sob o maior silêncio. Eram sete horas e pouco; as pessoas importantes do jornal ainda não tinham chegado. Laje da Silva, sempre com aquelas suas maneiras atenciosas, com aquele seu ar indecifrável, entrou na redação, não me olhou sequer e foi direito ao Oliveira. Estiveram alguns momentos falando em voz baixa, depois saiu cumprimentando aqui, ali, deixando no ambiente um grande desprendimento de simpatia e sedução. Houve quem dissesse quando saiu:

– Que queria esta "águia" Oliveira?

– Nada... Procurava o Rabelo... – E depois ajuntou – vocês são injustos, não é uma "águia".... "Águia" é um cavador de negociatas, de arranjos desonestos; ele não. Não há uma bandalheira em que se diga que ele se meteu...

– E as notas falsas?

– Ora! Ninguém está livre de que um tratante pague uma dívida em notas falsas e, na boa fé, vir fazer pagamentos com elas...

– Coitado! – fez o outro com um arzinho canalha.

– Afinal – objetou o Oliveira indignado –, quem é honesto para você, Meneses? Todos são ladrões, prevaricadores... Livra! Que língua!

A conversa tinha cessado quando o diretor penetrou na sala. Era o doutor Ricardo Loberant, um homem muito alto e muito magro, anguloso, com um grande bigode de grandes guias, louro, de um louro sujo, tirando para o castanho, e um olhar erradio, cheio de desconfiança. Era um homem temido, temido pelos fortes, pela gente mais poderosa do Brasil,

Era o doutor Ricardo Loberant, um homem muito alto e muito magro, anguloso, com um grande bigode…

ministros, senadores, capitalistas; mas em quem, com espanto, notei uma falta de firmeza, de certa segurança de gestos e olhar, própria dos vencedores. Fora uma irrupção. Ninguém o sabia jornalista, mesmo durante o seu curso mal amanhado não sacrificara às letras: fora sempre tido como *viveur*[1], gostando de gastar e frequentar a sociedade das grandes *cocottes*[2]. Um belo dia, o público da cidade ouviu os italianos gritarem: *O Globo! O Globo!* Os curiosos compraram-no e com indiferença leram ao alto o nome do diretor: Ricardo Loberant. Quem é? Ninguém sabia. Mas o jornal atraía, tinha um desempeno de linguagem, um grande atrevimento, uma crítica corajosa às coisas governamentais, que, não se sabendo justa, era acerba e parecia severa. Este gostou, aquele apreciou, e dentro de oito dias ele tinha criado na multidão focos de contágio para o prestígio de sua folha. Vieram as informações a seu respeito. Algumas pessoas do foro informaram que o doutor Ricardo Loberant era um advogado violento, atrevido, que tinha por hábito discutir pelos "a pedidos" do *Jornal do Comércio*, com mais azedume que lógica, as causas intrincadas que lhe eram confiadas. E o jornal pegou. Trazia novidade: além de desabrimento de linguagem e um franco ataque aos dominantes, uma afetação de absoluta austeridade e independência, uma colaboração dos nomes amados do público, lembrando por este aspecto os jornais antigos que a nossa geração não conhecera. O Rio de Janeiro tinha então poucos jornais, quatro ou cinco, de modo que era fácil ao governo e aos poderosos comprar-lhes a opinião favorável. Subvencionados, a crítica em suas mãos ficava insuficiente e covarde. Limitavam-se aos atos dos pequenos e

1. *Viveur* (francês): boa-vida.
2. *Cocotte* (francês): cortesã; meretriz.

fracos subalternos da administração; o aparecimento d'*O Globo* levantou a crítica, ergueu-a aos graúdos, ao presidente, aos ministros, aos capitalistas, aos juízes, e nunca os houve tão cínicos e tão ladrões. Foi um sucesso; os amigos do governo ficaram em começo estuporados, tontos, sem saber como agir. Respondiam frouxamente e houve quem quisesse armar o braço do sicário[3]. A opinião salvou-o, e a cidade, agitada pela palavra do jornal, fez arruaças, pequenos motins e obrigou o governo a demitir esta e aquela autoridade. E *O Globo* vendeu-se, vendeu-se, vendeu-se...

Aquele jornal que era sua propriedade, recebia também a sua inspiração. Nenhum dos seus redatores tinha uma personalidade suficientemente forte para resistir ao ascendente da sua. Medíocres de caráter e inteligência, embora alguns fossem mais ilustrados que ele, a ação deles no jornal recebia impulsão do doutor Ricardo, o sinete de sua paixão dominante, a sua característica; e esta era o despeito de sua fraca capacidade intelectual, a resistência que o seu cérebro oferecia ao trabalho mental contínuo, de modo a não lhe permitir chegar às altas posições pelo prestígio do talento e do estudo, não lhe deixando o seu grande orgulho que chegasse de outra forma mais geral e mais fácil. Com uma grande sede de domínio e grandes apetites de mulheres e prazeres, mas sem talento, sem pertinácia e paciência, para atingir à fortuna e aos grandes cargos, consciente dessas falhas, o doutor Ricardo tinha aí um depósito inexaurível de emoções, sempre a esporeá-lo, a excitá-lo e bastante forte para marcar a sua pessoa e os seus atos.

Demais, o seu desgosto e o seu despeito podiam cevar-se na mediocridade de inteligência e na geral desonestidade

3. *Sicário*: assassino de aluguel.

dos que governavam e dominavam; era só fechar os olhos e estender a mão. Diziam que os primeiros artigos não tinham sido escritos por ele, mas deviam ter sido inspirados; foi a sua paixão contagiosa que os ditou ao amigo complacente que os escreveu. Durante os cinco anos que estive na redação, senti que o seu estado d'alma "pegava", alastrava-se pelos amigos e subalternos, tanto que, nas suas ausências, o diário não perdia o tom e os artigos pareciam ter sido revistos por ele na véspera e saírem de sua fonte inexaurível de desgosto, despeito e rancor. Entretanto, fora do momento, fora do minuto em que se punham a escrever e sentiam a presença do *O Globo* diante dos olhos, aqueles redatores eram a gente mais satisfeita desta vida, satisfeita consigo, com a posição que tinham e com a sociedade que os cercava.

O doutor Ricardo Loberant entrou fumando com força seguido de Pacheco Rabelo (Aires d'Ávila), redator-chefe do jornal, a segunda cabeça da casa. Era um homem gordo que se movia pela sala com a dificuldade de um boi que arrasta a relha enterrada da charrua[4]. Havia na sua marcha um grande esforço de tração e um monóculo petulante na face imóvel não lhe diminuía o peso da figura. Os dois penetraram na redação pondo na sala uma inexplicável atmosfera de terror. Pelos longos anos em que estive na redação do *O Globo*, tive ocasião de verificar que o respeito, que a submissão dos subalternos ao diretor de um jornal só deve ter equivalente na administração turca. É de santo o que ele faz, é de sábio o que ele diz. Ninguém mais sábio e mais poderoso do que ele na Terra. Todos têm por ele um santo terror e medo de cair da sua graça, e isto dá-se desde o contínuo até o redator competente em literatura e coisas internacionais.

4. *Charrua*: espécie de arado.

Passando por entre as mesas, tal era a concentração das faces e o ar aterrado daqueles homens tão arrogantes lá fora, tão sublimes na rua, que eu pensei que se fossem atirar ao chão para serem pisados por aquele novo deus, dando-me ali um espetáculo da Índia mística.

Ricardo Loberant e Aires d'Ávila entraram no gabinete onde estava Leporace. O diretor tirou o chapéu, descansou a bengala num canto, sentou-se ao *bureau-ministre*[5] e gritou bem alto:

– "Seu" Leporace, como é que o senhor deixa publicar esta porcaria – apontou o jornal – na primeira página?

Leporace era o secretário, arrogante como todo jornalista, apesar de ser uma pura criação de Loberant. Formado, sem emprego, sem fortuna, sem "pistolões", veio a encontrar-se com o doutor Ricardo. Loberant gostou da sua submissão, do ar respeitoso com que era tratado pelo rapaz, daquela espécie de admiração muda pelo seu gênio que ninguém sentia, e começou a interessar-se por ele, dando-lhe sociedade na banca, arranjando-lhe clientes. Começou precisando dele para apoiar a sua pessoa, teve pena depois da sua covardia, da sua inaptidão para "cavar" acabou amando-o inteiramente. Quando fundou o jornal, trouxe-o como redator. Leporace foi aprendendo com os outros o ofício e acabou secretário, sumidade em literatura e jornalismo, árbitro do mérito, distribuidor de gênios e talentos – ele que nunca tivera o mínimo gosto, a menor inclinação por essas coisas e passara a meninice e as duas mocidades atracado com compêndios e fazendo exames como toda a gente! Hoje, é quase uma celebridade e passeia de carro pelas ruas asfaltadas do Rio de Janeiro, tendo ao lado a mulher e os pimpolhos.

5. *Bureau-ministre* (francês): secretária; escrivaninha.

O berro de Loberant fez estremecer a natureza gelatinosa de Leporace. Ergueu-se, foi até à mesa do diretor, falou-lhe ciciando, desculpando-se e explicando-se. Na sala, ouvimos todos e o autor da "porcaria", Adelermo Caxias, recebeu aquela injúria sem o mais leve movimento de revolta, resignadamente, com resignação difícil de esperar em escritor do seu talento, uma grande esperança das gerações novas.

Estava ali havia mais de meia hora. Depois da brusca reprimenda do diretor, o silêncio fez-se de novo, e os redatores continuaram a escrever, indo um, de onde em onde, consultar outro timidamente em voz baixa ou procurar uma coleção de jornais distante. A presença do diretor na sala contígua era sentida pelo ruído constante do papel rasgado; parecia que ele escrevia tiras para rasgá-las logo que estavam escritas a meio. Do meu lugar, via-lhe a ponta dos ombros e a Aires d'Ávila inteiramente. O jogo de luzes projetava fantasticamente este último no vão da parede defronte. A sua face alongava-se desmedidamente e o crânio diminuía: o maxilar inferior avançava muito, o nariz ficava colado ao superior e vinha terminar com ele; e tudo tomava uma posição oblíqua, como se fosse uma imensa cabeça de porco. Escreveria, ora com monóculo, ora sem ele; e fumava com a satisfação de um turco que repousa do jantar para se fatigar no harém. Num dado momento, o doutor Ricardo ergueu-se impetuosamente e surgiu na sala como um vendaval. Gritou:

– Eu já disse aos senhores que isto não é escada para ninguém subir... É um escândalo! Todo o dia elogios, adjetivos e encher o... desses pulhas aí! Já disse que "eminente" aqui é só o José Bonifácio. Arre! Quem é esse tal Ruskin[6] que morreu?

6. *John Ruskin (1819-1900)*: célebre pintor, escritor e crítico inglês.

Ninguém se animou a responder e ele continuou no seu primeiro tom:

– Um literato aí qualquer, um contador de caraminholas... Não quero mais que se chame ninguém de eminente nas colunas do meu jornal, senão o José Bonifácio, saibam de uma vez por todas!

O doutor Gregoróvitch não chegava e comecei a sentir-me também invadido por aquela atmosfera de terror. O diretor tinha voltado ao seu gabinete e continuou a rasgar papel. Certa vez, levantou-se, foi até a janela e, na volta, eu pude ver o seu maxilar proeminente e quadrado e o ar terrível que tinha a sua fisionomia banhada da turva luz que se desprendia do olhar. Então, admirei-me que aquele homem, sob cujo nome apareciam tão formidáveis ataques aos nossos problemáticos tiranos fosse ele mesmo, na administração de sua folha, um tirano malcriado e feroz. Ele parecia não achar sossego: sentava-se, levantava-se, ia à janela; por fim saiu estrepitosamente. Ao chegar à porta que dava para o corredor, voltou e gritou a esmo:

– O Gregoróvitch já veio?

A um só tempo quase todos responderam prestamente:

– Ainda não, senhor doutor.

– Bem – retrucou o doutor Ricardo. – Quando ele chegar, digam-lhe que escreva um artigo sobre o empréstimo da prefeitura... É preciso não deixar descansar esses tratantes! Lá em cima da minha mesa – acrescentou logo – está o começo do meu e ele continue...

Leporace veio até à porta receber as recomendações, embora Loberant não se tivesse dirigido a ele. Logo que o diretor saiu, correu-lhe à mesa para apanhar os preciosos escritos. Vi-os. Eram três delgadas tiras de papel cheias de emendas e de algumas frases em grandes letras. Sentindo-o longe, os seus auxiliares voltaram a conversar.

– Está com a bicha – disse o Meneses. – Ainda não tinhas visto disso, hein, Adelermo? Aqui é assim...

– Admira-me que só agora tivesse visto que era porcaria... De manhã, nada disse.

– Não há admirar – fez um outro. – A mulher só lhe fala nas coisas do jornal ao jantar, e ele guia-se muito pela opinião dela...

Adelermo acendeu um cigarro, tirou uma fumaça calado; depois, impregnado de tristeza, disse vagarosamente que era triste que os seus trabalhos tivessem que ficar sujeitos ao *veredictum*[7] de uma menina das irmãs de caridade. Os outros nada lhe disseram e ele acendeu de novo o cigarro, pôs-se a olhar ao longe com tristeza, em seguida essa expressão desfez-se e quando voltou a trabalhar sua fisionomia sorria de orgulho interior. O Oliveira então interveio:

– És injusto com dona Inês, Adelermo... Não é, como tu dizes, uma simples menina das irmãs... É uma senhora ilustrada; fala francês, monta a cavalo e... Ainda outro dia, eu vi uma carta dela... Que letra! E que ortografia! Imagina que eram só termos de medicina... terapêutica... psicologia... agapanto... Não é brinquedo! E todos corretos! Eu fui ver no dicionário...

No gabinete, o anafado redator-chefe continuava a escrever, fingindo não dar atenção à conversa. O charuto estava pelo meio e era aspirado com o vigor de uma bomba poderosa. Acabando de escrever, leu o artigo vagarosamente, ergueu-se e veio até o umbral do tabique:

– Estás zangado com o Ricardo, Adelermo?

– Não, doutor, mas...

– Vocês são assomados... É da idade... Se não se atravessar certas coisas, não se vai mesmo. Olhem: eu, logo ao sair

7. *Veredictum* (latim): veredito.

da Academia (!), fui trabalhar com meu pai, no *Diário Fluminense*. Uma noite, escrevi um artigo e julgava-o sofrível. Pois bem: o velho era casmurro, veio até a sala de redação e rasgou-o todinho na minha cara e à vista de uma porção de gente...

Parou de falar, tirou uma fumaça e depois de ter franzido a fisionomia para manter o monóculo no lugar, perguntou vitoriosamente:

– E agora, não estou aqui?

– Eu sei, doutor – falou o Adelermo –; mas...

– Vocês não têm outro patrão como o Ricardo – continuou Aires d'Ávila, sem se incomodar com o Adelermo. – Vejam – por aí ele teve um arroto do jantar saboroso. – Vejam o que ele fez com o Sanches?! É isso... Há poucos com a sua generosidade e grandeza d'alma... É um fidalgo, um mãos abertas!

O Oliveira confirmou as asseverações do pachorrento redator, acrescentando:

– E demais vejam quem fala mal dele... São esses ladrões, esses rufiões, gente desmoralizada que quer avançar...

– Eu digo isso sempre dos que o julgam mal – disse alguém. – Ainda ontem, conversando com o Andrade, tive ocasião...

– Você se dá com esse Andrade? – indagou o Oliveira.

– Dou-me. É um belo rapaz, meio...

– Qual! – exclamou Oliveira. – É uma besta!

– Não é, Oliveira; é um rapaz que escreve...

– Qual! Eu quero ver esses literatos escreverem duas colunas de incêndio, aqui, no duro... O próprio Rui...

Aires d'Ávila prudentemente interrompeu a crítica do Oliveira. Não era tanto pela sua admiração pelo famoso advogado; com certeza era pelo respeito que lhe inspirava a sua posição política. Interrompeu, perguntando:

– Quem é esse Andrade?

A amizade subalterna do Oliveira esperava essa pergunta para explodir em arras de sua dedicação ao doutor Loberant.

– É um moleque aí, uma besta!

O paquiderme colocou o monóculo e disse com toda a gravidade:

– Ah! Já sei... Um *hâbleur*![8] Gente que confunde o brilho com a inteligência... Fracas inteligências... Fracas inteligências a que a mocidade dá um brilho fugaz...

E o monstruoso redator desandou dizendo asneiras. Eu estava ali de colarinho sujo, esfomeado, mas tive ímpeto de discutir e de quebrar a cara dos idiotas que o ouviam. Entre eles, havia alguns a quem cabia bem a carapuça, mas que se calaram covardemente. Queria perguntar-lhe se aqueles seus artigos acacianos[9], cheirando ainda muito à brochura francesa de dois mil e quinhentos, se podiam pôr a par dos trabalhos do Tito Lívio[10], do Tobias Barreto[11]; eu queria perguntar-lhe se a sua genialidade no artiguete seria capaz de aparecer se tivesse nascido nas condições desfavoráveis de Caldas Barbosa[12], do José Maurício[13], do Silva Alvarenga[14] e outros!

8. *Hâbleur* (francês): fanfarrão.
9. *Acaciano*: referência ao conselheiro Acácio, personagem do romance *O Primo Basílio*, de Eça de Queirós, caracterizado como um homem ridiculamente afetado e convencional.
10. *Tito Lívio de Castro (1864-1890)*: filósofo brasileiro.
11. *Tobias Barreto de Meneses (1839-1889)*: filósofo brasileiro.
12. *Domingos Caldas Barbosa (1740-1800)*: poeta e compositor brasileiro, considerado criador da modinha.
13. *José Maurício Nunes Garcia (1767-1830)*: padre, maestro e compositor brasileiro de música erudita.
14. *Manuel Inácio da Silva Alvarenga (1749-1814)*: poeta neoclássico brasileiro, autor do poema herói-cômico *O Desertor* e do livro de poemas líricos *Glaura*.

E não sei que movimento fiz na cadeira, sopitando a vontade de falar, que o *megatherium*[15] notou e perguntou-me:

– Que é que o senhor deseja?

– Falar ao doutor Gregoróvitch.

– Oliveira, o Gregoróvitch quando vem?

– Às oito horas.

– Você, meu filho, tem muito que esperar – disse ele com doçura. – São sete e um quarto ainda...

– Esperarei – disse eu.

E eles recomeçaram a conversar sobre outro assunto e vieram a cessar instantaneamente quando se ouviram passos na escada. Esperava-se o doutor Loberant, mas entrou o fino, o elegante, o diplomático, o macio Frederico Lourenço do Couto, com a sua linda barba perfumada e o seu grande queixo erguido e atirado para adiante como um aríete de couraçado. Vinha todo perfumado, de olhar lustroso, desprendendo essências, com o peitilho da camisa a brilhar imaculadamente e um grande botão de coral ao centro, rodeado de brilhantes. Trazia o sobretudo debaixo do braço e entrou pisando forte, dando amáveis boas-noites. Vim a conhecê-lo melhor e a minha antipatia não diminuiu; entretanto, hoje, ao recordar-me com que sombria energia ele pôs fim ao seu desespero, ao ver diante de meus olhos a imagem do seu cadáver com aquela fraca cabecinha estourada por uma bala, tenho uma grande e imensa pena e lastimo que a minha total ignorância das coisas da Igreja não me permitia rezar uma oração em favor de sua alma. Era o Floc, pseudônimo com que assinava os seus artigos, os artigos de três tiras, ligeiros e originais, em que, na máxima parte, ele contava uma linda anedota literária donde concluía as suas substanciosas opiniões.

15. *Megatherium* (latim): megatério; preguiça-gigante.

Na redação, era conhecido e respeitado como entendido em literatura e coisas internacionais. Ele e o Lobo, o consultor gramatical, eram os dois mais altos ápices da intelectualidade do *O Globo*. Eram os intelectuais, os desinteressados, ficavam fora da ação ordinária daquele exército. Nunca se metiam nas polêmicas, não procuravam escândalos, não escreviam alusões. Eram os estandartes; as águias... Gregoróvitch era a artilharia. Com seu estilo desconjuntado e a sua violência injuriosa, abria brecha nas linhas adversárias e dizimava-as de longe. Estrangeiro, nada sabendo da nossa história, nem pelo estudo nem a sentindo pela educação e pelo sangue, a sua crítica e o seu ataque tinham uma violência desmedida. Não poupava, não desculpava, não sentia até que ponto o homem era culpado, até que ponto a marcha das coisas fazia o homem culpado. Ligeiramente enfronhado nas causas da política do momento, ele só via diante de si um aspecto do fato, não sentia inconscientemente os outros que se ligavam com o passado que ele não conhecia, nem os outros que o futuro pressentido condicionava. Um brasileiro, educado e criado no meio das tradições, dos usos, dos hábitos, das qualidades, dos defeitos do seu meio, não teria a violência de sua linguagem, a sua força de crítica, a brutalidade de seu ataque.

Acharia na sua educação e nos seus costumes desculpa para as faltas dos outros que ele sentia também ser suas. Gregoróvitch que, além de estrangeiro, não tinha pátria ao certo, era incapaz de apanhar relações, explicações, só via faltas, erros, onde havia simplesmente efeitos, resultados, e atirava-se com toda a violência de seu temperamento de aventureiro e *condottiere*[16] da pena contra aquele reino de Incas, de Astecas que ele não compreendia. Além dele, havia o Losque e o Lara, homens

16. *Condottiere* (italiano): caudilho; chefe.

de espírito, humoristas, espécie de cavalaria parta[17] viva no ataque e capaz ainda de deitar frechas mortais na retirada. O resto era a infantaria, o grosso do exército, de quem faziam parte o Oliveira, admirando o diretor como um deus e supondo-se extraordinário no seu ofício de repórter; o resignado Menezes, indulgente criatura que, naquele ambiente de fatuidade e ignorância, era o único simples e o único que estudava; o Rolim, o elegante Rolim, vigorosamente analfabeto, mas lindo como Narciso[18]; o Costa, o Barros, o agente de anúncios que, não contente em auferir vultuosas comissões pela publicação deles, ainda lhe pedia a vaidade a ilusão de passar por "homem de pena" nas "partidas" de clubes dançantes e em outras festividades, onde ia sempre representar o jornal e exercer a eloquência, respondendo aos brindes feitos à folha, assessorado pelo "orador popular"; e, além destes, quantos mais?

Muitos. Mas há dois colaboradores que, em todo o jornal, devem merecer observações especiais e estudo à parte. São eles: o charadista e o cronista esportivo.

Destes dois auxiliares das gazetas não sei qual o mais interessante e curioso, embora dessemelhantes. O charadista vive sempre pobre e malvestido; o entendido em coisas de cavalos, apurado no vestuário, sempre com dinheiro, joias, anéis, apesar dos exíguos vencimentos que tem.

Os repórteres e redatores têm por este último um desprezo mal sopitado e não o consideram jornalista. Admitem-no como um amador, um curioso, um ornamento inútil, assim como uma filigrana em vaso destinado a misteres úteis ou um remate caprichoso em um móvel indispensável.

17. *Parta*: império localizado em região iraniana da Pérsia antiga.
18. *Narciso* (mitologia grega): herói seduzido pela beleza da própria imagem refletida na água.

Eles mesmos assim se consideram e admitem tacitamente a opinião dos jornalistas, pois formam sociedades à parte e preferem ao convívio dos colegas das folhas, o comércio de proprietários de animais de corridas, de tratadores, de treinadores, de jóqueis, de sujeitos de *bookmaker*[19], enfim desses homens de coudelarias[20] e adjacências que, com um pouco mais de ferocidade e sangue, lembram, pela sua insignificância e inutilidade e, ao mesmo tempo, pela importância a que se arrogam e a estima em que são tidos, os retiários[21], os *mirmillons*[22], os bestiários[23] e outras espécies de gladiadores antigos e o seu cortejo necessário.

Não há nada mais enfadonho que uma crônica de corridas. Quem lê uma, lê todas. Excetuando os dados de momento, são escritas com os mesmos verbos, os mesmos adjetivos, os mesmos advérbios.

Até o tom homérico em que são escritas, concorre para essa monotonia.

No seu sopro épico, há sempre o apelo para os apostos que se repetem, desde que se fala em tal ou qual animal.

Têm-nos, os cronistas, sempre prontos na memória e não se esquecem de colocá-los logo que venham a referir-se a dado e certo cavalo.

Se tratam de "Rayon d'Or", por exemplo, imediatamente o analista dos prados deixa pingar da pena e encaixa, entre vírgulas, bem ao lado do nome do cavalo: "o valente filho de

19. *Bookmaker* (inglês): agenciador de apostas.
20. *Coudelaria*: haras; criação de cavalos.
21. *Retiário*: reciário; gladiador que, na Roma antiga, lutava com um tridente, uma rede e um gládio.
22. *Mirmillon* (francês): do latim *mirmillone*; mirmilão; gladiador da Roma antiga, que lutava com gládio, escudo e elmo.
23. *Bestiário*: lutador que, nas arenas de Roma antiga, lutava contra feras.

'Bayard' e 'Nínive'"; se vai dizer qualquer coisa da égua "Maracanã", não se esquece nunca de escrever como reforço ao nome da alimária: "a vitoriosa pensionista do *stud*[24], São Francisco".

A ênfase lhes é indispensável para vazar a emoção que trazem dos prados e cantar as pugnas cavalares.

Para eles, não são potros e éguas que se batem; são heróis de Homero[25]. É Agamenon[26], é Príamo[27], é Heitor[28], é Aquiles[29] que estão a pelejar diante dos muros de Troia e com os deuses e deusas nas arquibancadas.

Menos considerado do que o cronista de coisas equinas, nos jornais, só o charadista.

Ele não tem uma classificação justa e certa; e todos os homens de imprensa têm escrúpulos em qualificá-lo de colaborador.

Em geral é um rapazola, empregado aqui ou ali, que não vence ordenado algum na folha, melancólico, curvado, afigurando-se-nos sempre que vive debruçado sobre dicionários e, não sabemos por que, com uma forte lente como se fosse um gravador de miniaturas.

Vem ao jornal, procura a correspondência, entrega com timidez a "secção" ao secretário e ninguém lhe nota a presença resignada e paciente de tenaz fabricante de quebra-cabeças.

O do meu jornal, embora fosse pouco assíduo à redação, como os seus semelhantes, pude conhecer mais de perto.

24. *Stud* (inglês): haras.
25. *Homero (séc. VIII a.C.)*: grande poeta épico cuja existência histórica é controversa. A tradição atribui a ele a autoria da *Ilíada* e da *Odisseia*.
26. *Agamenon* (mitologia grega): rei de Micenas; comandante dos gregos na guerra contra Troia.
27. *Príamo* (mitologia grega): rei de Troia na guerra contra os gregos.
28. *Heitor*: filho de Príamo; maior herói troiano, morto por Aquiles na guerra.
29. *Aquiles*: rei dos mirmidões; maior herói grego na guerra contra Troia; personagem principal da *Ilíada*.

Era ele um velho de cerca de sessenta anos, empregado do Ministério da Marinha, no Arsenal ou em uma fábrica de pólvora.

Usava costeletas sempre bem aparadas a tesoura, tinha uma cor terrosa, baça, *pince-nez*, não largava a piteira de coco com um cigarro modesto e pisava como se quisesse dar pequenos saltos. Tinha um ar de saracura.

Além de charadista, julgava-se poeta, pelo simples fato de compor uns monólogos desenxabidos e recitá-los nas salas.

Dei-me muito com ele e posso garantir que não conheci nunca pessoa tão cheia de cândido orgulho como esse maníaco de charadas.

Imaginava-se uma grande coisa, um intelectual, um escritor e era rara a vez que, conversando comigo, não se queixasse da sua situação no funcionalismo público, da pouca importância que davam aos seus talentos.

– Veja você só: estou há quase quarenta anos no ministério e não fazem nada por mim. Tenho tido várias comissões importantes. Organizei o catálogo da Biblioteca da Escola de Aprendizes e, ainda há dias, recitei um monólogo meu, "Os Barbados", na casa do contra-almirante Esteves. As moças gostaram muito e a filha do almirante até me disse: "Vou falar a papai, para aproveitar a inteligência do senhor".

Soube mais tarde que, de fato, não havia festa em casa de qualquer magnata da Marinha, para que ele não fosse convidado. Orgulhava-se muito com isto e, ao dia seguinte, contava aos colegas as atenções que tinha recebido, como para provocar a inveja deles.

A verdade, porém, é que lá figurava como um músico de banda, um cantador de modinhas ou um pelotiqueiro[30] que

30. *Pelotiqueiro*: mágico.

lá fossem para distrair as moças, sem ficar no mesmo pé de igualdade que os outros convidados. Mesmo assim, a sua vaidade de poeta doméstico ficava satisfeita.

A promessa da filha do Esteves deu-lhe muitas esperanças; e, após algum tempo, eu lhe perguntei:

– O senhor já arranjou alguma coisa?

– Qual! Não me fizeram nada. É isto: quando querem versos, pedem-me, rogam; quando querem recitativos, chegam quase a chorar; mas…

– Que é que o senhor queria?

– Eu queria ir para a secretaria.

– Por que não o nomeiam?

– Há a tal história de concurso…Uma bandalheira… Fazem, mas não sabem nada. Um dia destes, conversando com o Chaves, segundo oficial da secretaria, ele não sabia o que era crematística…[31] É assim!

Era a sua obsessão, além das charadas, ser amanuense da secretaria de Estado do seu ministério.

Pobre velho! Queria, no fim da vida, ocupar um lugar de menino!

Antônio Galo, era este o seu nome, não deixava os dicionários e almanaques de lembranças, e dizia que, na repartição, pelo vício do maneio de vocabulários e dicionários, tinha substituído o habitual aos funcionários públicos de ler jornais.

Era assim composta aquela peça jornalística com que tinha irrompido pela vida política e administrativa do Brasil com a violência e com o inesperado de um fenômeno vulcânico.

À frente, estava o doutor Ricardo Loberant, bacharel em direito, de inteligência duvidosa e saber inconsciente, com o seu estado-maior, formado de Aires d'Ávila, um monstro

31. *Crematística*: ciência e arte de aquisição e conservação de riquezas.

geológico com prematuros instintos de raposa; e o Leporace, um secretário mecânico, automático, ser sem alma, sem defeitos nem qualidades, que recebia os seus movimentos do exterior e os comunicava às outras peças da máquina; à parte, um tanto afastado, como aqueles traficantes que acompanham os exércitos, havia o Alberto Pranzini, o gerente, um italiano de olhar torvo a abranger um grande arco de círculo no horizonte, calculador de níqueis, que joeirava a despesa e trazia para as gavetas do jornal os tostões da população e um pouco dos lucros do comércio português no Rio de Janeiro, isto é, de todo o comércio da cidade, que todo ele é português, tem o seu espírito, a sua alma, e as suas regras.

Floc, porém, sobre todos tinha o grande prestígio de ter estado em Paris e ter sido segundo-secretário da nossa legação em Quito. Por isso ele mesmo se julgava mais depuradamente artista que o resto dos rapazes que faziam literatura pelo Brasil em fora; e o seu estágio diplomático em Quito dava-lhe também um infalível julgamento nas coisas de alta elegância e um saber inarrável nas maneiras de tratar duquesas e princesas. Fazia a crônica literária, as crônicas teatrais dos espetáculos de todas as celebridades, as informações sobre literatura e pintura, além do plantão semanal em que ajeitava frases lindamente literárias, dados da psicologia *chic*[32], às notícias de assassinatos perpetrados por soldados ébrios na Rua de São Jorge, não esquecendo nunca de dizer que o "criminoso é o tipo acabado do criminoso nato, descrito pelo genial criminalista italiano Lombroso"[33]. Ia a um banquete diplomático. A sua entrada não perturbou a conversa.

32. *Chic* (francês): chique; elegante.
33. *Cesare Lombroso (1835-1909)*: médico psiquiatra e criminologista italiano. Representante do pensamento positivista, formulou a teoria segundo

– … um moleque! – zurrou o Oliveira.

– De quem falas, Oliveira? – indagou o recém-chegado.

– Um mulato aí, um tal Andrade…

– Incomoda-te o que ele escreve?

– Com certeza, pois se chama o doutor Ricardo de pirata, de Barba-Roxa…

– Ora! Tu! Essa gente está condenada a desaparecer; a ciência já lhes lavrou a sentença…

Ele de ciência sabia o nome e ignorava a conta de dividir. Calou-se um instante e acrescentou:

– É preciso fulminar os nulos!

Lobo tinha-se mantido calado. Durante toda a conversa, dissera uma ou outra frase ligeira. Revia absorvido um artigo e não queria distrair-se de modo a perder a menor regra gramatical com que pudesse emendar o original.

Tendo o Floc e o Oliveira cessado de falar, alguém perguntou-lhe:

– Doutor Lobo, como é certo: um copo d'água ou um copo com água?

O gramático descansou a pena, tirou o *pince-nez* de aros de ouro, cruzou os braços em cima da mesa e disse com pachorra e solenidade:

– Conforme: Se se tratar de um copo cheio, é um copo d'água; se não estiver perfeitamente cheio, um copo com água. Explanou exemplos, mas não pôde levá-los à dezena, pois alguém apontou na porta, o que mereceu uma exclamação do Aires d'Ávila: "o Veiga!"

Todos se viraram e imediatamente apanharam no ar uma fisionomia sorridente repassada de admiração. Voltei-me

a qual o criminoso é vítima de regressão hereditária a uma etapa primitiva da evolução humana.

também. Descobri logo quem era. Os retratos, espalhados pelos quatro cantos do Brasil, tinham tornado familiar aquela fisionomia; mas, de perto, ali a dois passos de mim, o seu olhar fixo, atrás de fortes lentes, a testa baixa e fugidia, quase me fizeram duvidar que fosse aquele o Veiga Filho, o grande romancista de luxuoso vocabulário, o fecundo *conteur*[34], o enfático escritor a quem eu me tinha habituado a admirar desde os quatorze anos... Era aquele o homem extraordinário que a gente tinha que ler com um dicionário na mão? Era aquela a forte cerebração literária que escrevia dois e três volumes por ano e cuja glória repousava sobre uma biblioteca inteira? Fiquei pasmado. Com aquele frontal estreito, com aquele olhar de desvairado, com aquela fisionomia fechada, balda de simpatia, apareceu-me sem mobilidade, sem ductibilidade, rígido, sinistro e limitado. Acresce que o branco da sua tez soava falso, e do seu espírito julguei logo, vendo o esforço que punha a escova na testa para ganhar diariamente terreno ao cabelo!

– Veiga – disse Floc depois dos cumprimentos –, gostei muito da tua conferência. Foi uma epopeia, uma ode triunfal ao grande corso![35]

– Houve pedacinhos lindos – intrometeu-se o Oliveira. – Quando, por exemplo, o doutor falou naquele inglês lá da ilha que tinha feito sofrer "o último grande homem da nossa espécie", foi como se eu tivesse visto o próprio Napoleão, grande, alto, com aquele cavanhaque.

– Napoleão era baixo e não tinha barba – disse alguém.

– É um modo de dizer, quero falar na figura, na... Era extraordinário mesmo! E a gente – continuou Oliveira –, e a

34. *Conteur* (francês): contista; narrador de histórias.
35. *Corso*: referência a Napoleão Bonaparte, nascido na Córsega.

gente fica admirado que um homem desses tenha sido cercado, acuado em Sedan!

– Em Waterloo, é que você quer dizer…

– Em Waterloo! Não foi em Sedan? O Zola, na *Derrocada*… Eu li!

– Ah! Isto é Napoleão III – acudiu Floc.

– É verdade! – fez o Oliveira. – Que confusão!

Veiga Filho passeava o olhar pela sala, distraído, sem dar grande atenção ao Oliveira. Digeriu o seu triunfo e só saiu dessa digestão difícil quando Floc lhe disse:

– E quanta gente! Muitas senhoras… moças… gente fina… Estavam as Wallesteins, as Bostocks, as Clarks Walkovers… Podes-te gabar que tens o melhor auditório feminino da cidade… Nem o Bilac[36].

Por aí os seus olhos tiveram uma grande e forte expressão de triunfo. Disfarçou com um movimento de modéstia e perguntou:

– Já deste a notícia?

– Ainda não; não tenho tempo… Vou ao banquete do ministro e…

– Quando a vais fazer?

– Hoje não posso, vou ao banquete; mas o Leporace podia dar… Leporace – gritou para o secretário –, escreve a notícia da conferência do Veiga!

– Não tenho tempo – objetou o fanhoso secretário, aproximando-se do grupo.

Durante minutos estiveram discutindo quem devia dar ou não a notícia, sem chegar a um acordo. Leporace, então, lembrou que o próprio Veiga Filho a fizesse:

36. *Olavo Bilac (1865-1918)*: célebre poeta parnasiano brasileiro. Autor de *Poesias* e *Tarde*, entre outros livros.

– Estás doido! – objetou o romancista. – Não viste o que aconteceu da outra vez? Que diriam?

– Ora! Que tolice! Como se houvesse alguém que acreditasse no murmúrio desses literatecos... Umas bestas, uns vagabundos; escreve, anda!

Eu demorei-me ainda muito e pude ouvi-lo ler a notícia. Começou dizendo que era impossível resumir uma conferência de um artista como Veiga Filho. Para ele, as palavras eram a própria substância de sua arte. Dizer em alguns períodos o que ele dissera em hora e meia, era querer mostrar a beleza do fundo do mar com uma gota d'água trazida de lá (não citou o autor). Em seguida, a grande glória das letras pátrias mostrou como tinha começado: citou Nietzsche[37], de quem, hoje, entre nós, Veiga Filho é um dos mais profundos conhecedores e a cuja filosofia a sua inspiração obedece. Começou com o Zaratustra: o homem é uma ponte entre o animal e o super-homem. Daí partiu seguindo o grande corso na passagem desta ponte. Serviu-se dos mais modernos historiadores: Masson[38], Albert Sorel[39], Lord Rosebery[40]. Descreveu a batalha de Austerlitz[41], contou a campanha da Rússia e a passagem do Berezina[42] foi motivo para uma descrição das mais

37. *Friedrich Nietzsche (1844-1900)*: filósofo alemão, autor de clássicos do pensamento como *A Gaia Ciência*, *Assim Falou Zaratustra*, *Além do Bem e do Mal*, entre outros.
38. *David Mather Masson (1822-1907)*: professor escocês, crítico literário e historiador.
39. *Albert Sorel (1842-1906)*: historiador e escritor francês.
40. *Archibald Philip Primrose Lord Rosebery (1847-1929)*: orador, historiador e político inglês; foi primeiro-ministro do Reino Unido.
41. *Batalha de Austerlitz*: grande vitória de Napoleão Bonaparte, conquistada em 1805, contra os exércitos imperiais da Áustria e da Rússia.
42. *Berezina*: rio da Bielorússia que o exército imperial francês, sob comando de Napoleão Bonaparte, atravessou quando batia em retirada, após a invasão malsucedida da Rússia. A batalha de Berezina ocorreu em 1812.

Eu demorei-me ainda muito e pude ouvi-lo ler a notícia.

artísticas que até agora se fez na nossa língua. Pelo auditório, quando ele mostrou aqueles milhares de homens, caindo ao rio gelado, amontoando-se uns sobre os outros, debatendo-se, lutando sob uma chuva de metralha, correu um *frisson*[43] de terror. Contestou teorias de Tolstói, pôs finas notações aos ataques feitos a Napoleão e ao estudo do seu gênio por Lombroso. Patenteou uma grande erudição e conhecimentos não suspeitados; e, quando a sua palavra colorida descreveu os suplícios desse titã roído pelo enfado, houve na sala um soluço.

Foi um duplo triunfo, terminava assim a notícia, de Veiga Filho e de Napoleão, o último grande homem que a nossa espécie viu, cuja grandeza e cujos triunfos aquele grande artista soube pintar e descrever, jogando com as palavras como um malabarista hábil faz com as suas bolas multicores. Raro e fugace[44] gozo foi essa conferência do eminente cultor das letras pátrias.

Veiga Filho acabou de ler a notícia no meio da sala, cercada de redatores e repórteres. Enquanto ele lia cheio de paixão, esquecido de que fora ele mesmo o autor de tão lindos elogios, fiquei também esquecido e convencido do seu malabarismo vocabular, do sopro heroico de sua palavra, da sua erudição e do seu saber...

Cessando, lembrei-me que amanhã tudo aquilo ia ser lido pelo Brasil boquiaberto de admiração, como um elogio valioso, isto é, nascido de entusiasmo sem dependência com a pessoa, como coisa feita por um admirador mal conhecido! A Glória! Glória! E de repente, repontaram-me dúvidas: e todos os que passaram não teriam sido assim? e os estrangeiros não seriam assim também?...

43. *Frisson* (francês): estremecimento; emoção.
44. *Fugace*: fugaz.

Mas a indiferença da nossa gente, pelas coisas de espírito, talvez justifique tais manejos, penso agora.

Naquela hora, presenciando tudo aquilo, eu senti que tinha travado conhecimento com um engenhoso aparelho de aparições e eclipses, espécie complicada de tablado de mágica e espelho de prestidigitador, provocando ilusões, fantasmagorias, ressurgimentos, glorificações e apoteoses com pedacinhos de chumbo, uma máquina Marinoni[45] e a estupidez das multidões.

Era a imprensa, a onipotente imprensa, o quarto poder fora da Constituição!

45. *Marinoni*: marca de uma impressora, moderna no início do século XX.

IX

AOS POUCOS, me esqueci dos dias de fome passados a deambular pelas ruas da cidade. Tinha já um quarto, cama e um lavatório de ferro, pensão de almoço e jantar; e, ainda, do ordenado, me sobravam sempre alguns mil-réis para comprar, de quando em quando, umas botinas de abotoar ou um chapéu de palha mais catita[1]. Gregoróvitch dera-me um terno de roupa e por todo o tempo em que fui contínuo, conheci vários alfaiates caros por intermédio do corpo dos outros.

No começo, custei a conformar-me com a posição de contínuo, mas consolei-me logo, ao lembrar-me dos meus heróis do *Poder da Vontade*; não foi sem desgosto que aceitei as fatiotas daqueles desconhecidos. Custou-me muito curvar-me a tão vil necessidade; com o tempo, porém, conformei-me e de tal modo me habituei que, mais tarde, quando a minha situação mudou, foi-me preciso um grande esforço para me habituar a comprar roupa em primeira mão. Achava-a cara, e o dinheiro gasto nela, despendido inutilmente, como se o gastasse em orgias e bebedeiras. Os meus vencimentos eram aumentados pelas gorjetas. Havia-as de duzentos réis, mas, em geral, eram de quinhentos réis para cima. A gente dos jornais é pródiga como jogadores e gosta de apa-

1. *Catita*: bonita.

Aos poucos, me esqueci dos dias de fome passados a deambular pelas ruas da cidade.

rentar desprezo pelo dinheiro e generosidade. Uma vez, recordo-me bem, um repórter, entrando alta noite na redação, com o olhar brilhante e o passo um tanto trôpego, disse-me cheio de efusão:

– Caminha, tens dinheiro?

– Tenho, sim senhor, dois mil-réis... O senhor...

Ele não entendeu bem a minha resposta e continuou com a voz pastosa:

– Sabes donde venho? Do *Aplomb Club*. Ganhei oitocentos mil-réis no bacará... Arre! Que desta vez levei a melhor ao Laje... Sabes quem bancava? O Demóstenes, o doutor Demóstenes Brandão, pretor, primo de um ministro.

O repórter falava bamboleando a cabeça e agitando os braços molemente. Esteve alguns instantes calado, a revirar os olhos, e depois puxou da algibeira uma nota de vinte mil-réis e disse-me:

– Toma! Vai procurar um bom fim de noite...

Eu tinha cem mil-réis por mês. Vivia satisfeito e as minhas ambições pareciam assentes. Não fora só a miséria passada que assim me fizera; fora também a ambiência hostil, a certeza de que um passo para diante me custava grandes dores, fortes humilhações, ofensas terríveis. Relembrava-me da minha vida anterior; sentia ainda muito abertos os ferimentos que aquele choque com o mundo me causara. Sem os achar, em consciência, justos, acovardava-me diante da perspectiva de novas dores e apavorei-me diante da imagem de novas torturas. Considerei-me feliz no lugar de contínuo da redação do *O Globo*. Eu tinha atravessado um grande braço de mar, agarrara-me a um ilhéu e não tinha coragem de nadar de novo para a terra firme que barrava o horizonte a algumas centenas de metros. Os mariscos bastavam-me e os insetos já se me tinham feito grossa a pele...

De tal maneira é forte o poder de nos iludirmos que, um ano depois, cheguei a ter até orgulho da minha posição. Senti-me muito mais que um contínuo qualquer, mesmo mais que um contínuo de ministro. As conversas da redação tinham-me dado a convicção de que o doutor Loberant era o homem mais poderoso do Brasil; fazia e desfazia ministros, demitia diretores, julgava juízes e o presidente, logo ao amanhecer, lia o seu jornal, para saber se tal ou qual ato seu tinha tido o *placet*[2] desejado do doutor Ricardo. Participar de uma redação de jornal era algo extraordinário, superior, acima das forças comuns dos mortais; e eu tive a confirmação disso quando, certa vez, na casa de cômodos em que morava, dizendo ao encarregado que trabalhava na redação do *O Globo*, vi o pobre homem esbugalhar muito os olhos, olhar-me de alto a baixo, tomar-se de grande espanto como se estivesse diante de um ente extraordinário. As raparigas que residiam junto a mim, lavadeiras e costureiras, criadas de servir apelidaram-me "o jornalista", e mesmo quando vieram a ter exato conhecimento da minha real situação no jornal, continuei a ser por esse apelido conhecido, respeitado e debochado.

Fiquei enervado de orgulho pueril, tratando toda a gente com um desdém sobranceiro, sentindo-me tocado, atingido por um pouco da grandeza que cabia ao doutor Loberant, ao Losque e ao inimitável Floc.

Depois de acovardado, tornei-me superior e enervado e não tentei mais mudar de situação, julgando que não havia no Rio de Janeiro lugar mais digno para o genial aluno de dona Ester que a de contínuo numa redação sagrada. Não estudei mais, não mais abri livro. Só a leitura d'*O Globo* me agradava, me dava prazer. Comecei a admirar as sentenças

2. *Placet* (latim): aprovação; anuência.

literárias do Floc, a pilhérias do Losque, a decorar a gramática homeopática do Lobo e a não suportar uma leitura mais difícil, mais densa de ideias, mais logicamente arquitetada, mesmo quando vinha em jornal. Era pesado e...

Nos jornais do Rio, os seus sacerdotes consumados entendem por artigo pesado os extensos ou aqueles que não desenvolvem, até à tolice minuciosa, notícias de crimes sensacionais *et reliqua*[3]. Nada influi para modificar-lhes o julgamento a atração do artigo, já pelo assunto, já pelo modo de tratá-lo, já pelo estilo do escritor. Desde que não se trate de crimes espantosos, de idiotas intrigas políticas, uma crônica mais pensada ou um artigo mais estudado será refugado como pesado. A gente dos jornais do Rio só tem ideias feitas e clichês[4] de opiniões de toda a natureza incrustados no cérebro.

A não ser o *Jornal do Comércio*, pode-se dizer que os diários do Rio nada têm o que se leia e todos eles se parecem, pois todos têm a preocupação de noticiar crimes, escândalos domésticos e públicos, curiosidades banais e, em geral, ilustrados com zincografias[5] que nada têm com o caso, quando não são hediondas ou imorais, como aconteceu com *O Globo* que, certa vez, deu a de um cadáver exumado, inteiramente nu.

A imprensa popular de qualquer país, por exemplo: o *Matin*, o *Journal* (falo dos que conheço), não é tão indigente de leitura, de atrativos outros que não o vulgar noticiário, como os jornais do Rio, nos quais quase não existe colaboração de qualquer natureza.

3. *Et reliqua* (latim): etc.
4. *Clichê*: lugar-comum.
5. *Zincografias*: técnica de impressão que utiliza como matriz uma placa de zinco.

Guiados pelas mesmas leis, obedecendo quase a um único critério, todos eles se parecem; e, lido um, estão lidos todos.

Continuemos, porém, a narração da minha vida de quase jornalista.

Em menos de ano e tanto, tinha já construído uma pequena consciência jornalística para meu uso. Julguei-me superior ao resto da humanidade que não pisa familiarmente no interior das redações e cheio de inteligência e de talento, só porque levava tinta aos tinteiros dos repórteres e dos redatores e participava assim de um jornal, onde todos têm gênio. Os contínuos, os revisores, os caixeiros de balcão, o gerente, os redatores, os homens das máquinas, os tipógrafos, os agentes de anúncios, todos têm gênio, muito gênio mesmo, quando de sobra não têm também muito espírito, muito mesmo! Aquela casa, como todas do seu feitio, em que se fabricam novidades para o público, era uma colmeia de gênios. Colmeia é bem o termo porque era pequena e acanhada. Os redatores escreviam uns em cima dos outros; na revisão, que ficava misturada com a composição, não se podia andar; e pela noite os bicos de gás sem vidros iluminavam tudo aquilo lobregamente[6], com grandes hiatos de sombras como um porão de navio. Pela sala em que esses dois departamentos funcionavam, flutuava um forte odor de urina, desprendido de um mictório, que existia entre duas caixas de tipografia. No dia que notei isso, não fazia oito, que um artigo furioso atacava o governo pelas más condições higiênicas do Hospício Nacional de Alienados.

Quando se tratava de *per si*[7] com qualquer dos empregados do jornal, ficava-se admirado que a folha se imprimisse e

6. *Lobregamente*: sombriamente.
7. *Per si* (latim): de si próprio; individualmente.

se escrevesse diariamente. Floc tinha em pouca conta Losque: um bufão, dizia ele; Bandeira desprezava Floc: um eunuco; e todos como que pareciam querer entredevorar-se até aos ossos. Entretanto, quando um fazia anos, a seção competente gemia e os adjetivos mais ternos e mais camaradários não eram poupados. De seção para seção, a guerra era terrível. A revisão dizia que a redação era analfabeta; a tipografia acusava ambas de incompetentes; e até a impressão que não lia nem via originais tinha uma opinião desfavorável sobre todas três.

A redação não perdoava a menor falha da revisão. Às vezes, eram os originais defeituosos; em outras, havia descuido ou a pretensão fazia emendar o que estava certo; mas sempre as reclamações choviam por parte dos redatores, dos colaboradores e dos repórteres.

Um caso curioso deu-se com um artigo de Aires d'Ávila. Na sua cantilena diária, o paquidérmico plumitivo[8] tinha escrito "pesados 200$000 impostos pelo Congresso", mas, passando de uma linha para outra, cortara a quantia pelo cifrão, sem o qual, a revisão e a tipografia entenderam: "200 ovos postos pelo Congresso". Ávila às nove horas da manhã veio ao jornal furioso, com as banhas agitadas, todo ele nervoso de pasmar, pois sempre me pareceu sem nervos. O que tinha sido uma simples obra do acaso, atribuía ele a uma canalhice da revisão, uma pilhéria de mau gosto.

De tarde o chefe da revisão foi chamado, quis explicar o "gato"[9]; mas a nada se atendeu e houve algumas demissões. Não eram raras aliás. No jornal, há-as de mês a mês; por dá cá aquela palha, o diretor ou o secretário demite, suspende, multa nos ordenados. Daí vem o terror dos subalternos, a lisonja, o respei-

8. *Plumitivo*: jornalista sem valor.
9. *Gato*: erro tipográfico.

to religioso de que são cercados os chefes. Entretanto, quantas vezes se não leem acres censuras ao ministro que demitiu este ou aquele funcionário, por motivos em geral mais plausíveis!

Unicamente Gregoróvich não fazia carga sobre a revisão. Para ele, tanto se lhe dava sair "nós fomos" como "nós foi". Não tinha nenhum amor pelos escritos; eram como cutiladas, tanto fazia matar, ferindo no pescoço como rachando a cabeça meio a meio. O que ele queria era matar, ferir, golpear: a maneira pouco se lhe dava. E era uma felicidade para a revisão que ele pensasse assim. No jornal, só o russo tinha prestígio e iniciativa. Os outros curvavam-se servilmente ao diretor. O que não seria se o doutor em exegese bíblica tivesse os cuidados puristas do Oliveira, que reclamava um "propositalmente" por propositadamente! Toda a sua gramática estava aí. Ele conseguira saber que "propositalmente" não era aconselhado pelo Rui[10] e ai do revisor que deixasse escapar um na sua seção! O próprio Loberant, tão ignorante como o Oliveira, péssimo escritor, tinha fúrias extraordinárias quando lhe trocavam uma palavra no luminoso artigo. Diariamente, mesmo quando não escrevia, corria o jornal de manhã, de princípio ao fim, auxiliado pela mulher, para descobrir erros segundo a gramática do Lobo. Graças a leituras das "sorites"[11] do esquálido gramático, Loberant julgava-se um purista; demais, ele sempre tivera culto pelo dicionário, pelo purismo. Era um gosto ver surgir nos seus artigos-descomposturas, termos, catados ao Morais[12] e ao Domingos

10. *Rui*: referência a Rui Barbosa (1849-1923), escritor, jurista, diplomata e político brasileiro, considerado autoridade em questões relativas à língua portuguesa.

11. *Sorites*: argumentos.

12. *Morais*: referência ao *Dicionário da Língua Portuguesa*, de Antônio de Morais Silva (1755-1824).

Vieira[13]. E essa sua crença de purista e cultor da língua, juntara-se, com o tempo, a de ser também um grande homem, um messias, um homem providencial. Com cuidado e atilamento[14], afastara do jornal toda e qualquer pessoa de mais talento que ele. Proprietário da folha absorvera-a toda em si: os artigos, a criação das seções, as referências elogiosas, as "cavações"[15], tudo só se fazia com sua audiência e aprovação. Ele pairava sobre o jornal como um sátrapa[16] que desconhecesse completamente qualquer espécie de lei, fosse jurídica, moral ou religiosa. Não havia regulamentos, praxes; o jornal era ele e a coerência de suas opiniões vinha dos impulsos desordenados de sua alma, que o despeito agitava em todos os sentidos. No curto prazo de uma semana, o seu jornal atacou, elogiou e qualificou herói o ministro da Guerra; e nenhum dos três artigos saiu da sua pena; foram escritos à sua ordem pelo Adelermo Caxias, que se gabava de honestidade intelectual. Na redação era assim: escrevia-se, mediante ordem do diretor, hoje contra e amanhã a favor. Floc, entretanto, gabava-se de ter autonomia nos seus artigos. Eram puramente literários, ou tinham esse propósito, e, à luz da inteligência de Loberant, era-lhe perfeitamente indiferente que o naturalismo fosse elogiado e o nefelibatismo[17] detratado; que a Academia de Letras tivesse referências elogiosas ou recebesse epigramas acerados. Floc era contra a Academia, contra os novos, contra os poetas, contra os prosado-

13. *Domingos Vieira*: referência ao *Grande Dicionário Português ou Tesouro da Língua Portuguesa*, de Frei Domingos Luís Vieira (1755-1857).

14. *Atilamento*: sagacidade; esperteza.

15. *Cavações*: gíria da época que expressa ação para conseguir algum tipo de vantagem.

16. *Sátrapa*: déspota (sentido figurado).

17. *Nefelibatismo*: designação pejorativa atribuída ao simbolismo.

res; só admitia, além dele, com a sua obra subjacente, que se poetassem e fizessem versos certos rapazes de sua amizade, bem-nascidos, limpinhos e candidatos à diplomacia. Confundia arte, literatura, pensamento com distrações de salão; não lhes sentia o grande fundo natural, o que pode haver de grandioso na função da arte. Para ele, arte era recitar versos nas salas, requestar atrizes e pintar umas aquarelas lambidas, falsamente melancólicas.

Na crítica, tinha-se na convicção de um fazedor de poetas, um consagrador de reputações; com aquele endosso da firma burlesca – Floc – o autor que lhe recebesse elogios, passava imediatamente para o Larousse. Ignorante, insciente, com uma leitura de pacotilha[18], não se animava a desenvolver qualquer teoria, a ter um ponto de vista qualquer; bordava umas banalidades, "uns deliciosos momentos de gozo estético deu-nos, etc.; a sua alma vibra e palpita, etc."

Ainda tenho nos meus papéis a notícia que ele deu de uma plaquete[19] de versos do poeta Almeida Lopes. Começava assim portentosamente a notícia: "Eis aqui um caso singular, e que desnorteia os princípios geralmente admitidos em hereditariedade. O Senhor Almeida Lopes, filho de escritores, nasceu poeta e escritor".

Não sabia Floc que, como grande número de sábios, o povo sentencia: "filho de peixe sabe nadar; quem sai aos seus não degenera", etc., etc.

Certamente, ele possuía, sobre herança psicológica, noções muito mais elegantes, branquinhas e limpinhas que as admitidas geralmente.

18. *Pacotilha*: objeto de qualidade inferior.
19. *Plaquete*: livro de poucas páginas.

Com isso, e repetidos elogios aos outros jornalistas, adquiriu ele uma linda reputação e um grande prestígio de talento e de artista. Quando se suicidou (oh! como isto é triste de recordar!), quando se suicidou fui-lhe ver os livros; lá havia a *Grande Marnière*, de Ohnet; *Je Suis Belle*, de Victorien de Saussay[20]; uns volumes de Bourget[21], alguns de Maupassant, nenhum historiador, nenhum filósofo, nenhum estudo de crítica literária, mas dez de anedotas literárias de autores de todos os tempos e de todos os países. A sua crítica não obedecia a nenhum sistema; não seguia escola alguma. As suas regras estéticas eram as suas relações com o autor, as recomendações recebidas, os títulos universitários, o nascimento e a condição social. Elogiava nefelibatas, se eram de sua amizade, se eram "limpos"; detratava se não eram. Tinha, além, dois princípios: a aristocracia da arte e a fulminação dos nulos. Entendia a seu modo aristocracia da arte, isto é, arte feita pelos aristocratas como ele, cujo pai tivera na primeira mocidade uma taverna em Barra Mansa.

Uma tarde, chegou à redação com uma plaquete, impressa em Portugal, tendo por título *Coração Magoado*. Encontrando Leporace, mostrou-lhe a brochura:

– Conheces?

– Não. Deixa-me vê-la.

Leporace quis dar à sua fisionomia baça, aos músculos inexpressivos de sua face, uma expressão de finura, de atilamento particular de entendido. Leu o título, o nome do autor, folheou o livro e perguntou:

20. *Victorien de Saussay (1868-?)*: escritor de obras sensacionalistas, muito populares no final do século xix e início do xx.
21. *Paul Bourget (1852-1935)*: romancista francês muito popular no final do século xix e início do xx.

– Quem é Odalina?
– Uma poetisa portuguesa de muito talento... Está de passagem e vem tratar de uma revista: *O Bandolim*... Os versos são líricos, mas de uma pureza de sentimento e cheios de um acento pessoal de encantar... Eu não gosto da arte pessoal; a arte (tomou outra atitude) deve refletir o mundo e o homem, e não a pessoa... Penso com o Flaubert... Vê só este:

Meu coração por desgraça
Entrou no meu pensamento
É como crime de faca
Que nunca tem livramento.

– Notaste – acrescentou ao terminar a leitura – como está bem aproveitada a devida cadência da trova popular para exprimir um alto conceito filosófico? Ela quer dizer que o julgamento, a lucidez de sua inteligência é perturbada pelo amor, pelo sentimento... E como ela compara bem com um dizer popular, essa coisa alta e transcendente! O livro é notável... Vê só esta quadrinha, que perfeição! Quanta emoção há nela! Ouve:

Quem tem amores vai dormir
Na porta do seu amor
Das pedras faz cabeceira
Das estrelas cobertor.

Leporace pediu de novo o livro e pôs-se a folheá-lo, lendo aqui e ali. Não teve uma palavra para dizer, descansou o livro e perguntou:
– Quem te apresentou?
– O Raul de Gusmão.

– O Raul! Com mulheres! É casada?
– É, com o visconde de Varennes, um fidalgo francês.
– Olá! Deve ser uma grande família, nobreza antiga... O nome é histórico – rematou Leporace satisfeito por ter encontrado uma observação a fazer.
– Não sei se é.
– O marido veio com ela?
– Não. Ela vive separada do marido...
– Ahn! Vais escrever sobre ela, não?
– Naturalmente.

E os dois sorriem: Floc cheio de satisfação, recordando vagamente as mulheres já gozadas; Leporace com um evidente travo de amargura nos lábios. O crítico preparava-se para se pôr à mesa, quando entravam o doutor Loberant e Gregoróvich. O diretor vinha com a fisionomia alegre. Floc e Leporace, este mais que aquele, acolheram com as grandes mostras de respeito de sempre a presença do doutor Ricardo Loberant. O desbotado secretário deu-lhe conta das recomendações do dia seguinte. Tinha posto mais uma "brotoeja"[22] contra o prefeito e fizera escrever um solto combatendo o empréstimo da prefeitura; e, se não saíra a "porrada"[23] na gente do Paraná, fora porque o vira a conversar com o Chavantes.

– Ora, "seu" Leporace! – exclamou o diretor. – Que é que tem isso! O jornal é uma coisa e eu sou outra...
– Pensei...
– Bem... Foi bom... Mas não me deixe de bater na prefeitura... É um escândalo! Uma vergonha! Só o Machado vai ganhar mil contos... Embirro com esse Machado... Um tratante que não me cumprimenta... Ainda se fosse outro, vá! E

22. *Brotoeja* (gíria): crítica.
23. *Porrada* (gíria): crítica.

não é isso; é um nulo, um título desvantajoso, e que juro!... Não o deixem, não o deixem; havemos de ver se *O Globo* vale ou não vale...

E o diretor rematou as suas recomendações com um baixo palavrão insultuoso. Floc e Leporace tinham ficado a ouvir o venerável diretor; Gregoróvich, sentado, fumando, estivera a ler o livro da poetisa portuguesa.

– De quem é isto? – perguntou.

– É meu.

– É o autor que pergunto.

– O autor! É uma fidalga portuguesa...

– Livra! São versos de folhinha...

– De folhinha!

– De folhinha, sim. Este aqui. "Quem tem amores vai dormir"; é "verso" de hoje até!

– Não é possível! Não é possível! – reclamou o crítico literário.

– Queres ver? Caminha – gritou o russo para mim –, traze-me aí o "verso" de hoje.

Procurei-o nos papéis de uma cesta e entreguei-o ao redator poliglota. O estrangeiro passou os olhos no papelucho e entregou-o ao Floc. O oráculo artístico do jornal correu rapidamente os versos e confessou: é verdade, acrescentando, que cinismo! mas sem convicção nem indignação.

O diretor tinha entrado para o gabinete seguido de Leporace e nenhum dos dois ouvira o breve diálogo trocado na sala entre os dois redatores. De repente, com aquela sofreguidão que lhe era peculiar e que ele punha nos atos, nos afetos e nos seus medíocres artigos, chegou-se à porta e perguntou ao Floc:

– Vi esse tal Andrade na rua... O jornaleco dele ainda continua a sair?

– Penso que sim.

– Tens lido?

– Às vezes.

– Continua a insultar-me?

– Sempre. – E acrescentou: – o doutor se incomoda com o que diz esse vagabundo?

– Não... Ora! Mas... Deixa estar que ele há de precisar de mim, há de cair em alguma; então veremos... Não se esqueçam dele, quando for ocasião, casquem... Patife!!!

E passou por mim ainda com os dentes rilhados, cheio de raiva, desabotoando a braguilha, apressado para o mictório, olhando para o lado em que eu estava, como querendo dar a entender que ele era forte, muito forte, e havia de esmagar um dia aquele pigmeu que ousava pôr-se diante do seu caminho triunfante, atirando-lhe alfinetadas com uma cômica violência liliputiana[24]. Havia de esmagá-lo, inutilizá-lo para sempre e fazê-lo sofrer eternamente o grande desaforo de o não supor Deus no *Domingo*, a ele, doutor Ricardo Loberant, diretor-proprietário d'*O Globo*, jornal independente, órgão do povo e dos sofredores, pesadelo dos ministros, espada de Dâmocles[25] suspensa sobre a tríade política e administrativa da República. E ele tinha razão.

O terror, que inspirava dentro do jornal, irradiava para fora. Aquele homem magrinho, fraco de corpo e de inteligência, sem cultura, amedrontava a cidade e o país. Todos

24. *Liliputiana*: minúscula (sentido figurado). Lilliput é uma ilha fictícia habitada por pessoas minúsculas, no romance satírico *As Viagens de Gulliver*, do escritor irlandês Jonathan Swift (1667-1745).

25. *Dâmocles* (lenda romana): o tirano Dioniso, de Siracusa, propõe a Dâmocles que ele assumisse o poder por um dia, mas coloca uma espada sobre a sua cabeça. A narrativa pode ser entendida como uma lição, segundo a qual o poder é frágil e está sempre ameaçado.

o cortejavam; os colegas que o combatiam, evitavam feri-lo de frente. Um ou outro, num momento de desespero, tinha a coragem de enfrentá-lo; mas era num momento de desespero. Armados, cercados de todos os lados, tinham uma convulsão e atiravam-se, desferindo golpes para a esquerda e para a direita. Se porventura algum era mais certeiro e parecia esmagar o doutor Loberant, ficava-se pasmado que se desse o contrário. Longe de perder prestígio, esses ferimentos aumentavam-no. O povo não queria ver a sua ignorância, a sua inabilidade no escrever; era valente e dizia a verdade. Houve uma polêmica sobre um trabalho de limites em que o seu desconhecimento da geografia pátria ficou patente; o jornal foi mais lido. Em outra vez, deu como tendo feito oferecimentos a conventos do Brasil, reis da dinastia de Borgonha; recebeu uma ovação. De dia para dia o jornal crescia em venda. Todos o liam; era o jornal dos desgostosos, dos pequenos empregados, dos *ratés*[26] de todas as profissões e também dos ricos que não podem ganhar mais e dos destronados das posições e das honras. Na venda avulsa, nenhum o excedia, nem o próprio *Correio da Manhã*. Só o *Jornal do Brasil* se mantinha emparelhado com ele, e a rivalidade era acesa. Julgando que a prosperidade do outro era devida aos bonecos, Loberant punha na sua folha bonecos. Parecendo-lhe que isso não era o bastante, forjava anúncios, "calhaus"[27], calhaus de "precisa-se", de "aluga-se", de pequenos anúncios que, em abundância, parecem ser o índice da prosperidade de um jornal. Mas não contente com esses expedientes todos, um dia o doutor Loberant, supon-

26. *Ratés* (francês): fracassados.
27. *Calhau*: anúncio ou artigo de menor importância inserido no jornal para completar espaço vazio na página.

do a popularidade do rival devido à falta de gramática nos artigos, chegou à redação furioso e, com o seu modo habitual, berrou:

– Não quero mais gramática, nem literatura aqui!... Nada! Nada! De lado essas porcarias todas... Coisa para o povo, é que eu quero!

O Lobo, que estava na sala, teve em começo um grande olhar de tristeza com que envolveu toda a sala e a coleção de jornais dependurados pelas paredes. Depois de um momento de hesitação, tomou coragem e observou:

– Mas, doutor...

– Ora, Lobo! Já vem você...

– Mas, doutor, a língua é uma coisa sagrada. O culto da língua é um pouco o culto da pátria. Então o senhor quer que o seu jornal contribua para corrupção deste lindo idioma de Barros[28] e Vieira...[29]

– Qual Barros, qual Vieira! Isto é brasileiro; coisa muito diversa!

– Brasileiro, doutor! – falou mansamente o gramático. – Isto que se fala aqui não é língua, não é nada: é um vazadouro de imundícies. Se frei Luís de Sousa[30] ressuscitasse, não reconheceria a sua bela língua nessa amálgama, nessa mistura diabólica de galicismos, africanismos, indianismos, anglicismos, cacofonias, cacotecnias, hiatos, colisões... Um

28. *João de Barros (1496-1570)*: ilustre escritor e gramático da língua portuguesa.

29. *Antônio Vieira (1608-1697)*: padre jesuíta, considerado um dos maiores oradores do século XVII e grande clássico da literatura luso-brasileira. Entre suas obras, as mais célebres são os *Sermões*, publicados entre 1679 e 1748, em 16 volumes.

30. *Frei Luís de Sousa (c. 1555-1632)*: escritor português, considerado um clássico da língua lusitana.

inferno! Ah, doutor! Não se esqueça disto: os romanos desapareceram, mas a sua língua ainda é estudada...

Loberant não ficou calado com a exortação do gramático. Manteve a ordem que lhe parecia necessária para o aumento de alguns milheiros na venda de sua folha. Conquanto afetasse desprezo pela literatura, ele não deixava de ter pretensões a intelectual. Com a prosperidade do jornal, a sua pretensão aumentava. Julgava-se um Patrocínio, um Ferreira de Araújo, um Bocaiuva[31]; embora não escrevesse com destaque, ele ia buscar o seu parentesco espiritual em Rochefort[32], Luís Veuillot[33] e outros nomes de jornalistas estrangeiros de que tinha informações.

O seu gabinete era alvo de uma peregrinação. Durante o dia e nas primeiras horas da noite, entrava toda a gente, militares, funcionários, professores, médicos, geômetras, filósofos. Uns vinham à cata de elogios, de gabos aos seus talentos e serviços. Grandes sábios e ativos parlamentares eu vi escrevendo os seus próprios elogios. O *leader* do governo enviava notas, já redigidas, denunciando os conchavos políticos, as combinações, os jogos de interesses que se discutiam no recesso das antecâmaras ministeriais. Foi sempre coisa que me surpreendeu ver que amigos, homens que se abraçavam efusivamente, com as maiores mostras de amigos, vinham ao jornal denunciar-se uns aos outros. Nisso é que se alicerçou *O Globo*; foi nessa divisão infinitesimal de interesses, em uma forte diminuição de todos os laços morais.

31. *Quintino Antônio Ferreira de Sousa Bocaiuva (1836-1912)*: jornalista e político republicano brasileiro.
32. *Henri Rochefort (1831-1913)*: jornalista francês.
33. *Louis Veuillot (1813-1883)*: jornalista francês.

Cada qual mais queria, ninguém se queria submeter nem esperar; todos lutavam desesperadamente como se estivessem num naufrágio. Nada de cerimônias, nada de piedade; era para a frente, para as posições rendosas e para os privilégios e concessões. Era um galope para a riqueza, em que se atropelava a todos, os amigos e inimigos, parentes e estranhos. A República soltou de dentro das nossas almas toda uma grande pressão de apetites de luxo, de fêmeas, de brilho social. O nosso império decorativo tinha virtudes de torneira. O encilhamento, com aquelas fortunas de mil e uma noites, deu-nos o gosto pelo esplendor, pelo milhão, pela elegância, e nós atiramo-nos à indústria das indenizações. Depois, esgotado, vieram os arranjos, as gordas negociatas sob todos os disfarces, os desfalques, sobretudo a indústria política, a mais segura e a mais honesta. Sem a grande indústria, sem a grande agricultura, com o grosso comércio nas mãos dos estrangeiros, cada um de nós, sentindo-se solicitado por um ferver de desejos caros e satisfações opulentas, começou a imaginar meios de fazer dinheiro à margem do código e a detestar os detentores do poder que tinham a feérica vara legal capaz de fornecê-lo a rodo. Daí a receptividade do público por aquela espécie de jornal, com descomposturas diárias, pondo abaixo um grande por dia, abrindo caminho, dando esperanças diárias aos desejosos, aos descontentes, aos aborrecidos. E os outros jornais? Nos outros o suborno era patente; a proteção às negociatas da gente do governo não sofria ataques; não demoliam, conservavam, escoravam os que estavam.

Loberant sabia o segredo do seu sucesso e velava pela folha com cuidados especiais. Diariamente lhe vinham informações sobre a venda avulsa, sobre o movimento de anúncios. Se decaíam um pouco, logo procurava um escân-

dalo, uma denúncia, um barulho, em falta um artigo violento fosse contra quem fosse. Havia na redação farejadores de escândalos; um, para os públicos; outro, para os particulares. Este era o mais interessante. Tinha uma imaginação doentia; forjava coisas terríveis, inventava, criava crimes. Eram cárceres privados, enterramentos clandestinos, incestos, tutores dolosos etc.

Porém, os grandes escândalos, os grossos, as ladroeiras públicas eram denunciadas pelos próprios funcionários desgostosos, por políticos pedinchões e não satisfeitos e pelos próprios subornados. A venda cresceu sempre, mas com todos esses alvitres houve um momento em que estacionou. Loberant encheu-se de temor, carregou mais nas descomposturas, começou a implicar com o chefe de polícia; mas nem assim subia. Uma frase equívoca que lhe saíra da pena, determinou o aparecimento de um "apedido" no *Jornal do Comércio*, denunciando-o como inimigo da colônia portuguesa, tanto assim que não tinha um português na redação da sua gazeta. Foi Aires d'Ávila quem leu o "apedido" e o mostrou ao diretor. Era hábito de muitos anos, depois de ver o palpite do bicho correr os "apedidos" dos jornais e lê-los atentamente. Ali, ele procurava caminho para as "cavações", informava-se das reputações, preparava os "ganchos"[34]. Loberant, quando teve notícia da mofina, considerou bem a falta e pediu o alvitre do Floc.

– Conheces aí algum capaz?

– Qual, não há!

– Como poderíamos arranjar um português para redator, dize lá?

34. *Gancho* (linguagem jornalística): recurso para despertar ou manter o interesse do leitor.

Anos mais tarde, ele não teria dificuldades. O chefe do gabinete da monarquia lusitana encarregar-se-ia de arranjar-lhe um. Floc lembrou um alvitre:

– Encomenda-se a Portugal.

E fui eu encarregado de levar o telegrama ao submarino. Não se tratava já de um redator; pedia-se a uma livraria de Lisboa um redator e dois correspondentes literários. Nos dias seguintes, era o seu primeiro cuidado indagar se já tinha chegado a resposta. Veio afinal. Os correspondentes já estavam arranjados, mas não havia quem quisesse vir. Iam ver. Dias depois, ao abrir a correspondência, Leporace deu com a resposta de Lisboa e correu alvissareiro para o diretor.

– Cá está ele... Está arranjado...

– O quê?

– O redator português.

– Ahn!

E leu o telegrama. Embarcaria no primeiro paquete. Era espirituoso, entendido em coisas portuguesas e queria setecentos mil-réis fracos. Aceitou e nesse sentido telegrafou para Lisboa. Quando voltei da *Western*, Pranzini, o gerente, entrava na redação. Chegava com o sobrecenho carregado e os olhos fuzilando indignados. Pranzini era o cão de fila do diretor. O cofre e a economia do jornal estavam-lhe inteiramente entregues. Ele pagava e recebia, depositava dinheiro, arbitrava os preços da matéria paga. Todos estavam sob a sua tirania; precisavam adulá-lo, amimá-lo, e ele abusava extraordinariamente dos grandes poderes de que estava investido. Ficava-lhe bem a função. Era cúpido, metódico, organizado. No jornal, vivia sempre em mangas de camisa e a fieira dos botões do colete não se afastava nunca do eixo do peito. A fisionomia era larga e dura; grandes faces assimétricas, queixo forte e quadrado, pouco distinto do maxilar, uma grande dificuldade em

sorrir. Aquela inteligência rudimentar de aldeão italiano tinha finuras de doutor da escolástica. Certa vez furtou-se ao pagamento de uma comissão do anúncio de uma casa, sob o pretexto de que a autorização falava em "*Bal Masqué*"[35] e o nome do estabelecimento era "*Au Bal Masqué*". Murmurava-se no jornal que ele desviava um pouco as rendas do diretor, mas dizia-se também que este não se importava porque assim indiretamente pagava as doces intimidades com a mulher do italiano, uma pequena mulher, coberta de um pelo fino e abundante, de carnes duras e grandes ancas provocadoras.

– Sabes, Pranzini? Temos o homem... De Lisboa chegou-nos a resposta.

– É bom... Vocês sabem, sem português, nada aqui vai adiante. Os patrícios exigem, é justo: eles são talvez trezentos mil, pagam rios de dinheiro em anúncios; é justo!

Depois tomando outro tom de voz falou assim ao diretor:

– Tenho aqui este vale para o senhor visar.

– Eu já disse a você que não é preciso...

– Não é isso. É que com este tive dúvidas. Tratava-se de um artigo que não saiu assinado. Não parecia ser colaboração e eu...

– De quem é o vale?

– Do Veiga Filho.

– De que artigo?

– Um sobre o Teixeira de Almeida.

– Mas o quê! – exclamou o diretor. – Pois se foi ele próprio que pediu para escrevê-lo, dizendo-me que tinha sido colega de escola do homem, como é que cobra?... Enfim deixa-me vê-lo.

O doutor considerou bem o pedaço de papel que tinha na mão, abanou a cabeça e veio dizendo:

35. *Bal Masqué* (francês): baile de máscara.

– Esses literatos! Livra! Até as lágrimas cobram.

Floc nada dissera. Evitava fazer qualquer crítica ao mestre incomparável da nossa língua. Losque, tendo deixado de escrever, meteu-se na palestra. Tinha a mania do "espírito"; mas não era propriamente espírito que ele queria ter. A sua mania era ser um ironista, à moda inglesa, um humorista. Fazia de si um retrato de Sterne[36], de Lamb[37], de Swift; embora não soubesse uma linha de inglês filiava a sua graça, o seu feitio de rir, no gênio britânico. Não é que isso, de fato, houvesse nele; faltava-lhe na ironia o imprevisto, o alcance moral e filosófico, aquela meditação por absurdo que Taine achou em Swift. Ele tinha a graça fácil dos pequenos autores e muitas das suas *boutades*[38] tinham origem nos autores portugueses e franceses de segunda ordem. Não era uma atitude de pensamento, um estado d'alma constante, um julgamento sobre os homens e as coisas: era uma profissão, um ganha-pão, que ele executava automaticamente.

Adaptável, sem rebeldia nem independência de caráter, escrevia pilhérias como um amanuense faz ofícios. Nunca tinha escrito obra de vulto, a não ser uma novela de *calembourgs*[39], em que explorava esse velho filão do roceiro acanhado. Combinava a sua virtuosidade pilhérica com a de escritor de estirados artigos sobre a crise do açúcar e o policiamento da cidade. Era autor de várias revistas, com algumas pilhérias novas e bem achadas. Sem ser moço, não era velho e ia fazendo a sua carreira nos jornais com vagar e submissão, tendo já uma

36. *Laurence Sterne (1713-1768)*: célebre escritor irlandês que influenciou Machado de Assis (1839-1908) de modo notável. Autor do famoso romance humorístico *A Vida e as Opiniões do Cavalheiro Tristram Shandy*.
37. *Charles Lamb (1775-1834)*: poeta, escritor e humorista inglês.
38. *Boutade* (francês): dito surpreendente e engraçado.
39. *Calembourg* (francês): jogo de palavras; trocadilho.

vaga reputação no seio do público. Sabendo da vida de todo o mundo, inventando mesmo, quando os dados lhe faltavam, punha um grande esforço, uma nota de arte no cultivo da maledicência, da "trepação"[40]. Diariamente estudava assuntos, organizava pilhérias e logo que o momento se oferecia desandava. Viera disposto nesse dia. Ao entrar, enquanto Leporace conversava na sala, pusera-se a escrever a sua celebrada seção, "Pulgas e Brotoejas", constantemente cheia de alusões, de ditinhos, de versos aos políticos, em que ele gastava uma certa dose de talento, já um tanto diminuído pelo automatismo adquirido. Acabando de escrever a seção, procurou um rodeio e dirigiu a conversa para o ponto que queria:

– De fato este Rio tem coisas bem singulares. Vocês conhecem a viúva Pais Brandão?

Nem todos responderam, mas Leporace que se gabava de conhecer toda a cidade, as ruas, becos, segredos, acudiu prontamente:

– Ora! Como não? Uma loura de forte nariz romano, que anda sempre de preto? Ora, muito!

– É essa mesma. Mora num palácio na Rua das Laranjeiras...

– Mas que tem ela? – indagou Floc.

– É um caso curioso.

Leiva veio interromper a conversa. Há dias que ele estava no jornal, fazendo polícia. Sabendo que eu me fizera contínuo, começou a procurar-me e por aí foi travando relações, "engrossando"[41] habilmente, até que um dia entrou como repórter e começou a gritar comigo para que eu lhe trouxesse penas. Losque continuou:

40. *Trepação* (gíria): gracejo maldoso; zombaria.
41. *Engrossar* (gíria): bajular; adular.

– Passa por séria, por ser um poço de virtudes. Ninguém se anima a requestá-la. O rosto é de Messalina[42], mas a alma é de Cornélia[43]; entretanto...

Calou-se um pouco, suspendeu o auditório, para obter o efeito desejado.

– Mas é curioso – continuou devagar –; é curioso que o seu egoísmo familiar a tivesse levado tão longe.

– Por quê? –perguntou alguém.

– Por quê!? Porque vive em mancebia com o sobrinho e com o filho. Os circunstantes não se espantaram; sorriram incredulamente.

– Qual! – fez um.

– Engraçado – aduziu sem ir de encontro à dúvida geral – é que ela não pode suportar um só! Hão de ser os dois, juntos, um do lado esquerdo e outro do lado direito... Disse-me a Fulgência, que foi lá criada, que uma noite, não vindo um deles, ela a passou toda na sala de jantar chorando e arrancando os cabelos.

– É um caso curioso de psicopatia sexual – falou Loberant.
– Em Londres, há casos especiais quase em gênero semelhante; mas ao contrário: é um homem para duas mulheres, parentas próximas, irmãs, mãe e filha; mas como este não conhecia... Mas quem te informou, Losque?

– Uma rapariga que é minha criada, e foi da viúva. É maravilhoso! Que revulsão[44] na alma! Que móveis íntimos a levaram a isso! Que forte ideal amoroso não encontrado foi esse que a obrigou a reunir dois rapazes para satisfazê-lo!

42. *Messalina (17-48)*: esposa do imperador romano Cláudio (*10 a.C.-54 d.C.*). Simboliza a mulher promíscua.
43. *Cornélia (190 a.C.-100 a.C.)*: cidadã romana, mãe dos irmãos Tibério e Caio Graco, tribunos da plebe conhecidos pelo engajamento em lutas sociais em favor de causas populares. Simboliza a mulher virtuosa.
44. *Revulsão*: irritação; exaltação.

Leporace então observou:

– Esta sociedade está muito corrupta.

Gregoróvich entrava e ainda ouviu as palavras do secretário. Parou um instante, concertou os óculos de aros de ouro e exclamou com malícia:

– Oh! Catão![45]

– Não sou Catão, mas o que há por aí, pelos bastidores, causa espanto. A sociedade, ao que parece, despenha-se...

– Sempre houve quem dissesse isso – objetou o russo. – Se examinares os satíricos de todos os tempos, eles te revelarão a sociedade sempre corrupta e desbocada... Eu julgo a moral impossível!

– Por quê?

– Porque é feita para diminuir em nós o que é de mais estrutural e de mais profundo: a individualidade, o prazer e os instintos!

– Mas a sociedade precisa repousar nela; senão... – disse Leporace.

– Não há dúvida!

– Então concordas que, em face da própria sociedade, nós nos devemos esforçar por justificar as regras morais, manter sempre de pé os seus preceitos.

– Mas se têm sido inúteis todos os esforços das religiões; a força mais poderosa para uma modificação inteira do indivíduo, como havemos de consegui-lo? Demais... demais, para quê?

– Para eternidade da espécie – falou com ênfase Leporace.

– Valeria a pena? – retrucou Gregoróvich.

E todos se calaram sem achar de pronto uma resposta cabal.

45. *Catão (234 a.C.-149 a.C.)*: escritor e político romano, defensor das tradições e censor da vida luxuosa e libertina.

Gregoróvich entrava e ainda ouviu as palavras do secretário.

X

OS MEUS PRIMEIROS conhecimentos foram-se paulatinamente afastando de mim. Laje da Silva, desde que me vira de botas rotas e esfomeado, passara a cumprimentar-me friamente, superiormente; Leiva tratava-me bem ainda, mas marcando distância, desde que se fizera repórter; e o próprio Gregoróvich esquecera-se da maneira por que nos conhecêramos e tratava-me com a brandura que usava com todos os inferiores. Só o Plínio de Andrade, mais por sistema do que por qualquer outra coisa, continuava a dispensar-me a consideração de igual. Fora ele que me explicara a questão do empréstimo da prefeitura. Era verdade que o título não era bom; mas a questão não girava só em torno disto. O pomo de discórdia residia na comissão do lançamento do empréstimo, e sendo esta avultada, perto de mil e tantos contos, permitia gordas gorjetas aos jornalistas e políticos. O governo queria o corretor Machado, mas organizara-se um sindicato no intuito de obtê-lo para o banqueiro Rodrigues. Aires d'Ávila, ocultamente, fazia parte do partido de Rodrigues e o doutor Ricardo, que já de há muito antipatizava com o Machado, foi por ele convencido que devia combater com todas as forças a operação projetada. Raro era o dia em que na folha não saíssem algumas linhas tendentes a contrariar o lançamento do grande empréstimo interno. Todos colaboraram para esse fim. Aires d'Ávila, sempre na estacada, desovava argumentos

no seu artigo diário, escrito num estilo de exercício de classe; Gregoróvich escrevia os soltos, *sueltos*, curtos, breves, mas fortes, cheios de injúrias, atrevidos; Floc, nas suas esforçadas crônicas literárias ou teatrais, dava alfinetadas; mas quem ia desmoralizando a operação era Losque com as quadrinhas satíricas das "Brotoejas". A cidade inteira sabia-as de cor e pelos bondes, nas confeitarias, nos cafés, nas escolas, nas espeluncas, nas casas mal-afamadas, por qualquer coisa se dizia o estribilho com que elas acabavam: "e dinheiro não virá". Se alguém perdia no jogo e era jocoso, ao apostar segunda vez, dizia: "e dinheiro não virá". Em conversa de família, se qualquer pessoa queria referir-se ao gorado casamento rico de um desembargador, que partira para Paris à caça de uma herdeira, comentava: ele vai e... "o dinheiro não virá". Era bastante que em qualquer momento, fosse como fosse, se encaixasse o estribilho, para se obter um franco sucesso de riso.

A atitude do governo era curiosa. Às vezes ostentava-se forte, mandava dizer pelos seus jornalistas que o lançaria pelo corretor que entendesse. Os artigos rompiam, mostrando as vantagens da operação, mas Loberant, ou alguém por ele, atirava no dia seguinte um artigo descompassado, pejado de descomposturas, e os adversários esfriavam. Neles não se raciocinava, não se ia adiante dos argumentos dos adversários. Afirmava-se e insultava-se o contendor com alguns palavrões do calão do Quinhentos ou do Seiscentos. E essas palavras ressuscitadas eram de efeito seguro. A multidão guardava-as de cor, procurando-lhes a significação e o sentido.

Nos "apedidos" do *Jornal do Comércio*, era interessante o combate. Havia artigos sisudos, cheios de citações, Léon Say[1],

1. *Léon Say (1826-1896)*: economista, político e jornalista francês.

Leroy-Beaulieu[2], versos de Racine[3]; havia epigramas, ligeiros e ágeis que nem um torpedeiro, e venenosos que nem uma cascavel.

No meio de todo esse emaranhado de coisas graves, desse espesso enleamento de paixões, de vilezas e ambições, lá aparecia, na famosa subdivisão do velho quotidiano, uma clareira de desinteresse, de afastamento do mundo, das cousas vis e baixas. Era o "apedido" de um louco que parecia sorrir, na sua loucura, das nossas brutais preocupações de cada dia. Pairava alto, muito longe.

Era um antigo funcionário de fazenda que se dizia grande poeta épico e se propunha a cantar a imortalidade de um sertanejo que havia guiado corajosamente não me recordo que viajante estrangeiro, lá nos igapós da Amazônia.

Assim começava o poema:

Rapaz! Tua glória quero cantar
Imortal como se fosse Waterelo
Neste poema que é todo meu
E que de ninguém fui copiar

E seguia:

30 por uma tinha
40 por uma migalha
60 por uma cara
70 por um borralho

2. *Pierre Paul Leroy-Beaulieu (1843-1916)*: professor, economista, jornalista e historiador francês.
3. *Jean Baptiste Racine (1639-1699)*: grande dramaturgo clássico francês. Autor das tragédias *Fedra* e *Ifigênia em Áulida*, entre outras obras-primas.

Continuava assim desassisado[4], delirando; mas desdenhoso das contendas que se travavam bem junto dele.

Os velhos lembravam-se do "Mal das Vinhas", do "Príncipe Ubá" e outros dementados, constantes fregueses da seção paga do velho *Jornal do Comércio*.

Os moços, como eu, tinham um grande prazer em ver como superiormente brilhava, com altas virtudes, a loucura, naquele trevoso enquadramento de baixos interesses, de injúrias e sordícia[5] monetária.

O mais notável, porém, eram as verrinas, alusões a vícios e maus hábitos dos adversários. Causava pasmo o esforço de imaginação despendido em se obter circunlóquios bastante claros para serem compreendidos no seu verdadeiro sentido por toda a gente e bastante velados para não haver impedimento na sua publicação. O diretor era alvejado com encarniçamento; não se incomodava, mas nos artigos fingia-se ferido, desgostoso. Aires d'Ávila recebia também um bom quinhão. Veio até publicado um epitáfio seu, em verso, terrivelmente sarcástico, que era atribuído a um poeta famoso pela perfeição dos seus versos, pelo seu humor boêmio e veia satírica. Dizia assim:

P. R.
(A. A.)

Quando ele se viu sozinho
Da cova na escuridão,
Surripiou de mansinho
Os bordados do caixão

4. *Desassisado*: sem juízo.
5. *Sordícia*: sordidez; infâmia; imundície.

Apesar disso tudo, ambos se mantinham inalteráveis e calmos. Aquilo era como um torneio de xadrez e eles o estavam jogando calmamente a fumar um charuto. A população é que vivia inquieta, ora pendendo para aqui, ora para ali, mas sempre tendo em vista a opinião d'*O Globo*. Havia, porém, nesse torneio um prêmio, um grande prêmio, de mil e tantos contos, dos quais algumas dezenas iriam parar às algibeiras de Aires d'Ávila e de Laje da Silva, cujas visitas ao ventrudo jornalista eram assíduas e prolongadas. O antigo padeiro de Itaporanga continuava no seu semimistério, mas sempre solícito, bem relacionado, procurando um e outro. Ultimamente explorava uma casa de divertimentos na Lapa, "Folies Bergères", onde se dizia haver jogo oculto. Não havia estreia de uma cantora que não mandasse convites individuais para o pessoal de todos os jornais. Ele sabia os nomes de um por um, desde a redação até à administração, passando pelas oficinas, revisão e expedição.

A batalha, entretanto, não se decidia. As duas hostes em luta não ganhavam terreno. Um dia era da gente do prefeito; outro dia, era dos adversários. Vinha um assassinato, um incêndio, havia uma trégua. O governo temia um fracasso e esperava. Surgiu, porém, a questão dos sapatos obrigatórios que precipitou os acontecimentos. É de pouco tempo esse motim e muitos dos meus leitores ainda se recordam perfeitamente os acontecimentos. Escrevendo agora estas páginas, eu tenho escrúpulos. Parece-me que vou acusar o doutor Loberant de ter movido essa sangrenta arruaça e ser culpado da morte de algumas dezenas de cidadãos nas barricadas improvisadas. Não é o meu fito esse, pois estou bem certo de que ele, como ninguém, não é capaz de medir e avaliar as múltiplas reações que as nossas palavras podem operar nos outros quando transmitidas. Seria ignóbil que eu o quisesse acusar. Ele foi, por assim dizer, um benfeitor meu e todos

menos eu podem fazê-lo e têm esse direito que me escapa. Contudo, embora possam ser tomadas nesse sentido as minhas palavras dirão fielmente o que vi e o que senti.

Nascera a questão dos sapatos obrigatórios de um projeto do Conselho Municipal, que foi aprovado e sancionado, determinando que todos os transeuntes da cidade, todos que saíssem à rua seriam obrigados a vir calçados. Nós passávamos então por uma dessas crises de elegância, que, de quando em quando, nos visita. Estávamos fatigados da nossa mediania, do nosso relaxamento; a visão de Buenos Aires, muito limpa, catita, elegante, provocava-nos e enchia-nos de loucos desejos de igualá-la. Havia nisso uma grande questão de amor próprio nacional e um estulto desejo de não permitir que os estrangeiros, ao voltarem, enchessem de críticas a nossa cidade e a nossa civilização. Nós invejávamos Buenos Aires imbecilmente. Era como se um literato tivesse inveja dos carros e dos cavalos de um banqueiro. Era o argumento apresentado logo contra os adversários das leis voluptuárias que apareceram pelo tempo: "A Argentina não nos devia vencer; o Rio de Janeiro não podia continuar a ser uma estação de carvão, enquanto Buenos Aires era uma verdadeira capital europeia. Como é que não tínhamos largas avenidas, passeios de carruagens, hotéis de casaca, clubes de jogo?"

Laje da Silva, farejando o que continha de negociatas nos melhoramentos em projeto, propugnava-os com ardor. Nas suas conversas na redação constantemente dizia:

– Que são dez ou vinte mil contos que o Estado gaste! Em menos de cinco anos, só com as visitas dos estrangeiros, esse capital é recuperado... Há cidade no mundo com tantas belezas naturais como esta? Qual!

Aires d'Ávila chegou mesmo a escrever um artigo, mostrando a necessidade de ruas largas para diminuir a prostituição e o crime e desenvolver a inteligência nacional.

E os da frente, os cinco mil de cima, esforçavam-se por obter as medidas legislativas favoráveis à transformação da cidade e ao enriquecimento dos patrimônios respectivos com indenizações fabulosas e especulações sobre terrenos. Os Haussmanns[6] pululavam. Projetavam-se avenidas; abriam-se nas plantas *squares*[7], delineavam-se palácios, e, como complemento, queriam também uma população catita, limpinha, elegante e branca: cocheiros irrepreensíveis, engraxates de libré, criadas louras, de olhos azuis, com o uniforme como se viam nos jornais de moda da Inglaterra. Foi esse estado de espírito que ditou o famoso projeto dos sapatos.

Ao ser apresentado, ninguém lhe deu importância, mesmo porque dias antes houvera um crime sensacional que prolongara a atenção da cidade.

Eu tinha feito o serviço de dia e ia sair. Seriam cinco para as seis horas, quando o Lemos, repórter de polícia, entrou ofegante e deslumbrado. Chegou e falou ao secretário, nervoso de contentamento, com a palavra entrecortada, oprimido de felicidade:

– Um crime! Um grande crime!

– Onde?

– Em Santa Cruz, nos campos de São Marcos... Uma mulher e um homem foram encontrados mortos a facadas e decapitados... Vestiam com luxo... Parecem pessoas de tratamento... Um mistério!

Todos os circunstantes ouviram estuporados a breve narração do repórter. Depois de um curto silêncio, choveram as perguntas. Lemos nada sabia; recebera a notícia de Teixeira

6. *Georges-Eugène Haussmanns (1809-1891)*: político e administrador público, foi responsável pela grande reforma urbanística de Paris.
7. *Squares* (inglês): praças.

que estivera na polícia, onde pouco mais sabiam. A notícia viera de Santa Cruz pelo telégrafo... Leporace, que raramente saía de sua natureza de celentério[8], pôs-se nervoso e começou a dar as providências, a regular o caso:

– Já um boletim... Já!

E logo, rapidamente, Adelermo começou a traçar em letras garrafais a notícia que o Lemos trouxera. Eu fui pregá-lo à porta; da sacada, Leporace avaliava o efeito. O primeiro curioso que passou, parou e quedou-se a ler. Vieram outros e em breve uma multidão estacionava em frente do jornal. A notícia espalhou-se rapidamente, com uma rapidez de telégrafo, com essa rapidez peculiar às notícias sensacionais que nas grandes cidades se transmitem de homem a homem quase com a velocidade espantosa da eletricidade. O doutor Loberant entrou, atravessando a custo por entre a multidão. Tinha ouvido qualquer coisa e correu ao jornal.

– Que houve? – perguntou.

Contaram-lhe. A sua fisionomia abriu-se risonha, sorridente e feliz. Ia vender mais mil ou dois mil exemplares. Chegou à janela e viu a multidão crescer sempre. Veio até à sala da redação e perguntou com império:

– Quem está fazendo a "cabeça"?

Chama-se "cabeça" nos jornais às considerações que precedem uma notícia. Feita com a moral de Simão de Nantua[9] e a leitura dos folhetins policiais, a "cabeça" é a pedra de toque da inteligência dos pequenos repórteres e dos redatores anônimos.

8. *Celentério*: celenterado; animais aquáticos de corpo gelatinoso, como as águas-vivas.
9. *Simão de Nantua*: personagem de *História de Simão de Nantua* e *Obras Póstumas de Simão de Nantua*, livros de autoria do escritor francês Laurent-Pierre de Jussieu (1792-1866). Simão é caracterizado como pessoa de marcante sensatez, educado de acordo com a moral e a religião cristã.

*E logo, rapidamente, Adelermo começou a traçar em letras garrafais
a notícia que o Lemos trouxera.*

Para dar um exemplo, vou reproduzir aqui trechos de uma "cabeça".

Tratava-se de uma briga entre amantes e o repórter, após intitular a notícia – "o eterno ciúme" – começou a filosofar, com muita lógica e inédita psicologia:

"O ciúme, esse sentimento daninho que embrutece a imaginação humana e a arrasta à concepção de crimes, cada qual mais trágico e horripilante, não cessa de produzir seus efeitos maléficos."

Continuava, após um período intermediário:

"No caso de que nos vamos ocupar, trata-se da briga entre dois amantes, motivada de uma parte pelo ciúme e da outra pela repulsa natural de quem se sente ofendido e maltratado."

São assim, com poucas variantes, as "cabeças".

No *Despacho* havia um especialista nesse gênero jornalístico que era tido por gênio.

– Não há como o Matoso! Que felicidade! Que rapidez! Escreve trinta tiras em uma hora! – diziam os colegas.

Isto lhe valia uma fama e um conceito, entre os seus, superior à que o conselheiro Rui Barbosa goza em todo o Brasil. É preciso saber-se que as tiras no jornal são menores e levam menos palavras que as redigidas por qualquer pessoa não afeita ao ofício. São escritas com grandes intervalos entre as linhas e grandes espaços entre as palavras, para facilitar a composição.

Demais eram as banalidades, os conceitos familiares sobre o crime e os criminosos que ele desenvolvia com a convicção de quem estivesse fazendo um estudo profundamente psicológico e social. Oh! A vaidade dos desconhecidos da imprensa é imensa! Todos eles se julgam com funções excepcionais, proprietários da arte de escrever, acima de todo o mundo. Não reconhecem que são como um empregado qualquer, funcionando automaticamente, burocraticamente, e que uma notí-

cia é feita com chavões, chavões tão evidentes como os da redação oficial. Quase todos os repórteres e burocratas dos jornais desprezam a literatura e os literatos. Não os grandes nomes vitoriosos que eles veneram e cumulam de elogios; mas os pequenos, os que principiam. Estranha ignorância de quem, por intermédio dos artigos dos que sabem, copia os processos dos romancistas, as frases dos poetas e deturpa os conceitos dos historiadores, imitando-lhes o estilo com uma habilidade simiesca...

Leporace, apanhado em falta, respondeu timidamente, ao diretor:

– Ninguém.

– Pois já deviam ter pensado nisso... Vá, "seu" Adelermo, faça a "cabeça"; e o senhor, "seu" Lemos, já para Santa Cruz!

– Só há trem daqui a uma hora e com certeza não apanho o que volta de lá às sete e quarenta e cinco...

– Não faz mal. Vá, durma lá, telegrafe... Passe na caixa e diga ao Pranzini que lhe dê duzentos mil-réis...

O diretor retirou-se e Adelermo começou a escrever.

– Qual será o título? – fez ele suspendendo a pena.

– "Crime no Pampa" – gritou o Oliveira.

Oliveira, Carlos Oliveira, era da Bahia. Maneiroso, mesureiro, captara a amizade e o compadresco do diretor, de Aires d'Ávila e Losque; fizera-se grande influência no jornal, no qual já colocara dois redatores, Adelermo e Losque, e muitos repórteres. Ganhava como redator importante; mas o seu serviço era trazer notícias da estrada de ferro e dos telégrafos. Na redação, limitava-se a escrever: "Foram concedidos passes aos telegrafistas F. e S.; a linha de Vista Alegre, 9º distrito, está interrompida, devido etc."; na rua, porém, entre os auxiliares de escrita e os diretores, fazia constar que escrevia artigos e crônicas. Vendia a sua pomada.

Adelermo Caxias não compreendeu bem o título de Oliveira e perguntou:

– Por que pampa?
– Pampa, não é campo?

Caxias, apesar da justificativa, não o quis e perguntou a outro:

– Qual deve ser, Floc?
– "Bucolismo e Tragédia"?
– Qual! É erudito...
– "Ciúme e Crime".
– Por que ciúme?

Por fim, chegou Leporace e lembrou um título rocambolesco de romance popular; "Descampado da Morte".

– Boa ideia! – gritaram todos; e Adelermo pôs-se a escrever.

A calma voltou um instante à redação, mas foi logo interrompida pelo tilintar do telefone. Lemos, que estava na polícia, mandava dizer que se tinha encontrado um chapéu de palha, quase junto aos cadáveres. A multidão, em frente ao jornal, aumentava sempre. Muitos subiam pedindo informações. A curiosidade era geral; o crime impressionara a população. Por essa estranha e misteriosa faculdade das multidões, aquele caso, vulgar um mês antes ou depois, naquele dia tomou a proporção de um acontecimento, de um fato pouco comum. Para atender à impaciência da massa, constantemente se telefonava para a polícia. A resposta era a mesma; não havia notícias. O diretor, por detrás da veneziana semicerrada, espreitava o poviléu embaixo. Os repórteres chegaram trazendo para a redação a ansiedade das ruas, a emoção dos cafés, toda a imprevista vibração da cidade em face daquele fato de polícia quase banal.

Cá do outro lado da sala de redação, sentíamos que o "doutor" ouvia todas aquelas notícias com interesse. Havia esta-

lidos na cadeira, tênues ruídos de movimentos de atenção. Houve um momento em que não se conteve. Veio até a sala geral, inquirindo este, perguntando àquele; e certo da superexcitação do público, da extensão que a notícia tinha alcançado na cidade, da intensa curiosidade que dominava toda a gente e ainda mais que o *Jornal do Brasil* punha, de quando em quando, um boletim, determinou que o Adelermo inventasse qualquer coisa, indícios, depoimentos, quaisquer informações. E fez isso em altas vozes, congestionado, meio zangado e meio contente, expectorando injúrias contra o rival.

Adelermo era a imaginação do jornal. Nascera no Maranhão e escrevia regularmente. Apesar de nunca se ter feito notar por uma associação mais original de ideias, no jornal era imaginoso porque nascera no Norte e tinha uma boa dose de sangue negro nas veias. As generalizações dos jornais são infalíveis...

Mas... Adelermo era a imaginação do jornal, e em seus ombros recaía todo o peso da necessidade de informações imediatas ao público quando os documentos faltavam ou eram omissos.

Se havia um atentado anarquista ou um terremoto na Europa e o telegrama era por demais conciso, Adelermo tinha o encargo de desenvolvê-lo, de explicá-lo, de reconstruir a cena para o gosto público. Às vezes, pediam-se-lhe mais detalhes; o diretor queria a descrição do complô, a cena da "sorte", à lôbrega luz de um fumarento lampião, em uma mansarda. Adelermo era obediente e fazia. Intimamente desgostava-se com aquele papel de mentiroso; mas temia ser despedido, posto na rua. Era esse o grande terror de todos. Não eram os ordenados, não era a miséria que os apavorava; temiam não encontrar outro lugar nos jornais e perderem por isso a importância, a honra suprema de pertencer ao jornalismo. Eles não valiam por si; o jornal é que lhes dava brilho.

Nas invenções de Adelermo, quase sempre se passavam coisas fantásticas e curiosas.

Havia então complicações de topografia, ruas metidas umas nas outras; mas o terremoto, que a potente imaginação de Adelermo levava às grandes cidades da Europa, passava completamente desapercebido ao público e ninguém, dias depois, se lembrava de cotejar as notícias dadas pelo O Globo com as que vinham nos jornais da Europa.

Caxias não se deteve; pôs-se logo a escrever. Ele não conhecia a região; nunca passara de São Francisco Xavier e fora uma vez acompanhar um figurão argentino a Belo Horizonte em serviço de reportagem, num rápido. Para os lados de Santa Cruz, nunca tinha ido, não sabia coisa alguma da situação da localidade, da sua posição relativa às outras estações. Tendo tido notícia que os empregados da estrada não se lembravam de ter visto desembarcar na estação um par nas condições do assassinado, concluiu que o casal tinha ido a pé até Cascadura, estação que lhe parecia ser muito próxima do tradicional curato[10].

O boletim ia ser posto, quando alguém mais bem informado objetou:

– Cascadura! Não é possível, Adelermo!? Fica léguas distante de Santa Cruz.

– Então de onde podia ser? Eles foram a pé da estação mais próxima... Isso não há dúvida! Qual a estação mais próxima que conheces?

O outro fez um grande esforço de memória, esteve uns instantes a pensar, e disse por fim:

– Há Realengo... Depois... Depois... Campo Grande! Devia ser Campo Grande!

10. *Curato*: povoação assistida por um pároco (cura).

Imediatamente, sem que de todo ficasse apagada a palavra Cascadura, Caxias emendou e o novo boletim foi pregado.

A rua encheu-se ainda mais. Havia gente de toda a sorte: velhos, moços, burgueses, operários, senhoras, gente de todas as idades e condições. Os que ficavam mais distante, no passeio fronteiro, para ver melhor, punham-se nos bicos dos pés, cheios de ansiedade. Quando subi a escada, voltei-me um instante e vi aquela centena de pessoas, com as pálpebras arregaladas, o pescoço erguido, esforçando-se por ler aquele carapetão[11] formidável, forjicado[12] naquela fábrica de carapetões que se chama o jornal.

A redação recebera uma visita. Era a viscondessa de Varennes, que conversava com Floc. Os dois estavam no período de namoro; ela, retirando todo o proveito, em notícias, péssimos sonetos publicados na primeira página; ele, oleoso, gastando os seus melhores mimos e alguns mil-réis de sua algibeira econômica.

– Oh! senhor doutor Couto! – dizia ela. – Que coisa! Como isto está! Que malvadez! Eu vinha rindo, quando li... Fiquei apavorada!... Não sei. Meu Deus! Quando vejo isso até tenho medo de viver...

Leporace passou e deitou sobre a poetisa um olhar cheio de desejos. Os enormes olhos de boi da poetisa voltaram um instante para o secretário que se desfez em cortesias. A viscondessa estava em relações com todos os redatores e repórteres e todos eles esperavam cedo ou tarde tê-la uma noite nos braços.

Com a sua finura de profissional do amor, ela bem percebia a fome que todos aqueles homens tinham do seu corpo fatigado. Não desanimava a nenhum, recebia homenagens, sorria

11. *Carapetão*: mentira.
12. *Forjicado*: forjado; falsificado.

com o seu longo sorriso, contraindo as grandes maçãs carminadas, abanava-se um instante com o leque, ajeitava a saia de seda de modo a lhe desenhar melhor as pernas e pedia favores: uma referência, uma notícia, a publicação de um soneto, de um conto. Assim se valorizava. Os únicos da gazeta que não a queriam absolutamente eram o diretor e Gregoróvich. Este quando a ouviu tão temerosa, prorrompeu bruscamente com a sua voz metálica.

– Ora, minha senhora! Nós todos somos criminosos… A senhora também o é!

– Eu, doutor!

– Sim! A senhora para viver tirou a vida de muita gente; para ter esse vestido, esses laçarotes, tira a de muitos outros… A nossa vida só se desenvolve com grandes violências sobre as coisas, sobre os animais e sobre os semelhantes…

– Mas dessas não o sabemos!

– Talvez não seja tanto assim…

A viscondessa estendeu a mão ao viçoso Floc, abarcou com o olhar a sala toda e saiu arrastando o corpo pequeno e pesado.

Caxias continuava no seu serviço dos boletins periódicos. Alguns jornais da tarde deram uma segunda edição. *O Globo*, porém, com os seus cartazes contínuos, distraía os compradores. Nos portais, já não havia mais lugar. Os boletins iam de cima a baixo; alguns já cobriam os outros. O povo continuava aglomerado. Escurecia. Houve alguém que acendeu um fósforo para ler melhor. O doutor Ricardo, que viera de jantar, vendo o gesto do popular, mandou que o foco elétrico da fachada fosse aceso.

Nos outros jornais, que tinham também afixado boletins, logo o imitaram; e a Rua do Ouvidor, àquela hora da tarde excepcionalmente transitada e iluminada, surgiu como num dia de festa. Todo o jornal convergia para o crime. Mandou-se re-

A viscondessa estendeu a mão ao viçoso Floc, abarcou com o olhar a sala toda e saiu arrastando o corpo pequeno e pesado.

tirar uma grande parte da matéria, sair o lindo artigo da festejada colaboradora Pilar de Giralda, uma velha senhora das salas burguesas de Botafogo e Petrópolis, que dera em escrever, depois de avó, uns contos colegialmente eróticos ou uns artigos com pretensões a propagar a emancipação da mulher e o divórcio. Saiu também o folhetim do jovem Deodoro Ramalho, um discípulo de Veiga Filho, autor de uns contos pastosos, pejados de frases redondas, redondinhas, que escapavam quase diariamente pelas colunas d'*O Globo*, com a mole resistência da massa de tinta que sai de uma bisnaga.

O seu folhetim tinha sempre pretensão à graça, a coisa ligeira e leve, sem deixar de ser intelectual. Além do folhetim semanal, escrevia também um conto aos domingos, histórias juvenis de namoros burgueses e casamentos de bacharéis e doutores. Era de uma fecundidade de parvo. Não havia tolice que lhe passasse pela cabeça, que não escrevesse. Mas tinha admiradores: sua noiva, os futuros sogros, alguns colegas de escola e meia dúzia de meninas da Rua dos Voluntários.

O doutor Ricardo respeitava a sua literatura por sabê-lo com distinção em matéria médica, no que ele encontrava grande competência para o valor literário de produções do rapaz. Demais, as suas relações, o rigor colegial da sua vida, os seus olhos azuis, tinham-lhe valido a respeitosa consideração de todos os repórteres, redatores e colaboradores.

Raul Gusmão, com aquela covardia moral que o caracterizava, logo que o soube tão relacionado nas Laranjeiras, com influência entre os colegas, falando familiarmente com deputados e senadores, gente influente para a glória e tudo o mais, começou a elogiá-lo pelo seu jornal. O *Binóculo* não cessava de acusar-lhe a passagem pela Rua do Ouvidor: o doutor Deodoro Ramalho, o fino *conteur* de O Globo. E ele, por sua vez, ecoava no jornal de Loberant: "O nosso amigo

Florêncio Silva, cujo temperamento tumultuário foi um belo espetáculo para a geração atual, acaba, etc., etc."

E assim se foi fazendo uma celebridade, homem notável, admirado nos salões e houve (ele disse uma vez na redação) uma moça que o achou de qualquer modo parecido com o Pierre Weber[13], no estilo e na fisionomia. Ele perguntou então ao Floc quem era esse tal Weber.

– Oh! Não conheces?! É uma celebridade ultraparisiense, "parisianíssima"... Só lá pode haver destas... Nada de calhamaços, de coisas pantafaçudas[14] e solenes; ligeirezas, *gauloiseries*[15], um quase tudo e um quase nada, como disse alguém... É dos cinco reis do espírito francês atual: ele, o Tristan Bernard[16], o Courteline[17], o Alphonse Allais...[18] Nunca leste *Vous m'en direz tant*[19], dele e do Tristan Bernard?

– Nunca.

– Pois é preciso... Vocês levam-se voltados para o calhamaço, têm a mania livresca, e não conhecem a verdadeira literatura francesa... É o papá Flaubert e o vovô Hugo...[20]

E, durante todo o seu curso, o jovem Deodoro Ramalho desovou contos, artigos, folhetins e tirou dezenas de distinções na Faculdade de Medicina. Na escola, as distinções

13. *Pierre Weber (1868-1942)*: dramaturgo francês.
14. *Pantafaçuda*: enorme; grotesca.
15. *Gauloiserie* (francês): gracejo.
16. *Tristan Bernard (1866-1947)*: nome artístico do dramaturgo, prosador e jornalista francês Paul Bernard.
17. *Georges Courteline*: pseudônimo do dramaturgo e escritor satírico francês Georges Victor Marcel Moinaux (1858-1929).
18. *Alphonse Allais (1854-1905)*: escritor humorista francês.
19. *Vous m'en direz tant* (francês): "é verdade?; realmente?" (expressão idiomática irônica).
20. *Victor-Marie Hugo (1802-1885)*: polígrafo francês, autor de romances mundialmente famosos como *Os Miseráveis* e *Notre Dame de Paris*.

vinham-lhe do seu prestígio de jornalista; no jornal, a sua superioridade partia das suas distinções na escola.

No dia do crime, porém, o diretor não poupou o seu folhetim engraçadíssimo. Ordenou que não saísse, pois queria página e meia sobre o crime; que se inventasse, que se dessem os menores pormenores, as suspeitas mais desarrozoadas; que se fizesse o histórico de Santa Cruz e da Estrada de Ferro Central do Brasil. Fosse com que fosse, ele queria página e meia e vinte e cinco mil exemplares para a venda avulsa.

Dividido o serviço, cada um dos repórteres e redatores ficou encarregado de uma parte das muitas em que se dividiu a notícia do crime sensacional. A primeira página, a página sagrada dos conselhos sisudos do austero Aires d'Ávila, da alta literatura do Veiga Filho, do ciciar amoroso da velha Pilar, foi literalmente cheia com o histórico de Santa Cruz (coluna e meia), a "cabeça" de Caxias, os retratos de Dom João VI[21], da rainha Dona Carlota[22], de Dom Pedro I[23], de José Bonifácio, do visconde de Cairu[24]. Os cadáveres, além de suas fotografias, vinham descritos com muita minúcia e larga fantasia e não se esqueceram de informar também que junto a eles havia fragmentos de "grés"[25], segundo a petrografia jornalística.

Os dicionários, os manuais, os indicadores de toda a sorte, andavam de mão em mão. A redação trabalhava sofregamente, quando veio interrompê-la o jovem doutor Franco

21. *Dom João VI (1767-1826)*: rei de Portugal, Brasil e Algarves.
22. *Dona Carlota Joaquina (1775-1830)*: esposa de Dom João VI.
23. *Dom Pedro I (1798-1834)*: primeiro imperador do Brasil; filho de Dom João VI e Dona Carlota Joaquina.
24. *Visconde de Cairu*: José da Silva Lisboa (1756-1835), economista e político brasileiro.
25. *Grés*: arenito.

de Andrade, grande prêmio da faculdade da Bahia, literato, alienista e clínico ao mesmo tempo. Viera na comitiva de um ministro baiano e já possuía quatro empregos. Além de lente substituto, era médico do hospício, legista da polícia e subdiretor da saúde pública. Escrevera um volume de poesias místicas e espalhava nas aulas o mais vulgar materialismo. Era idealista em verso; em prosa, positivista. Com isso, era dono de umas maneiras delicadas, de uma amabilidade que cativava as redações em peso. Penetrou na sala sorridente, dizendo uma pilhéria a um, fazendo uma pergunta a outro. Alguém perguntou a sua valiosa opinião sobre o crime; o extraordinário sábio não se fez de rogado:

– Penso que o exame médico-legal não se deve limitar a uma simples autópsia… Convinha que se o fizesse mais amplo… A exemplo do que se procede na Índia, onde a confusão de raças é imensa e, portanto, a raça é um bom dado para identificar, seria bom que se fizessem mensurações antropológicas…

– Sem a cabeça, é possível doutor? – perguntou Losque.

– Perfeitamente.

E o grande prêmio da Bahia, alternativamente Maeterlinck[26], Charcot[27] e Legrand du Saulle[28], tomou uns ares doutorais como convinha, e continuou:

– O professor Broca[29] indicava trinta e quatro mensurações de primeira ordem; Topinard[30] era de opinião que havia

26. *Maurice Maeterlinck (1862-1949)*: dramaturgo e poeta simbolista belga.
27. *Jean-Martin Charcot (1825-1893)*: médico clínico e neurologista, psiquiatra, professor e cientista francês.
28. *Henri Legrand du Saulle (1830-1886)*: psiquiatra francês.
29. *Pierre Paul Broca (1824-1880)*: médico, anatomista e antropólogo francês.
30. *Paul Topinard (1830-1911)*: médico, antropólogo e etnólogo francês.

dezoito necessárias e quinze facultativas; mas Quetelet[31], na sua *Anthropométrie*[32], exige quarenta e duas.

A redação estava embasbacada. Todos deixaram de escrever para ouvir o sábio moço. O jovem medalhado passeou um instante pela sala o seu imenso olhar cheio de apetites e ambições, e emendou:

– Dessas, muitas são tomadas nos membros e no tronco: o talhe, a bacia, o fêmur, etc., etc. Demais, ainda se têm outros dados auxiliares: a seção dos cabelos, o exame microscópico do pigmento... Um operador hábil pode com tais meios indicar perfeitamente a raça e a sub-raça do indivíduo...

No dia seguinte, o jornal desenvolvia os conselhos do jovem e notável doutor Franco de Andrade; e a medida era tão sábia que, no mesmo dia, o chefe de polícia escalava-o para fazer o serviço médico-legal, exigindo-lhe o estudo antropológico dos cadáveres.

Não lhe foi difícil fazê-lo. Vinte e quatro horas depois o laudo estava publicado e o *O Globo* desfazia-se em elogios ao notável trabalho científico do doutor Franco de Andrade, "um moço desta nossa forte geração moderna, que sabe aliar o saber e a simplicidade".

E como se o valente órgão tivesse falado no interior de uma abóbada, todos os outros jornais, neutros, governistas, oposicionistas, lhe repetiram as frases e os gabos ao talento do doutor Franco.

O crime ficou sendo a grande preocupação pública durante os sete dias que se seguiram. O laudo do doutor Franco con-

31. *Lambert Adolphe Jacques Quetelet (1796-1874)*: cientista nascido numa região da França que depois passou a pertencer à Bélgica. Deu importante contribuição aos estudos de criminologia.

32. *Anthropométrie* (francês): antropometria.

cluía que o homem era mulato, muito adiantado é verdade, um quarterão[33], mas ainda com grandes sinais antropológicos da raça negra. As testemunhas, porém, entre elas o chefe e os condutores dos trens, não se lembravam de ter transportado nenhum par em tais condições. Só um dentista, político na localidade, depusera ter cruzado na estrada com um casal nas condições indicadas pelo laudo do doutor Franco. As indagações continuavam e o crime sacudia a cidade. A sua brutalidade e o seu mistério como que continham ameaças a todos: além do que estava envolvido numa atmosfera de amor, de amor proibido, embalsamada de luxo, de elegância e mocidade, que abalava e preocupava todas as imaginações.

Durante a semana o doutor Ricardo não se esqueceu um só dia de indagar como ia a venda. A tensão da opinião era grande e aumentava. Não se falava em outra coisa nas casas, nos bondes, nas repartições. Os jornais superexcitavam-na mais, inventando detalhes, fazendo suposições, indicando pistas. Adelermo não cessava de imaginar: foi o rei do jornal naqueles dias, com grande inveja de Floc.

– Oh! Como você tem imaginação! – dizia ele com amargura.

Às vezes, fora de todo o propósito, fingia desdenhar a faculdade primordial de Adelermo, tachando-a de qualidade inferior. Não bastando este, veio também com o seu burilado Veiga Filho, que ganhou algumas centenas de mil-réis...

Passaram oito dias e nada se adiantava. Um acaso permitiu a identificação dos assassinados. Um dono de hotel, tendo um dos seus quartos ocupados por um casal que não aparecia, desconfiou que tivesse sido ele o assassinado. Foi à polícia, as autoridades arrombaram as portas e as malas. Numa delas, encontraram uma carteira de identificação,

33. *Quarterão*: pessoa mestiça que possui um quarto de sangue negro.

passada pela polícia de Buenos Aires. Um sargento teve a ideia de confrontar a ficha dactiloscópica com a do cadáver do homem; e descobriu-se que o morto era o cidadão italiano Pascoal Martinelli, estabelecido com fábrica de massas na capital portenha, que partira para a Europa com a mulher, tencionando demorar-se uns dias no Rio de Janeiro. Um dia antes dessa elucidação, o doutor Franco de Andrade era nomeado diretor do serviço médico-legal da polícia da cidade do Rio de Janeiro.

XI

DURANTE TODO ESSE TEMPO, residi em uma casa de cômodos na altura do Rio Comprido. Era longe, mas escolhera-a por ser barato o aluguel. Ficava a casa numa eminência, a cavaleiro da Rua Malvino Reis e, atualmente, os dois andares do antigo palacete que ela fora, estavam divididos em duas ou três dezenas de quartos, onde moravam mais de cinquenta pessoas.

O jardim, de que ainda restavam alguns gramados amarelecidos, servia de coradouro. Da chácara toda, só ficaram as altas árvores, testemunhas da grandeza passada e que davam, sem fadiga nem simpatia, sombra às lavadeiras, cocheiros e criados, como antes o fizeram aos ricaços que ali tinham habitado. Guardavam o portão duas esguias palmeiras que marcavam o ritmo do canto de saudades que a velha casa suspirava; e era de ver, pelo estio, a resignação de uma velha e nodosa mangueira, furiosamente atacada pela variegada pequenada a disputar-lhe os grandes frutos, que alguns anos atrás bastavam de sobra para os antigos proprietários.

Houve noites em que como que ouvi aquelas paredes falarem, recordando o fausto sossegado que tinham presenciado, os cuidados que tinham merecido e os quadros e retratos veneráveis que tinham suportado por tantos anos. Lembrar-se-iam certamente dos lindos dias de festa, dos casamentos, dos aniversários, dos batizados, em que pares bem-postos dançavam entre elas os lanceiros[1] e uma veloz valsa à francesa.

1. *Lanceiro*: tipo de dança; quadrilha.

À noite, quando entravam aqueles cocheiros de grandes pés, aqueles carregadores suados, o soalho gemia, gemia particularmente, dolorosamente, angustiadamente... Que saudades não havia nesses gemidos dos breves pés das meninas quebradiças que o tinham palmilhado tanto tempo!

A casa pertencera talvez a um oficial de Marinha, um chefe de esquadra. Havia ainda no teto do salão principal um Netuno[2] com todos os atributos. O salão estava dividido ao meio por um tabique; os cavalos-marinhos e uma parte da concha ficaram de um lado e o deus do outro, com um pedaço do tridente, cercado de tritões[3] e nereidas[4].

Num cômodo (em alguns) moravam às vezes famílias inteiras e eu tive ali ocasião de observar de que maneira forte a miséria prende solidamente os homens.

De longe, parece que toda essa gente pobre, que vemos por aí, vive separada, afastada pelas nacionalidades ou pela cor; no palacete, todos se misturavam e se confundiam. Talvez não se amassem, mas viviam juntos, trocando presentes, protegendo-se, prestando-se mútuos serviços. Bastava, entretanto, que surgisse uma desinteligência para que os tratamentos desprezíveis estalassem de parte a parte.

Certo, quando assistia a tais cenas, não ficava contente, mas também não sabia refletir por aquele tempo que, seja entre que homens for, desde que surjam desinteligências, logo rompem os tratamentos desprezíveis mais à mão.

Vi aí, na casa do Rio Comprido, os mais disparatados casos; e, pela manhã, aos domingos, quando me debruçava à

2. *Netuno* (mitologia romana): deus do mar, equivale ao deus Posídon da mitologia grega.
3. *Tritão* (mitologia grega): divindade marinha, filho de Posídon.
4. *Nereidas* (mitologia grega): divindades marinhas; ninfas do mar, de grande beleza.

janela, olhava brincando no terreiro uma pequenada em que se misturava o sangue de muitas partes do mundo. Em nenhum deles havia o gárrulo[5] e a inocência dos meninos ricos; quando não eram humildes e tristes, eram irritáveis. Facilmente surgia uma rixa entre eles e o choro passava do contendor vencido a ser geral entre todos, com os castigos infligidos pelas mães aos culpados e não culpados.

Admirava-me que essa gente pudesse viver, lutando contra a fome, contra a moléstia e contra a civilização; que tivesse energia para viver cercada de tantos males, de tantas privações e dificuldades. Não sei que estranha tenacidade a leva a viver e por que essa tenacidade é tanto mais forte quanto mais humilde e miserável. Vivia na casa uma rapariga preta que suportava dias inteiros de fome, mal vivendo do que lhe dava uma miserável prostituição; entretanto à menor dor de dentes chorava, temendo que a morte estivesse próxima.

Quando refletia assim, era tarde e, da janela do meu quarto, eu via bem a cortina de montanhas desde Santa Teresa ao Andaraí. O Sol descambara de todo e a garganta da Tijuca estava cheia de nuvens douradas. Um pedaço do céu era violeta, um outro azul e havia mesmo uma parte em que o matiz era puramente verde.

Olhei aquelas encostas cobertas de árvores, de florestas que quase desciam por elas abaixo até às ruas da cidade cortadas de bondes elétricos. Quantas formas já as cobriram; quantas formas já as não tinham pisado! Depois que a civilização viera, quantas vezes elas não tinham sido despovoadas, e perdido o seu tapete de verdura?! E pelos séculos, apesar dos cataclismos, das evoluções geológicas, da ação do

5. *Gárrulo*: tagarelice.

homem, nem uma só vez aquela terra deixara de fazer surgir plenamente, nas ramagens das árvores e nas plumagens do passaredo, a energia vital que estava nas suas entranhas!

A minha vida passava-se um pouco à parte naquele grande casarão. Cumprimentava a todos, mas pouco falava. Só a minha lavadeira mantinha relações comigo, e era por ela que eu sabia da vida daquele vasto cortiço.

Era uma velha mulata, já muito feia e de fisionomia desfeita. De gênio folgazão, e comunicativo, gostava de conversar, considerando com ceticismo especial as coisas da vida, as suas variações.

– Já fora gente – dizia-me –, hoje… Assim é a vida – continuava –, a noite vem depois do dia, isto para uns como eu. Para outros, é o contrário, o dia vem depois da noite. Não viu a Maria – exemplificava, em sua voz preguiçosa enquanto eu conferia a roupa. – Não conheceu?

Respondia-lhe que não; ela então explicava:

– …aquela rapariga clara, casada, que morava num quarto lá em baixo.

Eu insistia que não, e a velha mulher retorquia:

– Não vem ao caso – e continuava: – O marido dera em beber, e em maltratá-la. Uma noite, voltando muito bêbado da rua, espancou-a. Foi para a Misericórdia e lá encontrou alguém, um doutor, não sei, que se enfeitiçou por ela… Hoje, menino, anda num estadão! Xi! É assim: para uns, a noite vem depois do dia, para outros é o contrário…

E por fim acrescentava com desgosto:

– Eu também tive homem por mim; mas não soube aproveitar… Quando ele morreu, as filhas quase me tiraram a roupa do corpo… Ah! Esta vida!… Estão certos, os colarinhos?

Por aí, calava-se e ficava olhando o chão, absorta em recordações e em saudades. Eu então indagava:

Era uma velha mulata, já muito feia e de fisionomia desfeita.

– Não teve filhos, dona Felismina?
– Tive dois: uma moça e um rapaz.
– Estão bem, não?
– Um, o rapaz, morreu; e a moça...
– Está casada?
– Não... Vive com um homem... Deu muitas cabeçadas... Não foi ela... O senhor sabe: nós, quando não temos ninguém, é isso...

E levantou-se, sacudindo a cabeça como querendo enxotar a mágoa que a queria invadir...

Levantara-me muito cedo naquela manhã para ir ao jornal. Não me competia o serviço diurno naquele dia; mas o redator português chegava às dez horas e eu recebera ordem para ir recebê-lo no cais. No jornal, o diretor é uma espécie de senhor feudal a quem todos prestam vassalagem e juramento de inteira dependência: são seus homens. As suas festas, são festas do feudo a que todos têm obrigação de se associar; os seus ódios são ódios de suserano, que devem ser compartilhados por todos os vassalos, vilões ou não. A recepção do redator português era uma festa sua e ele exigia esse aparato para que tivesse uma repercussão favorável na grande colônia portuguesa. Todos tinham que ir. E se bem que simples contínuo, o diretor exigia terminantemente a minha presença, para mostrar aos outros periódicos rivais que no seu não havia distinções vãs, "era uma tenda de trabalho onde mourejavam irmãos".

É outra mentira dos jornais que logo senti.

Não há repartição, casa de negócio em que a hierarquia seja mais ferozmente tirânica. O redator despreza o repórter; o repórter, o revisor; este por sua vez, o tipógrafo, o impressor, os caixeiros do balcão. A separação é a mais nítida possível e o sentimento de superioridade, de uns para os outros, é palpável, perfeitamente palpável. O diretor é um deus ina-

cessível, caprichoso, espécie de Tupã[6] ou de Júpiter Tonante[7], cujo menor gesto faz todo o jornal tremer. Para ciência dos povos, porém, aquilo é "uma tenda de trabalho onde mourejam irmãos"; e por ser assim eu tive que me levantar cedo e pedir na véspera um par de punhos a dona Felismina. Ela entregou-mos, indagando:

– Diga-me uma coisa "seu" Caminha: há aí uma lei que obriga todos a andarem calçados?

– Há uma postura municipal.

– Mas é verdade isso mesmo? Pois então todos, todos?

– Na rua, é. Por que se assusta?

– Dizem que as folhas falam nisso e que até, contam aí, que quem tiver pé grande tem que sofrer uma operação para diminuir os pés, como os chinas... É verdade?

– Qual! É balela! Quem lhe contou?

Ao sair, ainda ouvi que, pelos corredores, se discutia o assunto com calor, girando sempre a conversa em torno daquela operação chinesa que o governo queria impor à população.

No escritório já encontrei Floc, perfeitamente escanhoado, a preparar a notícia da chegada do novo redator. Lia um período alto e ouvi que descrevia o estado do mar e a agitação das pequenas embarcações em torno do transatlântico. Nos jornais, os artigos impressionistas são sempre feitos antes das impressões.

Premeditou-se certa ocasião uma corrida de automóveis que foi mais tarde proibida pela polícia, por ter de efetuar-se nas ruas centrais.

O filho de Aires d'Ávila, que fazia por esse tempo um curso manhoso de direito e escrevia no grande jornal umas

6. *Tupã* (mitologia tupi-guarani): manifestação divina por meio do trovão.
7. *Júpiter* (mitologia romana): deus supremo. Equivale a Zeus na mitologia grega.

sensaborias, compôs com antecedência uma descrição eloquente da corrida. Veio a proibição; mas o artigo saiu, sob o pretexto de que tinha raros méritos literários! É assim...

Floc escrevia nervosamente as impressões que ia sentir no desembarque. Estava de costas e, de quando em quando, rasgava uma ou duas das tiras escritas. Num dado momento, ergueu-se bruscamente, deixou escapar uma exclamação desesperada, amarrotou todo o papel que tinha escrito, e atirou-o com raiva à cesta. Depois de ter ido à janela, voltou a escrever com os mesmos trejeitos, com as mesmas mostras de desespero, que só desapareceu e se ocultou com a entrada do velho e esquálido gramático Lobo.

O caturra[8] vinha também de mau humor. Não raro isso acontecia, mas naquela manhã a tempestade interior parecia ser amedrontadora. Vestia de preto, como habitualmente: uma velha sobrecasaca curta, desusada, com as abas espapadas e grandes placas luzentes nas costas. Tinha um pescoço de ave a sair de uns colarinhos muito baixos que a gravata cobria inteiramente. Usava cabelo curto, óculos sem aros e possuía uma testa curta com uma grande e constante ruga horizontal. Tinha curiosas manias. Se estava de bom humor, traduzia de uma língua para outra os provérbios e os anexins que surgissem na conversa. Era bastante alguém dizer: "de grão em grão a galinha enche o papo", para ele retorquir da sua mesa, abandonando a revisão gramatical:

– Em francês: "petit à petit l'oiseau fait son nid", os ingleses, porém, dizem...

Naquela manhã não parecia disposto ao seu esporte favorito. Entrou carrancudo, com a ruga mais acentuada, cum-

8. *Caturra*: teimoso.

primentou ligeiramente Floc, e, já sentado, perguntou-lhe, olhando-o por cima dos óculos:

– Quem é este Sanches que escreveu este artigo sobre "Bancos Emissores"?

– Não sei bem – disse Floc. – Creio que é um advogado aí.

– Que ignorante! Pois esta besta não escreveu "um dos que foram"; isso se admite? Qual! Como é que saem batatas destas?! Estou desmoralizado... Todos sabem que tenho aqui a responsabilidade da língua... Que dirá o João Ribeiro?[9] o Said Ali?[10] o Fausto?[11] E o Rui[12], que dirá? Naturalmente vão acusar-me de ignorante... Vou dizer ao Ricardo que preciso ver todos os originais, se não declaro publicamente que não tenho responsabilidade com a gramática do *O Globo*. Não é possível ser assim!

A sua irritação, soube-se mais tarde, provinha verdadeiramente do ataque que um professor da Normal fizera à sua grande obra – *Colocação dos Pronomes; Teoria e Prática* – um fascículo de trinta e seis páginas tão embrulhado de regras que fazia mais errar quem o lesse do que mesmo acertar.

Lobo gozava de uma grande ascendência sobre o ânimo do diretor. Emendava-lhe os artigos e fora imposto ao jornal por sua mulher, dona Inês, a quem o padre Bos, das Irmãs, recomendara como sábio. N'*O Globo* todos lhe temiam o mau humor, por sabê-lo influente e prestigiado, como sabichão em gramática, em geografia e em línguas. Loberant não escondia o seu respeito. Para ele, a mais alta expressão de cultura era falar inglês e Lobo sabia pedir água na língua do grande império.

9. *João Ribeiro (1860-1934)*: intelectual e filólogo brasileiro; membro da Academia Brasileira de Letras.
10. *Manuel Said Ali (1861-1953)*: gramático e filólogo brasileiro.
11. *Fausto Barreto (1852-1908)*: filólogo brasileiro.
12. *Rui*: referência a Rui Barbosa. Vide nota 10, Cap. IX.

A gramática do velho professor era de miopia exagerada.

Não admitia equivalências, variantes: era um código tirânico, uma espécie de colete de forças em que vestira as suas pobres ideias e queria vestir as dos outros. Há três ou cinco gramáticas portuguesas, porque há três ou cinco opiniões sobre uma mesma matéria. Lobo organizara uma série delas sobre as inúmeras dúvidas nas regras do nosso escrever e do nosso falar e ai de quem discrepasse no jornal! Era emendado da primeira vez, da segunda repreendido, da terceira podia ser até despedido, se ele estivesse de mau humor.

Nos seus bons dias, tinha a mansuetude e os modos convincentes de um professor de primeiras letras e recitava muitas vezes aos ouvidos do repórter recalcitrante todas as regras do Sotero[13] sobre o emprego do infinito pessoal, chamando-o por filho, repetindo exemplos. Não admitia que se escrevesse "vieram lhe chamar", se alguém o fizesse em dias de mau humor, era certo ter de refazer de começo ao fim o seu trabalho.

Nem todos, porém, se sujeitavam à sua inspeção gramatical; Floc, Leporace e Caxias eximiam-se e Gregoróvich amedrontara-o com alguns berros e palavrões, quando o fiel gramático do jornal quis corrigir o seu original.

O russo entrava naquele momento na redação. O paquete chegava às onze horas e pouco faltava. Vendo-o entrar, Floc perguntou:

– Não vais, Gregoróvich?

– A quê?

– Ao desembarque do nosso redator.

O russo não lhe respondeu logo. Sentou-se, encolheu a cabeça dentro do corpo como uma tartaruga, franziu a grande boca, depois retrucou:

13. *Francisco Sotero dos Reis (1800-1871)*: jornalista e gramático brasileiro.

– Eu! Eu vou lá a esses espetáculos… Isso é um baixo "engrossamento"…

O diretor entrava e o doutor Ivan não dissimulou a resposta. Loberant sempre autoritário com todos, era de uma delicadeza excepcional com o doutor pelo Cairo ou por Sófia.

– Você é um esquisito, Gregoróvich – foi só o que ele observou.

E saímos. Éramos um bando à frente do qual marchava o doutor Ricardo, apressado, com as guias dos bigodes esfareladas ao vento e as abas da sobrecasaca cinzenta a baterem como asas de uma grande ave vulturina[14]. Levava a bengala erguida e, com todos nós atrás, andando celeremente, parecia um delegado em diligência ou um chefe eleitoral que vai perturbar com capangas a seção que lhe não é favorável.

Fazia um Sol inclemente, Sol de dezembro pela manhã. No cais já estavam a família do diretor, mulher e filhas pequenas, as filhas de Aires d'Ávila, cuja beleza tinha gabos especiais nas conversas dos cafés e confeitarias, a claque inteira do *O Globo*, o núcleo que gerava e transmitia pela cidade o talento de Ávila, as qualidades cívicas do doutor Ricardo e os dotes literários do jovem Deodoro Ramalho, que lá estava com sua noiva e o seu passo de valsista impenitente. Outros chegaram depois, Floc ficou entre as senhoras. As suas faces, os olhos, a testa breve e até os longos bigodes pretos adquiriram uma radiação especial; o próprio queixo aproximou-se do plano do peito e vim a conhecer outro Floc, simpático, interessante, todo ele cativante e natural.

Inútil é dizer que fiquei de longe, sozinho, como sempre fiquei nessas coisas e como parece ser meu destino ficar sempre. Dona Inês, a mulher do doutor Ricardo, entretanto, deu-me

14. *Ave vulturina*: abutre.

bom dia e fez um "como vais Isaías", bondoso e superior. Tinha-se na conta de ilustrada e nobre. Era o oráculo literário e intelectual do marido. Julgava-se ilustrada porque aprendera a recitar umas coisas das Irmãs de Botafogo e pintar flores; nobre, porque tinha um irmão deputado e o seu pai chicanara[15] no interior do Brasil.

O cais estava agitado e concorrido. O Congresso estava a fechar-se, partia um paquete para o Norte e os congressistas começavam a fugir. Os magnatas: ministros, juízes, coronéis, ricaços, engrossadores com as suas mulheres e filhas, encontravam-se ali em tocantes despedidas a amigos das duas câmaras.

A viscondessa de Varennes, a famosa Odalina, poetisa de muito mérito e tão do gosto de Floc, viera também. O doutor Ricardo afastou-se logo dela com a senhora; mas a fidalga insinuara-se no grupo das filhas de Ávila e lá ficara a deitar os seus grandes olhos de Juno[16] para a massa masculina, brilhante e rica, que se apinhava no cais. Chegou por último Aires d'Ávila, com a sua marcha difícil, agitando a cabeça e balouçando os braços, no intuito de mais depressa impelir o corpo de chumbo.

Chegavam carros, cupês[17] e espalhavam-se pelo jardim, disputando a sombra das árvores, grupos de homens e senhoras. O pessoal masculino era soberbo: a nata – Senado, Câmara, altos tribunais, grandes patentes do Exército e da Marinha – cartolas reluzentes e negras sobrecasacas a enquadrar os dourados dos uniformes. Tudo vergado ao Sol indiferente e forte. As senhoras sentiam-se mal, envolvidas naquelas fartas ondas de luz e calor. Os bosquetes de arbustos tinham uma

15. *Chicanar*: fazer chicana; maliciar; agir com má-fé.
16. *Juno* (mitologia romana): deusa esposa de Júpiter, equivalente a Hera na mitologia grega.
17. *Cupê*: tipo de carruagem.

despreocupação divina e as grandes árvores nodosas davam uma escassa e compassiva sombra. As lanchas de aluguel, com bandeiras em que se lia o título do jornal, não tinham chegado. Eu esperava, afastado do grosso da claque, tímido diante de tanta grandeza inabalável. Chegou um ministro. Um movimento igual fez todos voltarem-se para o lado em que ele vinha. A atitude foi instantânea em cada homem e em cada mulher; era como, se ao centro de uma porção de limalha de ferro espalhada, se houvesse chegado um pequeno ímã.

O doutor Ricardo cumprimentou a alta autoridade e, a seu chamado, foi-lhe falar. Além do ministro, intermeteu-se uma nova personagem; um preto velho, quase centenário, de fisionomia simiesca e meio cego.

Trazia na mão esquerda um caniço que distendia um arame de pescaria; com a direita, auxiliado por uma varinha, vibrava dolentemente a corda, enquanto balbuciava qualquer coisa. Ia de grupo em grupo, tangendo o seu monocórdio extravagante. Cantava talvez uma ária de uma extraordinária beleza, certamente só percebida por ele e feita pela sua alma para a sua alma... Tocava e esperava a esmola. Em todas as fisionomias, havia decerto piedade, comiseração, e mais alguma coisa que não me foi dado perceber. Era constrangimento, era não sei o quê...

O preto tinha os pés espalmados e, com a cecidez[18] e a velhice, andava de leve, sem quase tocar no chão, escorregava, deslizava, era como uma sombra...

Sob aquele Sol muito forte, à rebrilhante luz daquela manhã de verão, por entre tanta gente rica e forte, aquele seu

18. *Cecidez*: palavra não dicionarizada. Talvez derive de "cecídio", que pode ter o significado de bugalho, olho muito saliente, ou aumento patológico de tamanho, hipótese que poderia se referir aos pés do mendigo.

instrumento infantil, a puerilidade da música, o seu aspecto de sombra juntavam-se para dar um relevo cortante à sua miséria e à sua fragilidade... Ele, com a sua resignação e miséria, e o Sol, com a sua força e indiferença, tinham um certo acordo oculto, uma relação entre si quase perfeita. O negro ia... Ia tocando já sem forças a plangente música das recordações do adusto[19] solo da África, da vida fácil de sua aringa[20] e do cativeiro semissecular!

As lanchas aproximaram-se e embarcamos. O paquete ainda fumegava, rodeado de lanchas e pequenas embarcações de remos. Logo ao entrar, demos com o novo redator. As filhas de Aires d'Ávila cercaram-no. Elas eram as figuras decorativas do jornal. Bonitas, como toda a moça que sabe dispor dos seus atavios e vestidos, não faltavam a qualquer festa do *O Globo*. Nos banquetes, nos piqueniques, nas *soirées*[21] do diretor, nos embarques e desembarques, lá estavam elas com as suas lindas *toilettes*, irrepreensivelmente calçadas e enluvadas. Tinham uma emanação luxuriante e uns grandes olhos inquietos, banhados de muita luz; as narinas móveis aspiravam com ânsia todos os perfumes e exalações e uma delas tinha o tique de morder os lábios. Era um gosto vê-las por entre os homens, animadas, com grande satisfação nos olhos, sorrindo para este, atendendo aquele, namorando. Amavam as grandes festas, em lugares afastados, onde vai muita gente...

Cercaram logo o novo redator, estabeleceram a cordialidade entre ele e o pessoal do jornal e ficaram junto dele, quando fomos à mesa tomar champanhe. O doutor Ricardo

19. *Adusto*: tostado; queimado; melancólico (sentido figurado).
20. *Aringa*: campo fortificado de tribos africanas.
21. *Soirée* (francês): festa ou reunião social realizada à noite.

julgou do seu dever erguer um brinde; o novo redator respondeu:

– Me falece competência para falar de si – começou.

Lobo, que continuava de mau humor, não se conteve e exclamou do canto:

– Xi! Quanta asneira!

O recém-chegado não se vexou e todos ficaram calados de espanto diante da grosseria do velho gramático. Loberant olhou-o severamente e Lobo suportou-lhe o olhar com coragem. O novo redator continuou, insistindo na primeira frase, sem mais sequer olhar o pedagogo.

De volta, ainda se deu um incidente desagradável no cais. Dona Inês e as filhas do diretor já iam longe, quando ele se aproximou de um senhor de cartola. Lembrei-me que tinha sido aquele senhor que tinha chamado o ministro para embarcar, quando o doutor Ricardo conversava com o potentado. Era deputado e o doutor Ricardo altercava[22] com ele:

– "Seu" patife! "Seu" cáften![23] Então você pensa que eu preciso de emprego?... Sou independente, tenho o meu jornal...

O outro respondia:

– Apulcro de Castro![24] Canalha! Bêbedo!

Não se demoraram muito; em breve se atracaram e rolaram pela areia do jardim. Ricardo saiu da luta deitando sangue pela boca e foi levado para um hotel próximo. Veio o médico e eu fiquei a seu lado, dando-lhe a poção de hora em hora.

22. *Altercar*: discutir.
23. *Cáften*: cafetão; proxeneta.
24. *Apulcro de Castro (?-1883)*: jornalista, proprietário e redator do periódico sensacionalista *O Corsário*, assassinado por militares cuja honra teria sido atacada por ele. Designar alguém com o nome desse redator equivale a considerar essa pessoa um representante do jornalismo marrom.

*Não se demoraram muito; em breve se atracaram e rolaram
pela areia do jardim.*

Acalmou-se e pareceu dormir. Deixei-o só, mas voltei logo. Acordara e, de bruços na borda da cama, com boca semicerrada, olhava fincadamente o chão. Cismava na vida e considerava a terra. Animei-me:

– Precisa alguma coisa, doutor?
– Preciso.
– O quê, doutor?

E virou-se para o lado sem me responder…

∽ XII ∽

– O SENHOR É DA REDAÇÃO?

– Sim, senhor.

– Trago este volume de versos, *Anelos*, para oferecer ao jornal...

– Pode deixá-lo.

O poeta falava-me de pé, desconfiado e com longas interrogações no olhar. Na sala, não havia ninguém da redação, propriamente, e, quando me perguntou se eu o era, respondi-lhe afirmativamente, por pura vaidade.

O rapaz não me entregou logo o livro. Manteve-o na mão, olhando muitas vezes as coleções de jornais, os retratos nas paredes, a sala toda, como se procurasse guardar de cor aquele aspecto e familiarizar-se inteiramente com ele.

– É o senhor o autor da obra? – perguntei.

– Sou, pois não. O senhor sabe: ninguém pode nunca estar certo de ter ou não habilidade. Escreve-se, os amigos gostam; mas, se não se tem coragem para sujeitar um volume à crítica, fica-se sempre na dúvida se é a simples amizade dos camaradas que louva as nossas produções, ou se há mérito, de fato, nelas... Sou muito moço, tenho vinte e dois anos, faço versos desde os dezoito; agora, fiz uma escolha e publiquei este volume... Queria que os senhores dissessem alguma coisa, que notassem os defeitos, para eu me corrigir, caso fosse possível.

O rapaz não me entregou logo o livro. Manteve-o na mão...

– Isso é com o crítico literário.
– Quem é?
– É o Floc, não conhece?
– Muito! Leio-o sempre. Até tenho aqui uma opinião dele que achei muito acertada. Creio que é do folhetim da semana passada...

O jovem poeta descansou o chapéu sobre uma mesa, puxou a carteira e esteve a procurar entre os papéis o retalho de Floc, sempre perseguido por um cacho de cabelos louros que teimava em lhe cobrir o olho direito. O cacho caía, ele retirava-o com a mão; teimava em voltar, ele sacudia a cabeça para levá-lo para cima, e assim custou a achar o pequeno retângulo de papel, perdido entre uma porção de cartas, cartões e versos de que estava pejada a carteira.

Encontrando-o, não se demorou em lê-lo; tinha a secreta intenção de me convencer do grande apreço em que tinha o talento do viçoso Floc. Leu: "Para mim, a verdadeira arte é aquela que consorcia o ideal com o real; é aquela que, não desprezando os elementos representativos da realidade, sabe pelo ideal arrebatar as almas aos páramos do incognoscível".

Guardou a carteira com a valiosa opinião e continuou já um tanto desembaraçado:

– Concordo plenamente com ele. Nos *Anelos*, se o senhor ler, há de ver que sempre procurei não me afastar desse ponto de vista... E acho que deve ser assim real e ideal, juntos é verdade, mas este espiritualizando aquele, dominando-o e vencendo-o... Gosto imensamente do senhor Floc; acho-o um crítico sagaz, ilustrado, cujo julgamento sobre os meus versos, eu receberia com especial agrado... O senhor falará a ele, não é?

Prometi-lhe e o cândido poeta Félix da Costa saiu satisfeito, apertando-me a mão demoradamente, oferecendo-me a

casa e os préstimos. Folheei um instante o livro; era uma plaquete de cento e tantas páginas, povoadas de sonetos e outras poesias soltas. Depositei-o sobre a mesa do Secretário. De antemão, sabia que Floc não se deteria na sua leitura. Os livros nas redações têm a mais desgraçada sorte se não são recomendados e apadrinhados convenientemente. Ao receber-se um, lê-se-lhe o título e o nome do autor. Se é de autor consagrado e da facção do jornal, o crítico apressa-se em repetir aquelas frases vagas, muito bordadas, aqueles elogios em clichê que nada dizem da obra e dos seus intuitos; se é de outro consagrado mas com antipatias na redação, o clichê é outro, elogioso sempre mas não afetuoso nem entusiástico. Há casos em que absolutamente não se diz uma palavra do livro. Acontecia isso com três ou quatro autores. Um destes era Raul Gusmão, a quem o diretor invejava o talento de escrever; além dele, havia um grande poeta, respeitado em todo o Brasil, e um outro moço que se rebelara contra a ditadura do jornal. Com os nomes novos não havia hesitações; calava-se, ou dava-se uma notícia anódina, "recebemos, etc.", quando não se descompunha.

Aos olhos dos homens da imprensa, publicar um livro é uma ousadia sem limites, uma temeridade e uma pretensão inqualificáveis e dignas de castigo.

– Como é – disse certa vez Oliveira – que este sujeito publicou um livro?... um desconhecido! Um idiota magro! Um tipo que nunca escreveu coisa alguma...

Ele queria dar a entender como não tendo escrito coisa alguma, o fato do rapaz não ter publicado artigos nos jornais ou feito mesmo a reportagem dos Telégrafos. O pensamento comum dos empregados em jornais é que eles constituem, formam o pensamento do nosso país, e não só o formam, mas "são a mais alta representação dele". Fora deles, nin-

guém pode ter talento e escrever, e, por pensarem assim, hostilizam a todos que não querem aderir à sua grei[1], impedem com a sua crítica hostil o advento de talentos e obras, açambarcam as livrarias, os teatros, as revistas, desacreditando a nossa provável capacidade de fazer alguma coisa digna com as suas obras ligeiras e mercantis.

Por acaso, se o trabalho consegue vencer a hostilidade de semelhante gente, sempre cheia de preconceitos, eles ficam a matutar, pois não admitem esforço e honestidade intelectual em ninguém: de quem o autor copiou?

Os mais hábeis daqueles que estão de fora, porém, quando premeditam a infame ousadia de publicar, arranjam preliminarmente relações de amizade nos jornais, de modo a obter um bom acolhimento para o seu trabalho. Isso acontece com os de pequeno nascimento, com os que vêm dos Estados; mas autor que nasceu no Rio, de certa camada, que tenha títulos e empregos, pode estar seguro que a crítica anônima dos jornais lhe será unânime em elogios e animação.

N'*O Globo*, as coisas corriam assim. O secretário recebia o volume e dava-o a Floc. *Quimera*, romance, Abílio Gonçalves, lia Floc alto; e logo perguntava:

– Quem é este Abílio Gonçalves?

– Não conheces? É o filho do senador Gonçalves, de São Paulo.

Floc olhava outra vez o livro e voltava:

– É formado?

– É – retorquia Leporace –; é engenheiro de minas.

– Hum! – fazia Floc com segurança, mudando a primitiva antipatia que se lia na contração dos lábios, para um breve sorrir de benevolência. No dia consagrado, o folhetim apa-

[1]. *Grei*: grupo; classe.

recia cheio de blandícias[2], de elogios, fosse o livro bom ou mau, fosse o pai senador da oposição ou do governo.

Houve uma ocasião em que Floc, para mais erguer o filhote criticado, forjou um elogio de um autor francês, como tendo sido feito a um livro que aparecera há duas semanas no Rio de Janeiro.

Se o nome do autor era obscuro, se as informações colhidas lhe não davam de pronto um estado civil decente, Floc adiava a notícia e esperava que os grandes nomes da crítica se pronunciassem. Se eram favoráveis ao livro, ele repetia os elogios, ampliava as observações; se eram desfavoráveis, o elegante e viçoso crítico dava curso à sua natural hostilidade aos nomes novos que não surgiam nos jornais. Havia, porém, uma casta de autores, que ele sempre elogiava; eram os diplomatas. Um destes senhores publicou certa vez uma compilação de naturalistas e de receitas agrícolas, com fingimentos de Maeterlinck, sobre as frutas nacionais. Floc não se conteve: desandou um folhetim inteiro sobre o volume, elogiando a sua virtuosidade artística, o seu estilo límpido e sereno, mostrou o pensamento panteístico[3] que o animava, só porque o primeiro secretário da Legação de Caracas dissera que o mamão era terno e resignado.

Dado que o livro tratasse do assunto que ele desconhecesse inteiramente, o processo era outro. Ele fazia como o abissínio faz com o boi em que viaja montado: tirava pedaços da própria obra e criticava.

Eu não quis dizer tudo isso ao poeta dos *Anelos*. Era melhor mantê-lo na ilusão de que pudesse haver alguma inde-

2. *Blandícia*: brandura; ternura.
3. *Panteístico*: relativo ao panteísmo, doutrina que concebe Deus e o universo como uma unidade.

pendência e espontaneidade no julgamento dos jornais; e quando Floc chegou, com o seu grande queixo atirado para diante como um aríete e os seus bigodes de azeviche, dei-lhe o livro. Depois de manuseá-lo um instante, falou com azedume:

– Que nome! Félix da Costa! Parece até enjeitado! É algum mulatinho?

– Não. É mais branco que o senhor. É louro e tem olhos azuis.

– Homem, você hoje está zangado...

Ele não compreendia, que eu também sentisse e sofresse.

E arredou o livro para a ponta da mesa e pôs-se a escrever. Era a sua tortura; era o seu pesadelo. Quase sempre as crônicas literárias, as fantasias, as notícias de teatro, as trazia escritas de casa; mas o serviço normal, era obrigado a fazê-lo na própria redação. Preferia ficar só, e quando estava, escrevia para adiantar serviço. A sua oclusão mental não fora capaz de me julgar e ele não me supunha bastante atilado para observar a sua dificuldade. Então, mesmo na minha presença, mordiscava os bigodes, dava suspiros, falava alto; mas ao chegar um outro dos colegas, continha-se, procurava diminuir a contração dos supercílios e o franzir da testa que lhe denunciavam o desespero e o esforço. Floc não tinha o dom de improvisar o artigo, não possuía esse talento especial de presteza de pensamento, essa facilidade em vazá-lo logo no papel, com que se fizeram conhecidos José do Patrocínio e Justiniano José da Rocha[4]. Na redação, havia alguns que escreviam com facilidade e rapidez, mas sem brilho nem relevo. Meneses era quem tinha mais destaque, quem mais força

4. *Justiniano José da Rocha (1812-1862)*: jornalista brasileiro, famoso em seu tempo.

possuía no dizer, mas a sua pessoa resistia muito, não se queria transmitir ao artigo, temia, e por isso ele perdia muito.

Quem tivesse perfeitamente o dom de inventar, de arquitetar instantaneamente o artigo e escrevê-lo com sabor literário, brilhante, vigoroso, orgânico, não havia. Losque, muito mais fraco do que Meneses, fingia-se de posse desse dom sagrado. Faltava-lhe novidade, invenção, força no dizer; tinha uns certos períodos, um constante arranjo de frases que ele adaptava ao assunto do momento, com as variantes necessárias. Gregoróvich escrevia rapidamente, desenvolvia o artigo com muita força e paixão, mas era tumultuário até ao emaranhado e a falta de sentimento da língua não lhe dava uma arquitetura aos períodos. A música do idioma fazia-lhe falta, completamente. No mais, todos escreviam com acanhamento, sem naturalidade; as palavras fugiam-lhe no momento de escrever. Isso que num temperamento literário pode transformá-lo em grande escritor, num jornalista a nada leva. Aliás, nenhum deles tinha o sentimento do seu defeito. Floc unicamente, com certeza devido aos seus grandes desejos literários e artísticos, sentia bem essa inferioridade e sofria com ela. Não procurava corrigir-se, adquirir a plasticidade necessária; o ofício não permitia e fora dele não tentava nada, com medo do desastre e do insucesso, embora na tentativa muito pudesse ganhar a sua vontade e o escritor que houvesse nele. Sofria…

Nos dias seguintes às festas de luxo, quando era encarregado dos *comptes rendus*[5], era de ver o seu azedume contra o Raul Gusmão, que os fazia também para o *Despacho*. Em geral saíam antes dos seus, à tarde, de modo que ele chegava à redação notando-lhe as invenções e os exageros. Sempre, porém, senti na sua crítica a impotência e o despeito de não

5. *Comptes rendus* (francês): relatórios.

ver citada pelas senhoras conhecidas uma imagem mais faiscante, como faziam com as do rival. Entretanto eram amigos e elogiavam-se sempre que podiam.

Floc, naquele momento, recebera uma aragem de inspiração. Escrevia com desembaraço, quando Losque entrou. O recém-vindo descansou o maço de jornais que sempre trazia, limpou o *pince-nez*, acendeu o cigarro de palha e perguntou camaradariamente:

– Que escreves?

– A notícia do baile do palácio...

– E o Rolim?

– É a "cabeça"... Tu bem sabes que o Rolim não escreve nada que preste...

Este Rolim era o repórter do palácio. Tinha mais de quarenta anos, uns grandes pés espalmados e o queixo erguido para o alto quase a bater nos bigodes fartos e negros. Tinha-se na conta de elegante, de fino e descendente de um vice-rei do Brasil, Dom Antônio Rolim de Moura, conde de Azambuja. De uns tempos a esta parte, todos os brasileiros se vão enobrecendo ao caso... Devem ter verificado isso.

O seu ofício no jornal era ir diariamente ao palácio presidencial, tomar conta dos nomes dos visitantes, ou, em ocasiões excepcionais, representar o jornal nas festas do bom-tom, em que a distinção de maneiras fosse exigida e um ar sedutor não ficasse mal. De volta, trazia os nomes dos circunstantes, a hora certa em que começaram as danças, procurava a notícia anterior e *mutatis mutandis*[6] a copiava.

– Este Rolim!... É jornalista para uso externo. – disse Losque acrescentando em seguida – Você leu o *Jornal do Comércio*?

– Não. Por quê?

6. *Mutatis mutandis* (latim): com as necessárias mudanças.

– O Teixeira Mendes ataca a lei dos sapatos obrigatórios. Diz que isso de andar calçado, de correção de traje, em última análise, entra no campo da estética, assim no espiritual em que não pode o poder temporal intervir absolutamente... Então é com o Papa?

Os dois sorriram e Floc refletiu vagarosamente:

– Eu creio que as coisas vão mal. Há muita irritação, muito azedume por aí... -

– Eu penso também que isso não acaba bem. Hoje quando vinha de bonde, vi comentários ao artigo do Ricardo...

– Estava bom. Não achaste?

– Achei – fez o outro com segurança. – Ele atacou bem a questão; podia ir mesmo pelo lado higiênico...

Entrava no momento Leiva, que fazia polícia e "Vida Operária". Sentindo que se falava na questão dos sapatos, interveio na palestra:

– Vocês não imaginam... As coisas estão feias! Estive na Gamboa e na Saúde... Os estivadores dizem que não se calçam nem a ponta de espada. Não falam noutra coisa. Vi um carroceiro dizer para outro que lhe ia na frente guiando pachorrentamente: "Olá, hé! Estás bom para andares calçado que nem um doutor!" Por aí vocês avaliam... Creio que há "turumbamba"![7]

– Agora, aqui para nós – aduzia Floc –, a coisa é necessária... Causa má impressão ver essa gente descalça... Isso só nos países atrasados! Eu nunca vi isso na Europa...

– Ora, deixa-te disso, Floc – observou Gregoróvich que entrara. – No Norte, é justo, o clima, o gelo; mas no Sul, em Nápoles, na Grécia, vê-se muito...

– Isso não é Europa.

7. *Turumbamba* (gíria): briga; tumulto.

– Engraçado! Com que liberdade modificas a geografia… E em Londres?

– Que tem Londres?

– Que tem! Não há cidade do mundo em que a multidão seja mais andrajosa, mais repugnante…

– Andam de casaco e sapatos! – gritou triunfantemente Floc.

– Que casaco! Que sapatos! Naturalmente que hão de procurar coberturas para o frio, mas onde vão buscá-las? Ao lixo e é um disparate! Se queres uma multidão catita, arranja meios de serem todos remediados. Vocês querem fazer disto uma Paris em que se chegue sem gastar a importância da passagem, ao mesmo tempo ganhando dinheiro, e esquecem de que o deserto cerca a cidade, não há lavoura, não há trabalho enfim…

Quase todos previam um motim; julgavam-no certo pelas observações que tinham feito.

O doutor Ricardo entrou seguido de Aires d'Ávila. O diretor vinha satisfeito. Cumprimentou sorrindo e foi ao gabinete escrever. Aires d'Ávila fez algumas considerações sobre o projeto e pediu ao Floc notícias de uma cantora nova. Loberant, por esse tempo, gritou:

– Isaías, vem cá! Leva-me esta carta ao senador F. Olha – recomendou-me ao sair –, entrega em mão dele, estás ouvindo?

No momento em que começava a descer a escada ouvi que dizia alto:

– Esses f… hão de ver se valho ou não valho alguma coisa! Súcia!

Embaixo o gerente, em colete, sentado diante da grande mesa, contava harpagonescamente[8] uma chusma de níqueis

8. *Harpagonescamente*: referência a Harpagão, um homem sovina, protagonista da comédia *O Avarento*, de Molière.

que ia dividindo em colunas, alinhando-as depois para o lado esquerdo à proporção que contava.

O mês de maio tinha começado naquele ano com particular doçura. Eu que já tinha mais de dois anos de Rio de Janeiro, nunca o vi tão formoso, tão primaveril e nunca assisti a manhãs tão lindas e azuis. Fazia uma temperatura carinhosa e eu olhava as nuvens, as montanhas e as árvores sob uma luz aveludada. A terra era todo um estojo macio e tépido, feita especialmente para o viver do nosso corpo. Os boatos da redação e a tempestade que eu mesmo sentia preparar-se, em nada diminuíam a minha sensação de bem-estar físico. Aquele começo de mês foi para mim de grande sossego e de muito egoísmo. Embora minha mãe tivesse afinal morrido havia dois meses, eu não tinha sentido senão uma leve e ligeira dor. Depois de empregado no jornal, pouco lhe escrevi. Sabia-a muito doente, arrastando a vida com esforço. Não me preocupava... Os ditos do Floc, as pilhérias de Losque, as sentenças do sábio Oliveira, tinham feito chegar a mim uma espécie de vergonha pelo meu nascimento, e esse vexame não me veio diminuir em muito a amizade e a ternura com que sempre envolvi a sua lembrança. Sentia-me separado dela. Conquanto não concordasse ser ela a espécie de besta de carga e máquina de prazer que as sentenças daqueles idiotas a abrangiam no seu pensamento de lorpas[9], entretanto eu, seu filho, julgava-me a meus próprios olhos muito diverso dela, saído de outra estirpe, de outro sangue e de outra carne. Ainda não tinha coordenado todos os elementos que mais tarde vieram encher-me de profundo desgosto e a minha inteligência e a minha sensibilidade não tinham ainda organizado bem e dispos-

9. *Lorpa*: tolo; imbecil.

to convenientemente o grande estoque de observações e de emoções que eu vinha fazendo e sentindo dia a dia. Vinham uma a uma, invadindo-me a personalidade insidiosamente para saturar-me mais tarde até ao aborrecimento e ao desgosto de viver. Vivia, então, satisfeito, gozando a temperatura, com almoço e jantar, ignobilmente esquecido do que sonhara e desejara. Houve mesmo um dia em que quis avaliar ainda o que sabia. Tentei repetir a lista dos Césares, não sabia; quis resolver um problema de regra de três composta, não sabia; tentei escrever a fórmula da área da esfera, não sabia. E notei essa ruína dos meus primeiros estudos cheio de indiferença, sem desgosto, lembrando-me daquilo tudo como impressões de uma festa a que fora e a que não devia voltar mais. Nada me afastava da delícia de almoçar e jantar por sessenta mil-réis mensais.

A irritação do espírito popular que eu tinha observado na minha própria casa não me fez pensar nem temer. Julguei-a especial àqueles a quem tocavam e nunca que aquelas observações ingênuas se tivessem transformado em grito de guerra, em amuleto excitador para a multidão toda. Mais tarde, entretanto, verifiquei que a crença de que o governo pretendia operar violentamente os homens e mulheres de pés grandes, como os chinas, é que tinha impressionado fortemente os espíritos, levando-os ao sangrento motim que estalou.

Tinha-me recolhido cedo, depois de ter ido ao clube buscar provas ao Aires d'Ávila. Era hábito seu ir pelas cinco horas ao clube arriscar, na roleta, alguma coisa antes de jantar e, quanto pretendia demorar-se, levava as provas, indo eu ou o outro contínuo buscá-las já revistas. Em certas ocasiões, quando pelo correr do dia, não tinha tempo de escrever, era tão forte o seu hábito que, dada a hora, corria ao clube e voltava de lá às dez ou onze horas para escrever o artigo. Noites

havia que o sono e a fadiga eram tão fortes que, entre uma tira e outra, o gordo e pesado jornalista cochilava e dormia até. Então, com a precisa delicadeza, qualquer pessoa da redação acordava-o e Aires continuava a escrever o artigo sem mesmo reler as tiras anteriores. Alguns dias, o sono obrigava-o a interromper o artigo mais de uma vez.

Recolhi-me cedo nessa noite e dormi profundamente durante toda ela. Não vi a destruição dos combustores de iluminação, que os populares tinham levado a efeito. Só a notei de manhã, já pelas oito horas, descendo a ladeira. Na rua, o trânsito era raro e o tráfego dos bondes parecia ter cessado completamente. Nas esquinas, havia patrulhas de infantaria e cavalaria e, de distância em distância, à porta de estalagens, afastados da polícia, havia grupos compactos de populares. Um bonde aproximou-se, e, embora cheio, dependurei-me com dificuldade num dos balaústres. A fisionomia das ruas era de expectativa. As patrulhas subiam e desciam; nas janelas havia muita gente espiando e esperando qualquer coisa. Tínhamos deixado a estação do Mangue, quando de todos os lados, das esquinas, das portas e do próprio bonde partiram gritos: "Vira! Vira! Salta! Salta! Queima! Queima!"

O cocheiro parou. Os passageiros saltaram. Num momento o bonde estava cercado por um grande magote de populares à frente do qual se movia um bando multicor de moleques, espécie de poeira humana que os motins levantam alto e dão heroicidade. Num ápice, o veículo foi retirado das linhas, untado de querosene e ardeu. Continuei a pé. Pelo caminho a mesma atmosfera de terror e expectativa. Uma força de cavalaria de polícia, de sabre desembainhado, corria em direção ao bonde incendiado. Logo que ela se afastou um pouco, de um grupo partiu uma tremenda assuada. Os assobios eram estridentes e longos; havia muito da força

e da fraqueza do populacho naquela ingênua arma. E, por todo caminho, o cenário se repetia.

Uma força passava, era vaiada; se carregava sobre o povo, este dispersava-se, fragmentava-se, pulverizava-se, ficando um ou outro a receber lambadas num canto ou num portal fechado. O Largo de São Francisco era mesmo uma praça de guerra. Por detrás da Escola Politécnica, havia uma força e os toques da ordenança sucediam-se conforme as regras e preceitos militares. Parei. Um oficial a cavalo percorria a praça, intimando o povo a retirar-se. Obedeci e, antes de entrar na Rua do Ouvidor, a cavalaria, com os grandes sabres reluzindo ao Sol, varria o largo com estrépito. Os curiosos encostavam-se às portadas das casas fechadas, mas aí mesmo os soldados iam surrá-los com vontade e sem pena. Era o motim.

As vociferações da minha gazeta tinham produzido o necessário resultado. Aquele repetir diário em longos artigos solenes de que o governo era desonesto e desejava oprimir o povo, que aquele projeto visava enriquecer um sindicato de fabricantes de calçado, que atentava contra a liberdade individual, que se devia correr a chicote tais administradores, tudo isso tinha-se encrostado nos espíritos e a irritação alastrava com a violência de uma epidemia.

Durante três dias a agitação manteve-se. Iluminação quase não havia. Na Rua do Ouvidor armavam-se barricadas, cobria-se o pavimento de rolhas para impedir as cargas de cavalaria. As forças eram recebidas a bala e respondiam. Plínio de Andrade, com quem há muito não me encontrava, veio a morrer num desses combates. Da sacada do jornal, eu pude ver os amotinados. Havia a poeira de garotos e moleques; havia o vagabundo, o desordeiro profissional, o pequeno burguês, empregado, caixeiro e estudante; havia emissários de políticos descontentes. Todos se misturavam, afrontavam as

balas, unidos pela mesma irritação e pelo mesmo ódio à polícia, onde uns viam o seu inimigo natural e outros o Estado, que não dava a felicidade, a riqueza e a abundância.

O motim não tem fisionomia, não tem forma, é improvisado. Propaga-se, espalha-se, mas não se liga. O grupo que opera aqui não tem ligação alguma com o que tiroteia acolá. São independentes; não há um chefe geral nem um plano estabelecido. Numa esquina, numa travessa, forma-se um grupo, seis, dez, vinte pessoas diferentes, de profissão, inteligência e moralidade. Começa-se a discutir, ataca-se o governo; passa o bonde e alguém lembra: vamos queimá-lo. Os outros não refletem, nada objetam e correm a incendiar o bonde.

O apagamento momentâneo da honestidade e a revolta contra pessoas inacessíveis levam os melhores a esses atentados brutais contra a propriedade particular e pública. Concorre também muito a nossa perversidade natural, o nosso desejo de destruir, que, adormecido no fundo de nós mesmos, surge nesses momentos, quando a lei foi esquecida e a opinião não nos vigia.

No jornal exultava-se. As vitórias do povo tinham hinos de vitórias da pátria. Exagerava-se, mentia-se, para se exaltar a população. Em tal lugar, a polícia foi repelida; em tal outro, recusou-se a atirar sobre o povo. Eu não fui para casa, dormi pelos cantos da redação e assisti à tiragem do jornal: tinha aumentado cinco mil exemplares. Parecia que a multidão o procurava como estimulante para a sua atitude belicosa. O serviço normal da folha fazia-se com atividade. Os repórteres iam aos lugares perigosos, aos pontos mais castigados pela polícia, corriam a cidade em tílburis[10]. Nem os revisores

10. *Tílburi*: carruagem pequena, com duas rodas e puxada por um só cavalo.

nem os seus suplentes faltavam à chamada; outro tanto sucedia com os tipógrafos e os outros operários.

Toda essa abnegação era para garantir os seus mesquinhos empregos. Um pobre tipógrafo, que morava para a Saúde, onde o trânsito se fazia com os maiores perigos, ficou todos os três dias no jornal. Temia ser morto por uma bala perdida. Houvera muitas mortes assim, mas os jornais não as noticiavam. Todos eles procuravam lisonjear a multidão, mantê-la naquelas refregas sangrentas, que lhes aumentava a venda. Não queriam abater a coragem do povo com a imagem aterradora da morte. A polícia atirava e não matava; os populares atiravam e não matavam. Parecia um torneio… Entretanto eu vi morrer quase em frente ao jornal um popular. Era de tarde. O pequeno italiano, na esquina, apregoava os jornais da tarde: *Notícia*! *Tribuna*! *Despacho*!

De há muito que a rua parecia retomar a sua vida normal. Durante todo o dia os passeios se fizeram como nos dias comuns; repentinamente, porém, uns grupos que paravam no canto do Largo de São Francisco, vaiaram a polícia. O esquadrão, com o alferes na frente, partiu como uma flecha e foi descendo a Rua do Ouvidor, distribuindo cutiladas para todos os lados. O pequeno vendedor de jornais não teve tempo de fugir e foi derrubado pelos primeiros cavalos e envolvido nas patas dos seguintes, que o atiraram de um lado para o outro como se fosse um bocado de lama.

Quando suspenderam a carga, alguns populares trouxeram-no morto para o escritório do jornal. O cadáver estava num estado ignóbil: tinha quase todos os ossos partidos, o crânio esmagado e o ventre roto. Recordei-me então daquelas palavras de Loberant:

– Esses f… hão de ver se valho ou não valho alguma coisa! Súcia!

De há muito que a rua parecia retomar a sua vida normal.

XIII

"O HOMEM QUE ACABA DE MORRER, não era um homem vulgar. No domínio de sua difícil arte, era uma notabilidade respeitada. Para nós, era muito mais: era um amigo, um dedicado e leal amigo a quem muito devíamos e prezávamos. Todos os que mourejam nesta tenda de trabalho, certamente não hão de esquecê-lo e não há nenhum que não tenha recebido um favor, uma alegria, uma satisfação de suas mãos.

"O público que nos lê, não sabe o quanto esta vida de jornalista é esgotante e ingrata; não sabe que soma de energia ela exige e como nos tira os melhores momentos de ócio e os melhores minutos de prazer. Vivemos por assim dizer para os outros; e quem vive para os outros, é claro que muito pouco pode viver para si.

"Charles de Foustangel atravessava a nossa vida como um anjo protetor; dele, tirávamos alguns raros instantes de alegria no meio das agruras que nos cercam. Era de ver como ele sabia desenvolver um menu, como imaginava um quitute inédito, um prato saboroso, que verve[1] especial punha nos nomes com que os batizava e que raros gozos eles traziam aos nossos paladares fatigados por esses hotéis detestáveis que nos impingem solas duríssimas por bifes de

1. *Verve*: entusiasmo; inspiração.

grelha. Quantas ocasiões não fomos nós de mau humor para a mesa de jantar, enervados, sem vontade de trabalhar, com a encomenda do artigo, da reportagem, da crônica para o dia seguinte e sem coragem para fazê-los, e nos levantávamos, graças à brandura do seu tempero e à eurritmia[2] dos seus molhos, satisfeitos, solertes, cheios de novas energias!

"A sua morte é uma grande desgraça que nos acabrunha; e, desde que esta folha existe, é o primeiro que a maldita Parca[3] leva. Muitos, é verdade, já se foram; mas não os levou a Parca. São felizes? São infelizes? Eles lá saberão… Este ficou no seu posto até à última hora, e ainda nas vésperas de morrer, quando a arruaça fazia cessar todo o movimento, deu num só dia quatro mesas fartas ao pessoal deste jornal.

"Era um herói, um herói como o nosso tempo sabe compreender, isto é, um homem que põe tudo o que há em si de força, de coragem, de inteligência e de dedicação para um dado e único fim útil aos seus semelhantes.

"Nada lhe faltava de grande. O caráter, a inteligência e o coração, nele, chegavam à mesma altura e agiam de concerto. Falava três línguas: português, inglês e francês. Nascido em Arcis-sur-Aube, pátria de Danton[4], em 1864, e oriundo de uma família nobre, em breve emigrou para a Inglaterra, onde abraçou a profissão em que morreu. Daí depois de exercê-la com paixão, veio para o Brasil esse excelente representante da grande raça de Vatel[5]. Era de um grande orgulho e conta-se

2. *Eurritmia*: harmonia.
3. *Parca* (mitologia romana): referência à moira (na mitologia grega) denominada Átropos, que corta o fio da vida aos mortais.
4. *Georges Jacques Danton (1759-1794)*: advogado e político, com participação destacada na Revolução Francesa.
5. *Françoise Vatel (1631-1671)*: célebre cozinheiro francês.

que não entrou para o célebre Savoy[6] de Londres porque não tinham permitido que assinasse o menu. Saudades."

Um pouco abaixo do retrato, seguia-se esse artigo de Losque e o jornal vinha tarjado em sinal de luto. Tratava-se do cozinheiro particular do diretor, mas a estética do necrológio pedia que se fizesse um auxiliar do jornal. A morte desse serviçal obscuro da domesticidade do doutor Loberant, veio trazer-lhe os maiores testemunhos da sua vitória.

Todos os jornais se referiram ao inditoso Charles de Foustangel e alguns abriram subscrições para socorrer a família do cozinheiro. Fora do convívio jornalístico, as manifestações de pesar não foram menores: o Centro dos Estudantes passou um telegrama de pêsames ao presidente da República Francesa e ao cortejo do enterro concorreram mais de cinquenta carros, levando perto de uma centena de pessoas, entre as quais altas patentes do Exército e Marinha, diretores de repartições, homens da Bolsa, literatos aclamados, revolucionários temidos e um capitão do Estado-Maior, representando o presidente da República.

A viscondessa de Varennes não faltou. Passou por mim, no carro, a olhar um lado e outro com os seus grandes olhos de Juno, as olheiras violáceas, mordiscando os lábios muito pintados, abanando-se com o seu grande leque rococó e toda envolvida num pesado vestido de tafetás de seda negra.

Antes de embarcar, Floc foi até o trem e ela despediu-se dele, estendendo a mão pela portinhola do cupê, com metade do rosto a aparecer, sorrindo, muito graciosa, muito lenta, numa atitude de fidalga do século XVIII. E o negro cortejo desfilou pela rua como um triunfo *sui generis*[7] para a vi-

6. *Savoy*: luxuoso hotel de Londres.
7. *Sui generis* (latim): singular; peculiar.

tória do diretor. Na frente, ia o coche fúnebre, sarapintado de dourados, crivado de grinaldas com flores roxas e brancas de pano e as fitas votivas cheias de inscrições a esvoaçar lentamente como se fossem todos os adeuses que o morto quisesse dar naquele momento, às coisas e às pessoas. Seguiam-se-lhe as caleças[8], as vitórias[9] e cupês, transportando a alta administração, civil e militar, as finanças, as letras e a revolução profissional, em tocante homenagem ao grande homem que era o cozinheiro do doutor Ricardo Loberant, diretor-proprietário d'*O Globo*.

O motim obrigara o presidente a demitir a maioria dos ministros, isto é, os ministros atacados pelo *O Globo*; o prefeito e o chefe de polícia também saíram. A lei dos sapatos foi para as coleções legislativas e o empréstimo ficou prometido ao Rodrigues. O diário de Loberant ficou sendo quase a sétima secretaria do Estado. As nomeações saíam de lá e as demissões também. Bastava um aceno seu para um chefe ser dispensado, e bastava qualquer dos seus empregados abrir a boca para obter os mais rendosos lugares. Leporace foi nomeado diretor das antiguidades egípcias do Museu Nacional; e Rolim, o Rolim dos grandes pés, subdiretor da Repartição Cartográfica da República. Leiva fora modesto: pediu e obtivera o lugar de quarto escriturário do Tribunal de Contas, independente de concurso. Os empregos foram assim satisfazendo a natural voracidade dos auxiliares de Loberant. Todos eles viviam agora calmos, sorridentes, satisfeitos, convencidos de que tinham moralizado a República. Tudo ia bem e a administração fazia-se com a moralidade e a limpeza de uma pequena casa bur-

8. *Caleça*: espécie de carruagem de quatro rodas, puxada por uma parelha de cavalos.
9. *Vitória*: tipo de carruagem para dois passageiros.

Na frente, ia o coche fúnebre, sarapintado de dourados…

guesa. Tinham-se cinquenta mil-réis, comprava-se; não se os tinham, diminuía-se a conta do armazém. O jornal passou do mais formal pessimismo ao otimismo mais idiota. O próprio Loberant perdera a atrabílis[10], fumava com mais calma, sorria com afabilidade e dispunha de empenhos. Era um gosto vê-lo dando audiência aos necessitados de empregos. Apareciam diariamente aos vinte. A uns, atendia; a outros respondia com gravidade ministerial: venha amanhã.

Floc sofria alguma coisa; havia momentos em que se sentia patente a luta íntima que se travava nele. Ficava minutos inteiros calado, imóvel, a olhar perdidamente as coisas... Nada quisera, pois estava à espera de uma reorganização na diplomacia para obter o lugar de primeiro secretário. Era o seu sonho a diplomacia, o paraíso, a sua felicidade. A todo o momento falava-lhe nos hábitos, nos costumes, na maneira de redigir notas. Uma vez, contava ele aos colegas, na recepção do ministro da Alemanha, a filha do ministro da Guerra... Isto fora em Quito e enchia de pasmo ver de que maneira, nos lábios de Floc, a vida de Quito era elegante e soberba. E ele rematava a narração liricamente:

– Oh! A diplomacia! Vocês não imaginam o que é! É a mais deliciosa vida que há... Entra-se em toda a parte, têm-se os melhores lugares; é-se cercado, amimado... Uma delícia! Pode-se ser burro ou inteligente que é o mesmo! O secretário da Inglaterra, *Mister*[11] Lodge, era uma besta, mas uma besta perfeita... Alto, vermelho que nem um tomate, desengonçado, incapaz de dar um passo de valsa ou marcar um *cotillon*[12]; entretanto, parecia um rei nas salas... Mas era

10. *Atrabílis*: mau humor; temperamento irascível.
11. *Mister* (inglês): senhor.
12. *Cotillon* (francês): cotilhão; espécie de dança.

a Inglaterra, rica e opulenta, que estava atrás dele, e era também o prestígio da profissão que o aureolava...

E o Rolim ouvia tudo aquilo com os lábios entreabertos, a fisionomia parada e uma grande expressão de pasmo e assombro em toda ela. Quando Floc acabava, ele indagava:

– E mulheres, hein?

– Ora! Às dúzias... Uma vez, no baile do ministro dos Estrangeiros, no palácio da *Plaza de la Concepción*...

E Rolim voltava a sonhar aquele paraíso diplomático, cheio de mesuras e cumprimentos, de etiquetas complicadas, mas cheios também de huris[13] de luxo e tratamento.

Em começo, logo após a mutação do jornal, o lindo repórter pedira um lugar na diplomacia ou no corpo consular; mas o ministro convencera o diretor que era desmarcado o pedido. Prometera-lhe o ministro um lugar de amanuense na secretaria do Estado, para o seu repórter; e depois, com o tempo, talvez fosse possível transferi-lo para o corpo consular. Rolim não quisera. Temia que a sua ignorância fosse posta a claro na redação dos ofícios. Para ele, só serviam os lugares de chefe, de diretor, em que só se tem que ter presença e assinar papéis. Foi então que vagou o cargo de subdiretor da Repartição Cartográfica e ele foi nomeado para superintender os respectivos trabalhos geodésicos[14], que de há muito estavam em começo.

Meneses, tímido sempre, não se animava a pedir coisa alguma. Continuava obscuramente, pacientemente, a estudar, a ler, e a contribuir para a glória e para a fortuna do doutor Loberant. Surdo, falando com dificuldade, muito feio, pouco conversava na redação; mas eram constantes as perguntas de

13. *Huri*: mulher de grande beleza.
14. *Geodésico*: relativo à forma da Terra.

uns e de outros sobre isso e sobre aquilo. Ele respondia com a sua voz fanhosa e retomava o serviço com resignação, automaticamente, e assim enchia os dias e os anos.

Aires d'Ávila e Oliveira não tinham querido emprego. Ao primeiro, a não ser de presidente da República ou diretor do Banco do Brasil, não havia colocação que pudesse custear os seus gastos. O que ganhava no jornal era insuficiente para as passagens e os charutos; o resto ele arranjava. Devia a todo o mundo e os credores quase formavam cauda na redação. Era uma mania. A uns dizia: "procure-me em casa"; a outros ralhava: "aqui não lhe posso atender, estou escrevendo... Procure-me no escritório". Ao que o cobrador retrucava: "Mas Excelência já me disse que só aqui." "É", respondia. "Mas... Bem... É melhor você vir para a semana..."

E continuava a fumar serenamente enquanto o cobrador descia cabisbaixo, mastigando juras. Não havia expediente de que não lançasse mão para conseguir dinheiro. Todos lhe serviam, desde os honestos até aos semi-honestos. Tinha para as suas transações caixeiros e escreventes. Laje da Silva era um deles. Na transação dos quadros, que ficou célebre, outros entraram e ganharam uma boa fatia. Não sei se se lembram ainda do caso. Eu recordo. Certo dia, um jornal de Pernambuco noticiou que se havia descoberto numa cidade do interior duas grandes telas que bem podiam ser de grandes mestres holandeses ou flamengos. E lá vinha a história do domínio batavo no Norte, de Maurício de Nassau[15], etc. Em breve, os tais quadros eram expostos no Rio de Janeiro e as competências começaram a

15. *Maurício de Nassau (1604-1679)*: príncipe de um Estado do Sacro Império Romano-Germânico. Governou Recife e vasta região de Pernambuco, na época da Invasão Holandesa.

falar, gabando a beleza extraordinária dos trabalhos. Não havia dia em que este ou aquele jornal, esta ou aquela revista não se referisse com grandes encômios[16] aos quadros. Os competentes deram-nos como de Rembrandt[17] e J. Van Eyck[18]. Na tela que se atribuía a este, havia mesmo uma certa beleza comunicativa, independente de qualquer exame ou cultura. Representava uma grande dama adorando um Menino Jesus e o fundo era uma paisagem de montanhas cobertas de neve, tratado com aquele desenho correto, firme e aquela sábia perspectiva aérea que tanto lhe gabam os críticos. Raul Gusmão escreveu um cintilante artigo; Veiga Filho desarrumou dicionários e escreveu um folhetim maciço. Os escritos choviam, mas o que causou surpresa foi também o assunto merecer da pena política de Aires d'Ávila um artigo entusiástico, confessando não entender de arte, mas louvando-se nas suas impressões e nas opiniões dos competentes. Terminava pedindo ao governo que adquirisse as telas. A sua ideia foi logo bem-aceita, e os tambores jornalísticos começaram a rufar. O ministro do Interior consultou a Escola de Belas-Artes, que achou as telas obras-primas e dignas de serem adquiridas. O Congresso votou o crédito e as telas foram compradas por perto de mil contos. Não passaram, porém, três meses que um jornal de Paris as não denunciasse como falsificadas e apontasse o falsificador. Um outro jornal do Rio foi além: denunciou o sindicato que tudo preparara e fizera a campanha para que o Estado adquirisse os quadros. O jornal, entre outras pessoas, apontou Aires d'Ávila como tendo en-

16. *Encômio*: elogio.
17. *Rembrandt (1606-1669)*: grande mestre holandês da pintura.
18. *Jan Van Eyck (1390-1441)*: grande pintor flamengo.

trado no negócio e recebido trinta contos no Banco Inglês, com o cheque número 5.327.

O esteta entusiástico deixou passar a tempestade e, serenada que ela foi, veio calmamente dizer, que, de fato, recebera o dinheiro, mas tão somente como advogado, para fazer minutas de requerimentos, dar conselhos e outros pequenos serviços da profissão.

Quem ganhava tanto com minutas de requerimentos, não precisava sujeitar-se a um emprego.

Quase todos os seus artigos eram mais ou menos pagos, pelo diretor e pelos interessados: assim também procedia Veiga Filho. A sua literatura era a duas amarras. Escreveu, certa ocasião, um conto, de coluna e meia, passado em Teresópolis e gabando com insistência as comodidades de um hotel. O hoteleiro, no fim do mês, ao receber a conta dos anúncios, correu furioso ao escritório:

– Mas, já paguei!

– Como? – fez admirado o gerente.

– Sim. Dei ao senhor Veiga Filho duzentos mil-réis pelo conto.

– Mas quem lhe falou no conto, senhor Lebrindo? Isso é lá entre os senhores… E quer saber de uma coisa? Nós já o pagamos também.

Ninguém se surpreendeu no jornal. Todos andavam preocupados com a obtenção de posições e mesmo que não andassem, aquilo era quase admitido. Oliveira andava indignado com os colegas pelo sôfrego assalto aos lugares públicos, de que davam mostras.

– É isto – dizia ele –; vocês não prezam a imprensa, fazem dela achego, gancho; não a dignificam, não a honram. Querem empregos públicos, como se um reles burocrata valesse mais do que um jornalista…

– Mas não é isso – objetava Leiva. – É mais seguro...

– Qual seguro! Então você pensa que não se é também demitido... É preciso engrossar, bajular, fazer manifestações... Eu não quero. Da imprensa para a cova, e não acho profissão mais brilhante do que a nossa!

Ele nunca tinha engrossado e era um grande jornalista. Losque também não quis emprego; a sua pretensão era ser deputado. Os seus títulos consistiam em ser redator anônimo de um grande jornal. Nunca se fizera notar por coisa alguma, não tinha a menor influência, não se distinguia como portador de nenhuma ideia útil e fecunda; mas queria ser deputado, indicado por um presidente de estado, como convinha a um dos auxiliares do doutor Ricardo Loberant, o moralizador da República.

No meio daquele fervilhar de ambições pequeninas, de intrigas, de hipocrisia, de ignorância e filáucia[19], todas as coisas majestosas, todas as grandes coisas que eu amara, vinham ficando diminuídas e desmoralizadas. Além do mecanismo jornalístico, que tão de perto eu via funcionar, a política, as letras, as artes, o saber, tudo o que tinha suposto até aí grande e elevado, ficava apoucado e achincalhado.

Via Floc fazer reputações literárias, e ele mesmo uma reputação; via Losque, de braço dado com o medíocre Ricardo Loberant, erguer à Câmara e ao Senado quem bem queria; via Aires d'Ávila, com uns períodos de fazer sono e uma erudição de vitrine, influir nas decisões do parlamento; via médicos milagreiros e tidos como sábios pedirem elogios às suas pantafaçudas obras, a redatores ignorantes; e também via dona Inês, a esposa do diretor, uma respeitável senhora, certamente, fazer-se juiz dos contos e das poesias dos con-

19. *Filáucia*: pretensão; amor-próprio.

cursos, com a sua rara competência de aluna laureada das irmãs de caridade.

À vista disso, à vista dessa incompetência geral para julgar, da ligeireza e dos extraordinários resultados que obtinham com tão fracos meios, impondo os seus protegidos, os seus favoritos, fiquei tendo um imenso desprezo, um grande nojo, por tudo quanto tocava às letras, à política e à ciência, acreditando que todas as nossas admirações e respeitos não são mais que sugestões, embustes e ilusões, fabricados por meia dúzia de incompetentes que se apoiam e se impuseram à credulidade pública e à insondável burrice da natureza humana.

Mas se o meu desprezo e o meu aborrecimento por tudo isso se não fizeram totais, foi porque por vezes senti neles, naqueles redatores e repórteres que tinham o cofre das graças, grandes dúvidas, grandes desesperos e fortes vacilações de consciência sobre o seu próprio valor.

Houve um caso que, por trágico, me ficou eternamente gravado e foi como a demonstração de que ainda havia no fundo de alguns deles uma crença no sério, no verdadeiro, na perfeição.

Voltava eu nessa tarde da casa de Veiga Filho, onde tinha ido levar umas provas. Voltava admirado de que os seus amigos, toda a vez que a ele se referiam, lembrassem a grande miséria em que vivia. Não o tinha visto assim. Morava numa casa apalaçada, numa rua do bairro das Laranjeiras, com altos e baixos, dois andares. Esperei as provas na sala de visitas, transformada em gabinete de trabalho, mobiliada com relativa opulência. Havia bronzes, divãs, mesas de laca e charão[20], vasos de porcelana, estantes com guarnições de bronze... Onde estava a miséria? O Artur sempre se referia a

20. *Charão*: tipo de verniz.

ela e o Bilac, no seu "Registro", lastimava-a como indicando o atraso da nossa civilização.

Cheguei às oito horas à redação. Floc, de casaca, dava o último retoque na tradução do folhetim. Ia ao Lírico[21]. Estava cercado de dicionários e exalava perfumes. Em breve saiu e a redação a pouco e pouco se esvaziou. Pela meia-noite estava só o redator de plantão; o repórter de serviço tinha adoecido e os outros, à míngua de novidades, tinham desaparecido pelos cafés e cervejarias. Pouco depois da meia-noite, Floc voltou. Vinha alegre. A sua fisionomia irradiava satisfação e no seu olhar bailavam coisas fugidias e doces. Adelermo, que fazia o plantão, perguntou-lhe pelo desempenho.

– Maravilhoso! Nunca vi um conjunto tão harmonioso... Que vozes! O quarteto foi excelente. Não há uma cantora de destaque, na verdade, mas todas afinam bem e o conjunto é extraordinário!

– E a valsa?

– Oh! Magnífica! Que orquestra! Que museta![22] Imagina que foi bisada quatro vezes!

– Então foi um delírio?

– Um delírio... Nunca vi tanto entusiasmo... A sala toda vibrava...

– E as galerias? Vaias, hein?

– Não. Portaram-se bem... Felizmente estamos deixando esse hábito botocudo.

– Muita gente?

– À cunha[23]. Que mulheres, Adelermo! que mulheres! A Lobo tinha um decote maravilhoso. Todo o colo, muito alvo,

21. *Lírico*: teatro de prestígio na época em que se passa a narrativa.
22. *Museta*: composição musical de andamento lento.
23. *À cunha*: lotado; apinhado.

alvo de jaspe, ficava fora e o pescoço nascia do busto, muito longo e muito branco… A Santos Carvalho lá estava também, com aqueles olhos de fome, olhos de insatisfação, de curiosidade, de vontade de provar todos os "frutos do jardim do mundo"… A Carneiro de Sousa… Eu não sei que mal me faz essa mulher com o seu desenho de rosto à Botticelli![24] Tem não sei que mistura de candura e perversidade que me dá gana de gritar-lhe: "fala demônio! O que és: santa ou serpente?" Pela sala, pairavam não sei quantas essências caras, não sei quantos perfumes de flores de quantos climas! Chegava-se a esquecer, diante daquelas mulheres, daquelas luzes, daquela música, daquela olência[25], que se estava dentro dum barracão infamíssimo!

Floc falou com calor, gesticulando, procurando completar a frase com um gesto e um olhar. Sentia-se bem que aquelas coisas deliciosas se tinham impregnado nos seus sentidos e o envolviam todo.

Os seus olhos, ao falar nas mulheres, tinham reflexos de ouro e fumava nervosamente durante a conversa. Adelermo mantivera-se calmo, sorrindo de quando em quando; às vezes, ouvindo uma frase ou outra, parecia perder-se no seu próprio pensamento, destacar-se de si e ir longe, longe…

– Dás a crônica hoje? – perguntou Caxias.

– Naturalmente… O Raul dá também para o *Diário*… Eu não queria; pretendia fazer uma coisa mais cuidada, mas *noblesse oblige*…[26] Não achas?

– Então, enquanto escreves, eu vou sair, como alguma coisa e volto já.

24. *Sandro Botticelli (1445-1510)*: grande mestre pintor italiano.
25. *Olência*: perfume; aroma.
26. *Noblesse oblige* (francês): a nobreza obriga.

– Não há dúvida – disse Floc tirando a casaca. – Vai que eu espero.

Adelermo Caxias colocou o colarinho, deu o nó na gravata, vestiu o paletó e saiu apressado pelo corredor afora. Ficamos na redação eu e Floc.

Na rua havia o mais perfeito silêncio. De onde em onde, os passos de um retardatário vinham quebrá-lo com desusado vigor.

Floc pusera-se à mesa em atitude de escrever. Levei-lhe papel e tinta, e o crítico, preparada vagarosamente a caneta, arrumado o papel, acendeu um charuto e ficou por instantes abismado numa grande cisma sem-fim... Tinha medo de começar. Tinha visto tanta coisa bela, tanta carne moça e boa, que ele queria lançar o artigo com um remígio[27] para o alto, para as distantes regiões da arte e da beleza, não perdendo uma só ideia fugidia, transmitindo as emoções sentidas naquelas deliciosas horas em que contemplou as mais belas e caras mulheres da cidade, ouvindo aquela música lânguida de Itália, cheia de Sol, de história e de amor. Como que senti que ele tentava pôr na sua crônica um pouco dos sonhos sonhados à vista daqueles colos nus e tratados, daqueles olhares faiscantes, e também a sensação quase irregistrável da música, o roçagar das sedas, a olência dos perfumes a pairar naquele ambiente fechado, uma impressão a tocar outra, bailando sem serem vistas nos ares polvilhados de luz, da luz azul da eletricidade. Eram todos os sentidos que tinham vivido: a sensação particular de um provocando sensações aos outros e todas elas sacolejando a sua personalidade com aquele hercúleo esforço para colhê-las todas. Pensava...

27. *Remígio* (sentido figurado): voo.

Quedou-se assim alguns minutos, três a cinco, e logo se pôs ao trabalho. As duas primeiras tiras foram rapidamente escritas, no começo da terceira, parou, escreveu, emendou, tornou a escrever, emendou, tornou a escrever, emendou, parou, suspendeu a pena e ficou olhando perdido a parede defronte. Voltou a ler o que tinha escrito... Leu duas vezes, não gostou, rasgou... Recomeçou... A sua fisionomia estava transtornada. Não tinha mais a impressão de satisfação, de deslumbramento interior. A testa contraíra-se, enrugando-se; os olhos estavam fixos e a boca cerrada nervosamente, custava a abrir-se para aspirar rapidamente o cigarro. Toda a sua fisionomia revelava uma contensão extraordinária, fora mesmo do poder habitual da sua vontade. Escreveu de novo e gritou:

– Caminha! Vai buscar aí parati! Anda!

Quando voltei, ele discutia com o paginador. O operário vinha apressá-lo. Esperavam o seu artigo. Floc, aparentando calma, prometeu que o daria dentro de meia hora. Saído o paginador, tomou a garrafa, e pelo gargalo sorveu um longo gole. Aproximou a pena do papel e escreveu algumas palavras que riscou imediatamente. Suspendeu o trabalho, tomou outro gole e a sua fisionomia começou a adquirir uma expressão de desespero indescritível. Eu estava inquieto, sentindo vagamente um drama. Fumava agora um cigarro sobre o outro; não ia até ao fim, atirava-o em meio ao chão, acendia um outro. Bebeu, foi à janela, debruçou-se e o paginador voltou:

– "Seu" Couto!

– Homem! Já vai! Você pensa que isto é máquina!?...

Voltou a escrever. A pena estava emperrada; não deslizava no papel. Floc fumava, mordia o bigode e a pena continuava a resistir. Depois de vinte minutos, o paginador voltou:

– Espere um pouco – disse o crítico.

O operário saiu. Floc esteve um instante com a cabeça entre as mãos, parado, tragicamente silencioso; depois, levantou-se firmemente, dirigiu-se muito hirto e muito alto para um compartimento próximo. Houve um estampido e o ruído de um corpo que cai. Quando penetramos no quarto, eu, o paginador e dois operários, ele ainda arquejava. Em breve morreu. Havia um filete de sangue no ouvido e os olhos semicerrados tinham uma longa e doce expressão de sofrimento e perdão. Caído para o lado estava o revólver, muito claro e brilhante na sua niquelagem, estupidamente indiferente aos destinos e às ambições.

Adelermo, antes que tomássemos qualquer providência, entrou. Correu ao telefone para avisar o diretor. O doutor Loberant não estava; tinha saído às dez horas para o jornal. A polícia fora avisada e era preciso que ele o fosse também. Onde estaria? Veio o Rolim. Adelermo e ele cochicharam. O redator de plantão chamou-me.

– Caminha! Tu vais aí a um lugar e do que vires não dirás nunca nada a ninguém. Juras?

– Juro.

– Vais à casa da Rosalina, procurar o doutor Loberant... É preciso discrição, hein? O Rolim não pode ir, tem que ficar aqui, para o que der e vier... Vai! Mas não fales nada, nunca!

– Entra, custe o que custar – recomendou-me Adelermo ao sair, e deu-me dinheiro. Em breve estava diante daquele grande imóvel, com os fortes portais de granitos, ladeado de cariátides[28], parecendo em tudo uma casa burguesa. Bati, veio o porteiro. Disse-lhe a que vinha, dei-lhe dinheiro e entrei. Subi, acompanhado por ele.

28. *Cariátide*: estátua de figura feminina.

*Caído para o lado estava o revólver, muito claro e brilhante
na sua niquelagem…*

Penetrei com tristeza naquela casa famosa entre os rapazes ricos da cidade, pelas suas orgias e pelas mulheres que a habitavam. Ali moravam as cantoras de cafés-concertos, húngaras, espanholas, francesas, inglesas, turcas, cubanas; ali moravam também as Laís da cidade, as devoradoras de patrimônios e dos grandes desfalques. Subi a grande escada do palácio e tomei por um corredor. Dos quartos, vinha um ruído abafado do ranger de camas, um cicio de beijos, mas o pecado pairava nela com o seu silêncio constrangido no recato que simulava ter.

Ao fundo do corredor, quase ao tomar uma pequena escada para o segundo andar, dei com uma velha prostituta em camisa, polaca pelo sotaque, de seios moles e quase sem pintura; àquela hora, a sua velhice surgia hedionda, e escaveirada, com um hálito de túmulo. Assustou-se. O porteiro sossegou-a. Subimos eu e ela. Quando nos sentiu só, ela lixou-me com a sua pele, encostando-se muito a mim, passando o seu braço sobre os meus ombros. Já no corredor, sob a luz de um bico de gás meio aberto, considerou bem a minha fisionomia, a minha mocidade, a falta de mulher que ela farejou logo; pegou-me carinhosamente o rosto com as duas mãos e quis beijar-me...

E ela tinha razão. Sempre foi do meu temperamento fugir daquilo que a Bíblia denomina tão rigorosamente para os nossos ouvidos modernos, pois não podia compreender que homens de gosto, de coração e inteligência, vivessem escravizados ao que São Paulo, na I Epístola aos Coríntios, classificou tão duramente, para aconselhar o casamento.

Além de desejar que existisse, entre mim e a mulher, alguma cousa de mais delicado, de mais espiritual, uma comunhão que não se tem com a primeira vinda, tinha em mim não sei que pensamento evangélico a proibir-me de proce-

der como todos, pois, fazendo-o, concorria para manter uma desgraça e fazer desgraçadas.

Recordo-me muito bem que, certa vez, não sei que tontura me deu, que me deixei arrastar pelos sentidos.

A entrada foi fácil; mas, depois, acanhei-me a ponto de ter delicadezas, escrúpulos, certamente de noivo.

Quando pus o pé na rua, as orelhas ardiam, as faces queimavam-me e parecia que os transeuntes apontavam-me como um irremissível pecador. Tive a visão do Inferno... Foi naquele tempo... Adiante.

Larguei a megera com medo da sua velhice e corri à sala onde estava o doutor Loberant. Estava semiaberta. Aproximei-me da porta. A um canto havia um piano; ao centro uma mesa cheia de garrafas e copos. Pelos divãs fumando, três pares; as mulheres em camisa e os homens também, mas mais descompostos. Em torno da mesa, uma mulher cavalgava uma espécie de tapir ou de anta. Era Aires d'Ávila, cujas peles do vasto ventre caíam como úbere de vaca. A mulher montava-o com o garbo de uma *écuyère*[29] e ele rodava em torno da mesa como se fosse um animal de circo. Os ditos choviam, mas não os pude ouvir. Uma das mulheres deu comigo e perguntou, sem espanto, com sotaque estrangeiro:

– Que é que você quer?

Loberant voltou-se e conheceu-me logo:

– Que há, Isaías?

– "Seu" Floc matou-se na redação.

Aires d'Ávila voltou à humanidade e, em plena orgia, por entre aqueles homens e aquelas mulheres despreocupadas, passou a augusta sombra da morte, misteriosa e severa...

29. *Écuyère* (francês): amazona; mulher que cavalga.

*Era Aires d'Ávila, cujas peles do vasto ventre caíam
como úbere de vaca.*

XIV

NO GABINETE DO MINISTRO estavam poucas pessoas. Em frente, em uma mesa nova, o secretário, um capitão de fragata, pálido e alto, com um lindo cavanhaque, Napoleão III, que lhe dava um ar de veterano de 70, apesar dos seus cinquenta anos. Pela janela, descortinava-se uma nesga da baía e da cidade. Era a ilha Fiscal com o seu edifício alicerçado nas ondas; a Boa Viagem cismática e lá, num fundo de infinito, de ilimitado, as muralhas altas de Santa Cruz. Um grande navio entrava lentamente... Embaixo, havia o "brouhaha"[1] das carroças; juras de cocheiros, estalidos de chicote e o rolar pesado dos caminhões. A Alfândega ficava perto.

Além do secretário, no gabinete, sentado ao lado direito do ministro, estava também o vice-almirante inspetor das construções navais; do lado esquerdo, eu.

O ministro vestia dólmã[2] branco e a sua grande cabeça autoritária e cheia de uns belos cabelos brancos ia de mim para o inspetor, falando sempre e explicando a questão dos consertos:

– Com estas providências, o governo fez uma economia de perto de seiscentos contos. Você sabe: a indústria oficial é muito cara. O *República* (está aqui o orçamento) tinha os

1. *Brouhaha*: onomatopeia para imitar os ruídos da rua.
2. *Dólmã*: tipo de casaco com talhe militar.

consertos avaliados em quatrocentos e oitenta contos, não era, almirante?

– Quatrocentos e oitenta e sete – respondeu o inspetor.

– Quatrocentos e oitenta e sete contos – repetiu o ministro. – Sabe você por quanto ficou nas oficinas das Forjas?

– ?

– Trezentos e noventa e sete. Só aí houve uma economia de noventa contos. Agora imagine com o "Sete de Setembro", a "Parnaíba", três torpedeiros, rebocadores... Enfim: seiscentos contos de economia.

– Mas Vossa Excelência acha então desnecessário o Arsenal da Marinha?

– Não, absolutamente não. Primeiro porque é preciso que haja um campo prático à mão do Estado para os nossos engenheiros navais e segundo que ele pode prestar serviços, desde que tenha a emulação do trabalho particular.

– Se Vossa Excelência – disse eu, indo ao encontro dos seus desejos –, se Vossa Excelência me quisesse fornecer algumas notas, eu poderia dar uma notícia bem interessante...

E Sua Excelência, com a sua voz quase providencial, auxiliado pela memória do vice-almirante-inspetor, começou a ditar-me as notas, para que todo o Brasil tivesse notícia da sua capacidade de administrador, e de um dos resultados mais fecundos da sua fecunda administração.

Ofereceu-me um havano e, logo que o inspetor saiu, começamos a conversar sobre os encantos da nova *chanteuse*[3] que se estreara no *Moulin-Rouge*.

Assim fazia a minha reportagem no Ministério da Marinha. Desde os ministros até aos contínuos, todos me enchiam de mimos e de festas. Era raro o oficial que não me

3. *Chanteuse* (francês): cantora.

pedia uma notícia, um elogio, um gabo ao relatório da sua última comissão. Os chefes viviam abraçados comigo e forneciam-me notas para o meu noticiário. Eu assombrava-me que a "morgue" militar de toda aquela gente fosse desfeita assim naturalmente em presença de um repórter. É verdade que já vira muitos, de mar e terra, subirem à redação e insinuarem alusões elogiosas; mas supunha exceções e agora verificava ser geral a inclinação.

Quando se apresentavam, reclamavam a omissão da notícia...

Nos meus primeiros meses de reportagem foi quando amei mais ativamente a vida. Não porque me visse adulado pelos almirantes e capitães de mar e guerra, mas porque senti bem a variedade onímoda[4] da existência, a fraqueza dos grandes, a instabilidade das coisas e o seu fácil deslizar para os extremos mais opostos. Dois meses antes era simples contínuo, limpava mesas, ia a recados de todos; agora, poderosas autoridades queriam as minhas relações e a minha boa vontade.

E toda essa modificação tão imprevista no meu viver, viera-me do suicídio do Floc. Tendo surpreendido na casa de Rosalina, em plena orgia, o terrível diretor, vexei-o. Nos primeiros dias, ele nada me falou; mas já me olhava mais, considerava-me, preocupava-o no seu pensamento. Breve me fez perguntas de boa amizade: donde era eu, que idade tinha, se era casado, etc. As respostas eram dadas conforme as perguntas; bem cedo, porém, graças à bondade com que me tratava, as ampliei até à confidência.

Percebi que o espantava muito o dizer-lhe que tivera mãe, que nascera num ambiente familiar e que me educara. Isso,

4. *Onímoda*: ilimitada.

para ele, era extraordinário. O que me parecia extraordinário nas minhas aventuras, ele achava natural; mas ter eu mãe que me ensinasse a comer com o garfo, isso era excepcional. Só atinei com esse íntimo pensamento mais tarde. Para ele, como para toda a gente mais ou menos letrada do Brasil, os homens e as mulheres do meu nascimento são todos iguais, mais iguais ainda que os cães de suas chácaras. Os homens são uns malandros, planistas, parlapatões quando aprendem alguma coisa, fósforos dos politicões; as mulheres (a noção aí é mais simples) são naturalmente fêmeas.

A indolência mental leva-os a isso e assim também pensava o doutor Loberant. Não tive grande trabalho em o fazer modificar o juízo na parte que me tocava. Mas não me dei por satisfeito. Percebi que me viam como exceção; e, tendo sentido que a minha instrução era mais sólida e mais cuidada do que a da maioria deles, apesar de todos os seus diplomas e títulos, fiquei animado, como ainda estou, a contradizer tão malignas e infames opiniões, seja em que terreno for, com obras sentidas e pensadas, que imagino ter força para realizá-las, não pelo talento, que julgo não ser muito grande em mim, mas pela sinceridade da minha revolta que vem bem do amor e não do ódio, como podem supor.

Cinco capítulos da minha *Clara* estão na gaveta; o livro há de sair...

Penso, agora, dessa maneira; mas, durante o resto do tempo em que estive no *O Globo*, quase me conformei, tanto mais que o interesse que o diretor mostrou por mim não foi platônico.

Certo dia o gerente, espantado e cobiçoso, notificou-me que eu ia servir na expedição e o meu ordenado estava aumentado de cinquenta mil-réis. Duas semanas depois, ao encontrar-me na escada, Loberant disse-me:

– Caminha, você é capaz de tomar notas numa repartição e redigi-las?

Não esperava essa proposta. Fiquei deslumbrado: ser repórter como o Oliveira!... Oh! Era assombroso!... Respondi, porém, modestamente:

– Pode ser, doutor. Experimente; se for bem, o senhor me dirá...

– Pois então vais fazer Marinha e Alfândega.

Nos primeiros dias lutei com alguma dificuldade. Os colegas receberam-me mal. Sonegavam-me as notas, procuravam desmoralizar-me, ridicularizar-me diante dos empregados. Há neles em geral essa hostilidade pelos novos. Sentem que o ofício é fácil e se eles ainda por cima o facilitarem, perderão em breve o prestígio. Levei alguns furos, mas dei outros, graças às relações que travei com um sargento protocolista do Estado Maior. Leporace quis destruir-me, mas Loberant não o permitiu.

No quinto dia em que eu fazia reportagem, um outro repórter arrebatou-me das mãos umas notas que eu copiava. Incontinenti, fui ao diretor e o velho funcionário obrigou-o a restituir-mas. Quando o fez, gritou na portaria:

– Tome, "seu" moleque! Você saiu da cozinha do Loberant para fazer reportagem...

Contive-me, com espanto dos circunstantes, mas nunca imaginei que um insulto pudesse ir tão longe na nossa natureza. Senti-me outro, muito mais forte, transtornado e desejoso de matar. Contive-me, porém, e nada disse ao colega que, se não saíra de uma cozinha, era quase analfabeto e mediante uma propina, para protegê-lo contra a ação legal, figurava como sendo presidente de um clube de batota[5]. Tirei

5. *Batota*: jogo.

as minhas notas, deixei-as no jornal e voltei. Encontrei o tal repórter na Rua Primeiro de Março e antes que ele fizesse o menor movimento atirei-me sobre o seu grande corpanzil, deitei-o por terra e dei-lhe com quanta força tinha.

Na delegacia, a minha vontade era rir-me de satisfação, de orgulho, de ter sentido por fim que, no mundo, é preciso o emprego da violência, do murro, do soco, para impedir que os maus e os covardes não nos esmaguem de todo.

Até ali, tinha eu sido a doçura em pessoa, a bondade, a timidez e vi bem que não podia, não devia e não queria ser mais assim pelo resto de meus dias em fora.

Ria-me, pois tive vontade de rir-me, por ter descoberto uma coisa que ninguém ignora. Felizmente não foi tarde...

A natureza desgostosa e defeituosa de Loberant simpatizara com a minha fraqueza e a humildade dos meus começos. À força de falar em injustiça por especulação jornalística, adquirira um pouco do sentimento de reparação que extremava em altos brados. Vendo em mim uma, não quis que ela continuasse a verificar-se; protegeu-me, estimou-me e fez-me seu valido.

Se não fosse ele, logo no primeiro dia de reportagem eu teria sido destituído. Na própria redação quase todos me eram hostis. Oliveira, e Meneses, que só saía do seu mutismo para dizer um sarcasmo, fizeram exceção e apoiaram-me.

Contei ao Loberant a briga; contei-a emocionado e apaixonado. Ouviu calado e perguntou-me no fim:

– Mas deste-lhe mesmo?

– Dei-lhe quanto pude.

– Bem – fez ele depois de uma pausa –, vai fazer a tua seção e quando a acabares vem falar comigo.

Não me demorei muito. Passavam alguns minutos das sete, quando a entreguei a Leporace e fui ter com Loberant.

… atirei-me sobre o seu grande corpanzil, deitei-o por terra e dei-lhe com quanta força tinha.

– Acabaste? Vamos jantar – disse ele.

Desse dia em diante as dificuldades desapareceram. A redação toda me encheu de consideração e a minha intimidade com o doutor Loberant aumentou. Eu mesmo até então reservado e tímido, comecei a animar-me, a ensaiar um dito, a externar uma opinião. Um belo dia ousei até escrever; fiz um artigo. Comecei a ter inimigos. Leporace, em quem sempre encontrei a mais completa má-vontade, redobrou; Caxias criticou-me o andar e meteu-me nas intrigas da redação. O artigo, porém, saiu com as emendas de Leporace e as escoras gramaticais do Lobo. Não havia nele nenhum defeito de monta, mas a autoridade de Leporace ficaria abalada se não tivesse o que emendar um artigo de novato.

Com o andar dos tempos aprendi os processos, fiz-me exímio e quase tão fecundo como o Deodoro Ramalho. Aprendi com o Losque a servir-me dos outros jornais, a receber inspirações deles, a calcar os meus artigos nos que estampavam. Como Losque, norteei-me para as revistas obscuras, dessas que ninguém lê nem os jornais dão notícia. Havia nelas uma pequena ideia, desenvolvia-a, enxertava umas considerações quaisquer. Não foi Losque quem me ensinou, foi a minha sagacidade que descobriu e tirou, da descoberta, os ensinamentos proveitosos. Quando deixava na mesa a sua biblioteca ambulante, eu corria um e outro jornal e cotejava os seus artigos, as suas pilhérias, com o que encontrava nos jornais que sobraçava sempre. Ele não lia senão jornais. Aprendia finanças, economia política, estatística nos periódicos de França, de Portugal e da Argentina; neles, colhia citações de autores célebres, poetas, filósofos e sociólogos.

Leporace ainda lia alguma coisa, e lembrava-se de alguns livros que lera em estudante. Tendo morrido um rei qualquer, escreveu um artigo – "Dor da Rainha Viúva" – em

que demarcava uma passagem de Daudet. Os senhores lembram-se daquela passagem dos *Reis no Exílio* em que Colette de Rosen, cavalgando ao lado da rainha Frederica, atira-lhe indiretas referentes ao seu silêncio em face das infidelidades do marido? Lembram-se que a rainha, sentindo o golpe, responde à dama de honor que as rainhas não podem ser desgraçadas ou felizes como qualquer outra mulher. Precisam ocultar todas as suas dores e alegrias em virtude da majestade de sua grandeza. Pois bem. Leporace não teve dúvidas; agarrou a frase do diálogo e desenvolveu-a no seu estilo barroco, por quase uma coluna, do seguinte modo:

"Ela (a rainha) é bem a representação viva da mágoa, não a mágoa que nós outros sentimos, mas a mágoa injusta, a mágoa única, como que preparada pela adversidade também injusta e cega para determinadas almas que as circunstâncias do nascimento, e somente elas, fazem distintas das outras almas para não terem o direito de chorar.

"As lágrimas da realeza são assim mais dolorosas e mais acabrunhadoras, porque os olhos reais as devem ocultar à luz em que todas as mágoas resplandecem com a grandeza do sofrimento, em virtude de sua própria majestade real."

E por aí foi disfarçando a frase breve e rápida do romancista francês.

No jornal, compreende-se o escrever de modo diverso do que se entende literariamente. Não é um pensamento, uma emoção, um sentimento que se comunica aos outros pelo escritor; e não é o pensamento, a emoção e o sentimento que ditam a extensão do que se escreve. No jornal, a extensão é tudo e avalia-se a importância do escrito pelo tamanho; a questão não é comunicar pensamentos, é convencer o público com repetições inúteis e impressioná-lo com o desenvolvimento do artigo. Para se dar extensão aos artigos lança-se

mão de todos os recursos. Acumulam-se incidentes e aprestos[6], organizam-se considerações, empregam-se velhas pilhérias. La Rochefoucauld[7] não teria talento se fosse redator de um jornal e no *O Globo* seria menos considerado que o Lemos, cuja reputação aumentou com o famoso crime de Santa Cruz.

Agora escrevia com independência e autonomia as suas notícias. Punha nelas toda a sua ignorância com muita liberdade, fazendo até alusões históricas. Nos arredores da cidade, certa ocasião, um marido cioso, tendo encontrado a mulher em flagrante adultério, amarrou-lhe o cúmplice à cauda de um cavalo, que o arrastou pela estrada.

Lemos, que certamente não lera o Tácito[8] nem o Berquó, interpretou tal coisa como sendo suplício semelhante ao imposto à sua mãe por Nero[9] e escreveu, aludindo ao castigo:

– Bem. Agora eu sou o Nero. Tu não és minha mãe, mas vais para a cauda do cavalo.

Lemos era dos poucos que tinham ficado no jornal. O tempo tinha trazido à redação inevitáveis modificações. Lobo enlouquecera e estava recolhido ao hospício. A sua mania era não falar nem ouvir. Tapava os ouvidos e mantinha-se calado semanas inteiras, pedindo tudo por acenos. Ao médico que lhe perguntou por que assim procedia, explicou, a muito custo:

– Isto não é língua… Não a posso ouvir… Tudo errado… Que vai ser disto!

– E por que não fala?

6. *Apresto*: preparação.
7. *François de La Rochefoucauld (1613-1680)*: escritor moralista francês.
8. *Tácito (c. 56-c. 117)*: historiador e político romano.
9. *Nero (37-68)*: imperador romano, sentenciou à morte sua própria mãe, Agripina.

– Os erros são tantos, e estão em tantas bocas, que temo que eles me tenham invadido e eu fale esse calão indecente...

E vivia calado pelos corredores, lendo a *Ensynança de Bem Cavalgar*, de El-Rei Dom Duarte. Às vezes entusiasmava-se e lia alto: *Ca som alguñs boos cavalgadores dñas selas queo nom som doutras*[10].

Um colega de manicômio, ao ouvir tão linda coisa, perguntou ao gramático:

– Que língua é esta?

Vendo de que maneira insólita era tratada tão interessante obra, Lobo atirou o livro ao chão e encheu de murros a cara do companheiro de infortúnio. Foi metido na casa forte, com camisa de força. O doutor Gregoróvich, desgostoso com a cor governista do jornal, não mais soube escrever. Um dia mandaram-lhe fazer um elogio a um ato ministerial, e quase lhe saiu uma descompostura. Não sabendo elogiar, procurou a quem atacar sem comprometer o jornal. Descobriu a República Argentina; mas, em breve, o assunto se esgotou e ele ficou sem inimigos. Arranjou alguns contos com um ministro e partiu para Caracas em busca de novas aventuras e oposições. O jovem Deodoro Ramalho formara-se e deixou a literatura sem pesar, sem saudade, assim como o coxo que abandona uma muleta velha. Fizera literatura como anúncio para a clínica futura e abandonava-a quando viu que ela viria comprometer a gravidade do mister e a respeitabilidade dos cargos que iria ocupar. Leporace abraçara com ardor o lugar das An-

10. *Ca som alguñs boos cavalgadores dñas selas queo nom som doutras* (português arcaico): "Cá são alguns bons cavaleiros de umas selas que o não são de outras".

tiguidades Egípcias; lia agora o Maspero[11]. Deixou o jornal e Losque tomou-lhe o lugar. Vieram outros, mas esses conheci mal. Imutáveis eram o Oliveira e o Meneses, sempre tímidos, este escrevendo os artigos difíceis, mas sem melhoras de ordenado. Entretanto Aires d'Ávila ganhava dois contos para escrever algumas banalidades fatigantes.

Sempre que via o resignado Meneses, muito feio, murcho, a escrever as melhores coisas do jornal, punha-me a pensar, porque o equilíbrio do jornal pedia que aquele rapaz ficasse embaixo e no alto pairassem Loberant, Leporace e Aires d'Ávila. A sua timidez e a sua modéstia não lhe davam o charlatanismo indispensável para levá-lo para diante. Ele sabia o que ignorava e não se atrevia a julgar tudo. Gregoróvith não se cansava de lhe dizer:

– És uma besta! Então te sujeitas a ser burro de carga! Desta maneira não te impões!

E ele, depois de ouvi-lo com a sua atenção de surdo, ficava a olhar o russo, a rolar os olhos nas órbitas, como que a perguntar quais eram as maneiras de nos impormos. Vira sem inveja nem assombro a minha brusca ascensão e o crescimento acelerado da minha amizade com o diretor.

Eu e ele éramos agora dois amigos íntimos, companheiros de pândegas e noitadas. Sentindo-me realmente educado e sofrivelmente instruído, o doutor Loberant como que sentia remorsos de não ter adivinhado isso e permitido que eu ficasse tanto tempo como contínuo de sua redação. Enchia-me de atenções e dinheiro. Levava-me a toda a parte, gabando-me o talento e o caráter. Quando lhe falei em abandonar o Rio e lhe pedi que se interessasse para obter o lugar que ocupo, ficou assombrado:

11. *Gaston Camille Charles Maspero (1846-1916)*: egiptólogo francês.

– Mas por que, Isaías? Quais são teus desgostos? O que te falta?

Eu nada quis dizer. Percebia muito bem que ele não compreendia as ânsias do meu temperamento nem as angústias da minha inteligência.

– Quero casar-me, ter sossego para criar e educar os filhos.

Não consegui realizar tudo isto. Casei-me, é verdade; mas o único filho que tive acaba de morrer em tenra idade. O doutor, depois da minha resposta, objetou:

– Mas não precisas, para isso, sair do Rio... Com esta idade, ires para o mato é tolice!

E tive muito que insistir para resolvê-lo a intervir junto ao ministro; e no dia da partida, depois de ter ele próprio prestado a fiança necessária, senti que ficava com saudades minhas. Vivemos dois ou três anos juntos, bebendo e pandegando. Ele apanhava-me as considerações e repeti-as por sua conta; eu dava expansão ao meu bom humor sombrio, à minha tristeza interna, aos meus desejos vagos que não tomavam vulto.

Queria-me um homem do mundo, sabendo jogar, vestir-se, beber, falar às mulheres; mas as sombras e as nuvens começavam a invadir-me a alma, apesar daquela vida brilhante. Eu sentia bem o falso da minha posição, a minha exceção naquele mundo; sentia também que não me parecia com nenhum outro, que não era capaz de me soldar a nenhum e que, desajeitado para me adaptar, era incapaz de tomar posição, importância e nome. Sofria com essa "consideração" especial que tanto irritava o poeta cubano Plácido[12]. Conti-

12. *Plácido:* pseudônimo do poeta cubano Diego Gabriel de la Concepción Valdés (1809-1844).

nuava, porém, a ir com ele aos teatros, às pândegas. Saíamos com raparigas, jantávamos nos arrabaldes pitorescos. Eu ia contente, mas o meu contentamento durava pouco. Não sei o que sentia de ignóbil em mim mesmo e naquilo tudo, que no fim estava sombrio, calado e cheio de remorsos. Desesperava-me o mau emprego dos meus dias, a minha passividade, o abandono dos grandes ideais que alimentara. Não; eu não tinha sabido arrancar da minha natureza o grande homem que desejara ser; abatera-me diante da sociedade; não soubera revelar-me com força, com vontade e grandeza... Sentia bem a desproporção entre o meu destino e os meus primeiros desejos; mas ia.

Nos dias em que tencionava levar-me a passeio, perguntava-me Loberant:

– Isaías, estás com dinheiro?

– Algum.

E sem que ninguém visse, passava-me uma nota de cinquenta ou cem mil-réis. Nunca vi dar dinheiro como aquele homem. Era a mim, e a muitos. É verdade que o jornal dava mais de cem contos líquidos por ano e era só dele.

Neste dia, como de hábito, perguntou-me se tinha dinheiro e deu-me depois duzentos mil-réis.

– Nós vamos à Tijuca – disse ele. Jantaremos lá com a Leda, conheces?

– Não.

– Está há pouco tempo aqui... É um pancadão!

Fomos buscá-la a casa. Morava numa rua transversal do Catete, e chegamos lá um pouco depois das três horas, quando a italiana ainda se vestia. Eu ainda pude ver bem as suas largas espáduas de estátua, muito alvas e rosadas e o belo pescoço, torneado, modelado, encaixando no corpo em curva suave e vaporosa que vinha morrer nos ombros sem tran-

sição alguma. A italiana tinha uma forte marca de antigo, já no rigor da fisionomia, já no matiz da pele; e se não tinha também a vulgaridade exaustiva das estátuas clássicas, devia-o aos seus olhos negros, onde havia muito da nossa inquietude moderna, um grande langor[13] profissional.

Loberant disse-lhe a nossa intenção de ir à Tijuca:

– Oh! Não – fez a mulher. – Já fui. Não gosto... Outro lugar, não achas?

– Então onde queres ir? Ao Leme? Ao Silvestre? – perguntou Loberant.

– Pelo mar, no fundo... Lá onde estão aquelas montanhas, aquelas ilhas... Quando cheguei tive vontade de ir logo, logo lá.

Gostei do capricho da mulher, mas não me animara a aprová-lo. Loberant pareceu gostar também e perguntou:

– Onde há de ser? A Paquetá?

– Pode ser... – fiz eu.

– Não, não é bom. Há muita gente conhecida... Vamos à ilha do Governador.

Leda estava já completamente vestida e não esqueceu os pandeloques[14] que chocalhavam na cintura. A barca viajava semivazia e os viajantes habituais viram com espanto a nossa entrada. A elegância extrarrural de Leda fez escândalo. Ela parecia não notar, mexia-se por toda a barca naturalmente, dando pequenos gritos de admiração à paisagem que se desenrolava. Não cessava de olhar, de aspirar com força toda a exalação de poesia e de grandeza da baía incomparável. O Sol, para o poente, ainda domava tudo e as águas estavam azuis. Um passageiro informou-nos da demora da barca nos

13. *Langor* (sentido figurado): meiguice; sensualidade.
14. *Pandeloque*: pingente.

pontos. Iria primeiro ao Zumbi, depois a outras localidades da ilha e voltaria ao primeiro ponto no espaço de uma hora.

Saltamos. O arraial tinha um ar risonho e estendia-se pela praia alva, cuja curva marcava obedientemente. As canoas dormiam nas praias e as redes secavam ao Sol, estendidas sobre varas. A italiana propôs um passeio. Havia tempo, podíamos fazê-lo. Começamos a andar. Das casas espiavam-nos. Já ficavam para trás, tomamos um atalho, depois um outro e quando voltamos ao caminho largo, tínhamos tomado outro. Não percebemos logo, só viemos a dar com um rumo depois de ter andado um quarto de hora sem encontrar a praia. Leda percebeu particularmente a situação. Quando teve notícia, soltou uma gargalhada:

– Que belo!

Andávamos por um caminho deserto no momento, mas que parecia trilhado. Dois regos paralelos de carros marcavam os seus limites com a floresta. A uma hora do Rio de Janeiro, estávamos no deserto. Andamos e quase não falávamos. A italiana era a única que parecia contente.

Às vezes era um areal; outras, era um capoeirão quase floresta. E tudo triste, desolado e abatido. Leda observou:

– Quando não há muita árvore e muita água a terra de vocês é feia! É preciso que haja muita, muita, para que ela seja bonita!

Houve um momento que nos supusemos sem saída. As árvores cruzavam-se sobre a estrada; os cipós atravessavam de um lado e de outro, os arranha-gatos perseguiam as nossas vestes, agarravam-se a elas tenazmente como se nos quisessem despir. Um sabiá pôs-se a cantar e toda a dor daquela terra calcinada, exausta e pobre, vibrou nos ares. Chegamos a uma campina. Havia bandos de coleiros trinando nas espigas de capim e os anus enodoavam os leques das ubás.

Depois da primeira marcha, pusemo-nos a conversar. O doutor estava apreensivo; eu resignado e Leda contente, recordando talvez a sua infância de campônia.

– Onde iremos dar? – indagava o diretor.

– Ao mar naturalmente. Isto não é uma ilha? É; portanto não há meio de se ir ter a São Paulo.

Sentamo-nos cansados. A débil organização de Loberant resistia fracamente à fadiga.

A italiana perguntava-me o nome das plantas. Era o monjolo cheio de apófises[15] escamosas; era a embaúba como um adorno egípcio; a tinguaciba, a pindaíba, as taquaras, os cipós... Depois interessou-se pelas pequenas plantas, pelo gravatá, pelo melão de São Caetano, pelo carrapicho e guaxima...

Era eu quem informava; o diretor, no meio daquelas vidas todas, não lhes sabia o nome, nem serventia, nem a importância.

Um bando de tiés esvoaçou por nós e a italiana perguntou:

– Mas os há mesmo assim?

E ficou um instante surpreendida que houvesse ainda daqueles pássaros nas proximidades de tantas modistas. A noite chegara-nos cheia de opressões e desejos. O doutor marchara na frente, calado, preocupado; e eu, ao lado da italiana, escolhia-lhe o melhor caminho e aspirava-lhe o perfume.

Chegamos afinal a uma casa. Lembrei-me da minha casa materna. Era o mesmo aspecto, baixa, caiada, uma parte de tijolos, outra de pau a pique; em redor, uma plantação de aipins e batata-doce. Deram-nos água, ofereceram-nos café e continuamos para o galeão que estava próximo. Quando

15. *Apófise*: ramificação.

chegamos à praia, o dia tinha agonizado de todo. Fomos a uma venda, pedimos algumas latas de sardinha, pão e vinho. Fomos servidos em velhos pratos azuis de uns desenhos chineses e as facas tinham ainda aquele cabo de chifre de outros tempos. À vista deles, dos pratos velhos e daquelas facas, lembrei-me muito da minha casa, e da minha infância. Que tinha eu feito? Que emprego dera à minha inteligência e à minha atividade? Essas perguntas angustiavam-me.

Voltamos de bote para a ponta do Caju. Durante a viagem a angústia avolumou-se-me. As pás dos remos, caindo nas águas escuras, abriam largos sulcos luminosos de minúsculas estrelas agrupadas e todo o barco vogava envolvido naquele estrelejamento, deixando uma larga esteira fosforescente.

Lembrava-me da vida de minha mãe, da sua miséria, da sua pobreza, naquela casa tosca; e parecia-me também condenado a acabar assim e todos nós condenados a nunca a ultrapassar.

A italiana conversava com o remeiro sobre a pesca. Ela conhecia a vida e fazia perguntas nítidas.

Saltamos do bonde, no Campo de Sant'Ana, eu e Leda tomamos um carro; o diretor continuou para o jornal.

Em vão ela me fazia falar. Eu respondia-lhe por comprazer. Lembrava-me... Lembrava-me de que deixara toda a minha vida ao acaso e que a não pusera ao estudo e ao trabalho com a força de que era capaz. Sentia-me repelente, repelente de fraqueza, de decisão e mais amolecido agora com o álcool e com os prazeres... Sentia-me parasita, adulando o diretor para obter dinheiro...

Às minhas aspirações, àquele forte sonhar da minha meninice eu não tinha dado as satisfações devidas.

A má vontade geral, a excomunhão dos outros tinham-me amedrontado, atemorizado, feito adormecer em mim o orgulho, com seu cortejo de grandeza e de força. Rebaixara-me, tendo medo de fantasmas e não obedecera ao seu império.

O carro atravessara o Largo da Lapa e o seu caminho foi interrompido por uma aglomeração de populares. Da caleça, pude ver o que havia. Era uma mulher das muitas que povoam o largo e proximidades, que ia entre dois soldados. Recordei-me que já tinha visto aquela fisionomia. Esforcei-me por me lembrar. A minha vida começou a desfilar e quando cheguei à casa da italiana, lembrei-me que era a amante do deputado Castro.

Perguntei então a mim mesmo por que não casara aquela rapariga, por que não vivera dentro dos costumes tidos por bons. Não achei resposta, mas julguei-me, não sei por que, um pouco culpado pela sua desgraça.

O carro chegou e eu saltei para ajudar Leda a apoiar-se. Paguei ao cocheiro e, na calçada, ela perguntou-me:

– Não entras?

– Não, obrigado.

Insistiu várias vezes, mas recusei. Vim vagamente a pé até ao Largo da Carioca, sem seguir um pensamento. Vinha triste e com a inteligência funcionando para todos os lados. Sentia-me sempre desgostoso por não ter tirado de mim nada de grande, de forte e ter consentido em ser um vulgar asseclae e apaniguado[16] de um outro qualquer. Tinha outros desgostos, mas esse era o principal. Por que o tinha sido? Um pouco pelos outros e um pouco devido a mim. Encontrei Loberant:

– Então? – perguntou maliciosamente.

16. *Apaniguado*: protegido.

O carro chegou e eu saltei para ajudar Leda a apoiar-se.

– Deixei-a em casa.
– Pois se eu tinha me separado de vocês de propósito... Tolo! Vamos tomar cerveja...

Antes de entrar, olhei ainda o céu muito negro, muito estrelado, esquecido de que a nossa humanidade já não sabe ler nos astros os destinos e os acontecimentos. As cogitações não me passaram... Loberant, sorrindo e olhando-me com complacência, ainda repetiu:

– Tolo!

Todos os Santos, Rio de Janeiro – 1908

Título	*Recordações do Escrivão Isaías Caminha*
Autor	Lima Barreto
Apresentação,	
Estabelecimento de Texto e Notas	José de Paula Ramos Jr.
Editor	Plinio Martins Filho
Ilustrações	Zepa Ferrer
Capa	Victória Cortez
Produção Editorial	Millena Machado
	Carolina Bednarek
Revisão	Ateliê Editorial
Editoração Eletrônica	Victória Cortez
Formato	12 x 18 cm
Tipologia	Minion Pro
Papel	Chambril Avena 80 g/m² (miolo)
	Cartão Supremo 250 g/m² (capa)
Número de Páginas	336
Impressão e Acabamento	Bartira Gráfica